安徽师范大学传媒视界丛书

“头版头条”作品选

TOUBANTOUTIAO ZUOPIN XUAN

刘 杰◎编 著

安徽师范大学出版社
ANHUI NORMAL UNIVERSITY PRESS
·芜湖·

图书在版编目(CIP)数据

“头版头条”作品选 / 刘杰编著. — 芜湖:安徽师范大学出版社,2022.8
(安徽师范大学传媒视界丛书)
ISBN 978-7-5676-5487-7

Ⅰ.①头… Ⅱ.①刘… Ⅲ.①新闻报道—作品集—中国—当代 Ⅳ.①I253

中国版本图书馆CIP数据核字(2022)第146511号

“头版头条”作品选　　刘杰◎编著

责任编辑:王　贤　　责任校对:胡志恒
装帧设计:王晴晴　冯君君　　责任印制:桑国磊
出版发行:安徽师范大学出版社
芜湖市北京东路1号安徽师范大学赭山校区　　邮政编码:241000
网　　址:http://www.ahnupress.com
发 行 部:0553-3883578　5910327　5910310(传真)
印　　刷:苏州市古得堡数码印刷有限公司
版　　次:2022年8月第1版
印　　次:2022年8月第1次印刷
规　　格:787 mm × 1092 mm　1/16
印　　张:21
字　　数:336千字
书　　号:ISBN 978-7-5676-5487-7
定　　价:66.00元

凡发现图书有质量问题,请与我社联系(联系电话:0553-5910315)

总 序

安徽师范大学新闻与传播学院成立于2010年5月，原名传媒学院，2015年1月改为现名。学院是学校应用性专业综合改革试验田，承载着创新办学模式和人才培养模式的使命。2013年，学院与中国人民大学、南京大学、武汉大学等高校新闻学院一起，入选中宣部、教育部10所部校共建新闻学院试点单位。根据部校共建新闻学院的协议精神，中共安徽省委宣传部和安徽师范大学围绕建设一流新闻学院、培养卓越新闻传播人才这一目标，共建管理体系、共商培养方案、共建核心课程、共建双师队伍、共建实验基地、共建研究平台，投入专项资金，推动新闻与传播学院加速发展成为特色鲜明、国内一流的现代化新闻与传播学院。

学院现有教职员工96人，其中专职教师（含实验系列）80人，正高职13人（含高级记者1人），副高职28人，博士（含在读）40人，博士后4人，博士生导师4人，硕士生导师35人，国家级领军人才1人、邹韬奋奖获得者1人、安徽省学术和技术带头人2人，二级教授1人，国务院特殊津贴专家2人，皖江学者特聘教授1人。学院现有新闻学、广告学、网络与新媒体、文化产业管理、摄影、动画、播音与主持艺术、航空服务艺术与管理等本科专业，以及中韩动画、中英新闻等合作办学形式。新闻学入选国家“双万计划”一流专业建设点，新闻学、动画、摄影专业为省特色专业，播音与主持艺术为安徽省综合改革试点专业。拥有新闻传播学、戏剧与影视学2个一级学科硕士学位点，新闻与传播、广播电视2个专业学位硕士点，“文艺、文化与传播”博士招生方向，“马克思主义新闻学与意识形态建设”目录外二级点。获得省级一流专业、省级教学团队、省级教学成果奖、省级“六卓越一拔尖”卓越人才培养创新项目、省重大教改项目、省示范实验实训中心、省校企合作实践教育基地等60项省级质量工程；承担了17项国家社科基金项目、近40项省部级科研项目以及30余项应用研究课题和社会服务项目。学院建有安徽省重点人文社科基地——“创意产业发展研究中心”。学院是中网联网络传播专业委员会首批成员单位，拥有首批“安徽省青少年网络素养教育基地”；拥有安徽省网络舆情调查与分析研究中心、安徽师范大学经致科技文化传播有限公司、安徽师范大学“创意港”省级众创空间、“新时代中国国家品牌传播协同创新中心”校级科研平台等。

自部校共建新闻学院工作开展以来，学院依托部校共建新闻学院的平台资源，发挥省属重点师范大学学科较为齐全的传统优势，确立“人文与科学并重、理论与实践结合”的目标定位，坚持以学科建设引领专业、学位点建设的发展之路。广大师生围绕马克思主义新闻观和中国特色社会主义新闻传播理论进行系统设计，开展专题研究，撰写了系列论著；打造课程群，组建专门教学团队，建设名师工作坊，编写了系列专业教材；进行创、采、写、摄、编、播、评、管一体化实践，取得了系列创作成果。学院在此基础上，策划了“安徽师范大学传媒视界丛书”，呈现学院在部校共建新闻学院工作中科研、教学、实践方面的成果。

出版“安徽师范大学传媒视界丛书”，旨在充分发挥部校共建新闻学院的平台优势，在新闻传播、品牌传播、媒介文化、艺术传播等研究领域，促进高显示度的标志性成果产生，形成相对明确的学术格局，打造部校共建的安徽师范大学新闻与传播学院学术品牌。我们将以丛书出版为推动，强化团队建设，合理布局研究方向，突出研究的前沿性，将新闻传播学建设成省内一流、国内知名学科；不断提升团队科研能力，凝练研究方向，强化成果的学术水平，将戏剧与影视学建设成目标明晰、特色鲜明的学科；共同打造特色鲜明、优势明显的文化传播学研究团队。

根据学院规划，“安徽师范大学传媒视界丛书”分为学术成果、教材、艺术作品三个子系列。这其中既有学院特聘教授、学术骨干的精品，又有学术新锐、新传学子的力作；既有科研领域的最新探索，又有教学方面的长期思考；既有研究思考的宏观论述，又有实践育人的具体案例；既有隽永文字的深邃详述，又有优秀图片的精彩呈现……综合反映了学院师生在部校共建新闻学院建设中的理论与实务成果。

“安徽师范大学传媒视界丛书”是部校共建新闻学院“十个一工程”中重点项目之一。对此，安徽省委宣传部新闻处给予了充分肯定，并提出了指导性意见。学校领导以及相关职能部门一直关注新传学院的建设与发展，“传媒视界丛书”的出版正是他们的关心的成果之一。新传学院汇聚了新闻传播、品牌传播、艺术传播、文化传播等领域人才，展示出人文与艺术兼容、理论与实践并重的学科发展特色，呈现出“求真、至善、尚美、笃行”的学院文化风貌。学院成立了“安徽师范大学传媒视界丛书”编委会，负责进行丛书的评选等工作。第三届编委会成员由杨柏岭、张师帅、沈正赋、马梅、赵昊、秦枫、丁云亮、朱晓凯、肖叶飞组成。同时，在策划“传媒视界丛书”的过程中，得到学院师生的大力支持，保证了丛书的质量。最后，特别要感谢安徽师范大学出版社领导对这套丛书出版的高度重视，感谢责任编辑为丛书出版所付出的辛勤劳动。我们将以“传媒视界丛书”为抓手，探索学院转型发展之路，以不辜负师生对学院发展的期待。

“安徽师范大学传媒视界丛书”编委会

二〇二一年九月

编者说明

一、此书为“安徽师范大学传媒视界丛书”《“头版头条”的写作艺术——一位〈人民日报〉记者的报告》（以下简称《报告》）而编选，属配套参阅书类，亦为欣赏品读研究之资料。

二、书名为“安徽师范大学传媒视界丛书”《“头版头条”作品选》（以下简称《作品选》），其实并非全部稿件都是头版头条，只是与《报告》书名相呼应，故使用“头版头条”。

三、所选作品并未按发表年限编排，同样是为了与《报告》写作顺序相匹配，《报告》中涉及哪些篇目《作品选》中便随即选出入编。

四、所选作品绝大部分为编著者个人所作，也有部分与人合作，凡个人所作便不再署名，凡与他人合作，则注明与某某合作，署名、报刊名、刊发日期等均放置文末。

五、此书所选也并非全部为个人头版头条作品，凡《报告》涉及的新闻大家的佳作，均一并选收进来，列入“他山之石”；凡新闻作品则注记者、文章则注作者等字样。

六、部分新闻作品的标题和内容，收入本书时，略有删改。

目　录

新闻“1+1”

消　息

传媒视界
CHUANMEI SHIJIE

「头版头条」作品选

通　讯

特　写

言　论

他山之石

新闻“1+1”

XIN WEN “1+1”

注：新闻“1+1”的形式是《人民日报》一种探索，前面的“1”是消息，将重点信息在头版头条推出；后面的“1”是通讯，较详细地报道新闻事实，可以给读者更多学习参考的东西。

经济结构向好向优　创新创业资源畅流

合肥　加速度谋改革

本报合肥6月9日电　签约到开工，仅11天，其中7天还是假期。得益于“合肥速度”，联想集团创了纪录。“办事效率之高、程序之规范，让人印象深刻。”联想集团首席执行官杨元庆感慨。

合肥速度，为什么这么快？“改革要把解决矛盾和问题作为关键。遇到问题不绕道，直面发展中的短板，在强化统筹的基础上，谋重点突破之功，取推动全局之效。”安徽省委常委、合肥市委书记吴存荣这样诠释。

改革组合拳，首先打向城市建设管理体制。100多项制度规定陆续出台，营造阳光公平的政务环境和市场环境，推动创新创业要素资源顺畅流动，努力将合肥打造为全国审批环节最少、办事效率最高、服务质量最好的城市之一。

合肥速度，体现在跃动的数字中。一季度，合肥市生产总值1154.6亿元，同比增长9.7%；财政收入278.32亿元，增长21.9%，增收占全省增量的81.9%。谁能想到，2006年，合肥全年生产总值才突破1000亿元。

合肥速度的含金量，体现在结构向好向优。一季度，服务业增加值占全市生产总值比重提高到39.8%；工业直接拉动经济增长5.1个百分点。高新技术产业在合肥落地生根，比重占全市工业54.2%，对经济增长贡献率超过40%。

在改革这双“大手”推动下，“大湖名城，创新高地”成为合肥的新名片。一座座高架桥全面贯通，一条条地铁线迅速开工，一个个美好蓝图转化为生动现实。

2月28日，合肥荣膺第四届全国文明城市。在全球300个都市经济体中，合肥新增就业率居第二位。如今，合肥每年净增30万人，新增就业人口超过18万人。作为全国第一个向外来人口全面开放义务教育的省会城市，合肥外来务工子女就读人数已占全市城区在校生总数的37.2%。

“改革，要突出以人为本，以增加老百姓的福祉为出发点，将合肥建设成为关怀人、陶冶人的幸福家园、文明城市。”吴存荣说。

（2015年6月10日《人民日报》头版头条，与何聪合作）

协同创新　均衡推进　深化改革

合肥　改到深处见奇崛

合肥有个“未来中心”。它是中国科技大学先进技术研究院综合主楼，寓意探索未来世界。

“无编制、无预算、无级别”，99%的科技成果归研发团队，作为深化科技体制改革的试验田，中科大先进技术研究院是介于企业、大学和产业园之间的混合体，聚合政、产、学、研、用五方力量，耦合创新链条，攻关新技术、孵化新产业。

参照中科大先进技术研究院的建设模式，合肥前期建立了语音信息、新能源汽车、公共安全等10个产业研究院，又规划建设合肥工业大学智能制造研究院、中科院合肥技术创新工程院等一批高端创新研发平台。

“探索未来，惟有协同创新；谋求发展，全面深化改革。”安徽省委常委、合肥市委书记吴存荣介绍，合肥打出改革组合拳，从改革城乡建设管理起步，推行行政审批制度、干部人事制度、科技与教育文化等一系列改革，均衡推进经济社会发展。

强化统筹谋突破
为城市发展“要合力”“出效益”

平均每天建成城市道路147米，建成房屋1156平方米，每17天就有一座桥梁竣工，合肥城市建成区从2006年的220多平方公里发展到目前的400平方公里，2006年启动的“大建设”成为合肥改革与发展的关键词。

“投资2000多亿元的‘大建设’，没一个干部‘倒下’，没发现一项‘豆腐渣’工程。”合肥市委副秘书长司胜平说，这都得益于城市建设管理体制改革中，形成“各尽其责、相互配合、多方联动、整体推进”的合力格局。

改革组合拳，首先打向城市建设管理体制改革。

在强化统筹的基础上，谋重点突破之功。完善规划决策体制机制，合肥强化规划的统一决策和龙头作用，统一决策部署和调度全市建设工作，将分散于城建、交通、园林、教育等20多个部门、综合交通工程等九大类政府建设项目统一集中到市级项目储备库统筹统管，将项目管理职能分解为规划、设计、立项、招标、投资、建设六大环节，实行专业化分工、分段作业，实施征地拆迁、沿途管线建设以及项目工程外围单位“三协同”，实行建设工程“有效最低价中标制度”“工程质量终身责任制”和拆迁安置“三榜公示制度”。

“要干事，干成事，不出事。”合肥市实施土地管理、财政管理、投融资和管理招投标体制改革，实现国库集中收付，逐步建立起借、用、还一体化，决策、执行、监督相分离，财政投入、资源整合和市场化运作相结合的多元化投融资体制；建立集建设工程、政府采购、产权交易、土地出让等交易功能为一体的统一招投标平台，走上“不找市长找市场”的规则之路，营造阳光透明的市场环境。

“改革不仅破解了城市建设的资金、土地等要素瓶颈，更实现了土地的节约集约利用。”吴存荣说，改革将相关职能部门定位在各自的“工段”上，合力超过预期，项目建设的速度和质量远远超过预想，也构建起环环相扣、阳光运行的监督链条。

合肥市招投标中心主任介绍，由于科学安排施工，长7.7公里的合肥金寨路高架桥工程工期缩短了10个月，避开了建筑材料价格大幅上涨，仅钢材一项就节约投资5亿元。据统计，合肥公共资源交易中心8年来累计完成各类交易项目近3万个，交易总金额5973.68亿元，节约资金达1817.18亿元。

制度协同严落实
为创新创业“造环境”“当杠杆”

“从签约到手续完成，仅用了5个工作日。”企业负责人曹文波感叹，“就冲这，我也要加快项目建设进度。”近日，北大未名生物经济研究院在合肥落成。

“在合肥，工业项目3个月内、其他项目4个月内都能办好手续、开工建设。”市长介绍，建设项目查验申报的办理时限，在一些城市需要100多个工作日，在合肥最多只需8个工作日。

高效环境的背后，是制度保障和规则支撑。近年来，合肥协同推进行政审批制度等19项改革举措，出台100多项制度规定，推动创新创业资源流动更加顺畅，让创新创业的热情充分释放。

以行政审批制度改革为突破口，合肥先后进行6轮行政审批事项清理，不断完善工作流程、内部制度，企业注册登记实行“并联审批和告知承诺制”，建设项目实行“并联办理制”“牵头单位负责制、缺席默认制”。所有审批事项的办理过程均实行“一次性告知制”“两次终结制”和“超时默认制”，合肥向审批环节最少、办事效率最高、服务质量最好的目标坚实迈进。

合肥出台《关于规范重大改革事项决策程序的暂行规定》，对重大改革事项实行公众参与、论证评估、合法性审查和集体决定等制度；深化行政执法体制改革，整合市场监管体制，全面完成工商、质监和食品药品监管体制改革，完善城市管理行政处罚自由裁量权“阳光运行”机制。在改革的同时，确定政府“以服务为本职”，对工业项目推出全程代办制、重大项目代建制。

今年，合肥市拿出5亿元，以基金方式投向优势主导产业和战略性新兴产业，据测算，可撬动20亿元的社会资本投资。“合肥通过改革规范政府行为，让市场发挥作用的同时，努力让‘看得见的手’在创新创业和产业发展中‘当杠杆’，发挥引领和撬动作用，提供真金白银、实实在在的服务。”市长如是说。

以人为本重民生
为经济社会发展“要均衡”“相和谐”

2月28日，合肥市荣膺第四届全国文明城市。“这是治城育人和经济社会发展实现均衡推进的重要考量。”吴存荣说，“改革，必须以人为本，以增加老百姓的福祉为出发点，将城市建设成为关怀人、陶冶人的幸福家园。”

教育事关千家万户，影响着一个城市的未来。针对新建住宅区没按规定配套建设中小学，造成小区孩子上学难，合肥专门出台政府41号令，明确公用设施要和商品房同步规划、设计、同步施工、同步验收并交付使用。目前，40多所新建中小学校陆续投入使用。

合肥还探索“名校+新校、名校+弱校、名校+乡校”的集团化办学新模式，基本形成城乡教育均衡一体化格局。合肥向外来人口全面开放义务教育，外来务工人员随迁子女百分之百有学上、百分之百上公办学校、百分之百与本市户籍考生同等标准录取……2014年，合肥外来务工子女就读人数10.41万人，占全市城区在校生总数的37.2%。

合肥围绕城乡一体化综合配套改革，推进城市管理体制、教育体制、文化体制、卫生体制、社会保障体制、节能减排与环保体制等方面改革，弥补存在的一个个短板。2014年，188项改革全面铺开，形成了全面深化改革的强大合力。今年，合肥着力深化户籍制度改革，引导农业转移人口就近城镇化，逐步实现基本公共服务由户籍人口向常住人口全覆盖，深入推进社会保险体系建设，完善被征地农民基本生活保障制度，推进各项社会保险关系制度衔接和跨区域转移。

“深化改革是手段，转型发展是目的，促进就业是结果。”司胜平介绍。合肥把优先安置企业职工摆在第一位，与战略投资者联姻，整合组建市国有资产控股有限公司等四大投资集团，为推动优势主导产业和战略性新兴产业发展“架桥铺路”，为群众创业就业创造空间。依托美菱和荣事达两大家电品牌，通过国有股权转让，先后引入海尔、长虹、三洋、美的等企业，并集聚华凌、格力等品牌，合肥成为全国家电制造基地，吸纳大量劳动者就业。在全球300个都市经济体中，合肥新增就业率居第二位，近两年每年新增就业人口超过18万人。

（2015年6月10日《人民日报》）

看得起病　看得上病　看得好病

安徽勇当医改“先锋官”

安徽版图，形如心脏。改革，如同心脏的起搏器，不断为安徽阔步前行提供有力支撑。

安徽从来不乏改革的勇气。今天，人口规模靠前，而人均水平则靠后的安徽，又在我国新一轮医改中勇当“先锋官”——以政府主导、回归公益为出发点，紧贴百姓脉动，破除顽疾沉疴。

记者在肥东县采访，发现了这样三个变化：

原先在家“闷”着的农村病人“走”出来了。肥东县人民医院去年参加县级医院改革，今年上半年门诊激增4万人次，增长36.2%，与之相对应的是门诊费用下降了19.2%，人均减少42.60元。8月5日，撮镇镇马桥社区行政村田埠组村民陈飞鸿，静脉曲张手术后出院，医药总费用2955.99元，新农合报销1602元，他自己只掏了1300多元。而医改前手术费要4000多元，病人要自付2300多元。老陈连呼实惠：“以前得病在家扛着，如今很多人都有能力到医院瞧瞧。”

村卫生室内，男女老少齐“吊水”少多了，体检和健康保健成为常态。村医除了看病，就是走街串户为村民量血压、测血糖，提供公共卫生服务。3个月前，梁园镇卫生院到邓岗村为65岁以上老人进行第二季度免费体检，查出七旬老人杨世英有糖尿病。如今，在村医的指导下，老人没吊一瓶水，没吃一粒药，半年多时间，空腹血糖从8.0稳定到了6.1。

镇卫生院破旧“面包车”面临退役，高标准急救车即将上岗。农村常见病、慢性病能看了，突发病怎么办？7月22日，肥东县政府决定，在全县农村建立“15分钟急救圈”，拿出1000万元，布局农村急救网点，为7个乡镇卫生院配置崭新的急救车，增加专业急救人员，确保农民第一时间得到救治。

医改，被称为世界性难题，牵扯多方利益，触碰种种矛盾，安徽坚定选择“人民利益最大”，顶层设计，系统配套，全面推进，努力破除以药养医的老制度，建立公益性的新制度。制定了一条不能逾越的红线——药品必须“零差率”销售。开药没有了利润可图，一般诊疗费用固定了，乱输液、大检查成了医院的赔本买卖。

医改良心方，换回的是百姓对党和政府的信赖。改革让基层医疗卫生机构药品中标价格较国家指导价平均下降52.8%，抗生素使用比例下降27.2%。农民少掏一半钱，用药也安全了。

在村级和乡镇医疗机构改革探索成功经验基础上，2012年底全省县级医院改革全面铺开，148家县级医院悉数参与。仅仅半年，便实现次均门急诊药品费下降7.3%，次均住院药品费下降17.1%。至此，安徽医改已经覆盖全省65%的医疗卫生服务资源，惠及数千万城乡百姓。

改革，永远是“进行时”。省市两级公立医院改革，被认为是最难啃的“硬骨头”。县级公立医院改革全面铺开后，安徽已经开始挺进这片“深水区”，芜湖和马鞍山列入17家全国公立医院改革试点城市，先行先试，成效明显。安徽有关方面表示，争取年底前启动省市两级公立医院改革。

（2013年8月12日《人民日报》头版头条，本报安徽采访组）

安徽医改　敢闯“深水区”

【核心阅读】“救护车一响，一年猪白养”，老百姓有病不敢看，一场大病就致贫返贫，不从基层入手彻底破解医疗卫生难题，其他改革发展的红利难以释放。安徽医改敢啃“硬骨头”，敢闯“深水区”：在全国率先对县乡医疗卫生机构药品实施“零差率”招标采购，率先全面铺开县级公立医院改革，试点并酝酿省市公立医院改革……安徽，成为新一轮医改的探路“先锋”。

6月28日，安徽省政府下发意见，从基本药物制度等6个方面出台18条政策，进一步巩固和深化基层医疗卫生体制改革。这标志着安徽医改步入一个巩固提升新阶段。

在全国率先对县乡医疗卫生机构药品实施“零差率”招标采购，率先全面铺开县级公立医院改革，试点并酝酿全面推进省市公立医院改革……敢为人先的安徽，成为中国新一轮医改的探路“先锋”。

“让百姓能看病、好看病，少花钱、看好病。有了这个目标，就有了改革的底气。”安徽省委书记张宝顺说。

医疗机构回归公益

安徽将全省1230个乡镇卫生院和637个社区卫生服务机构，全部纳入编制和预算管理，明确为公益性事业单位。

“大夫，不会错了吧？我咋只掏20来块钱？”8月3日，芜湖县陶丰镇卫生院的报销窗口。78岁的低保户胡成科看到个人支付部分的数字，有些疑惑。

工作人员确认无误。“20.95元”，并非仅仅是开一服药、输一次液的费用，而是胡成科住院整整一周自己要掏的钱。

8天前，胡成科因支气管炎诱发心脏病住进了卫生院。一周后康复，总费用452.95元，个人掏的不及一个零头。

得益于安徽持续推进的医疗卫生体制综合改革，数千万像胡成科一样的农家百姓卸下了肩头沉甸甸的“药担子”。

改革之前的安徽医疗卫生领域，“救护车一响，一年猪白养；住上一次院，三年活白干”，农民“看病贵”，“看病难”，苦不堪言。金钱利益驱使之下，大处方、大检查、医药贿赂屡见不鲜。

一次全国治理医疗商业贿赂的专项检查，暴露出的问题相当惊人。日均门诊量不足500人次的某县医院引进CT诊疗设备后，为尽快收回成本，三年开出检查7万多人次，盈利超过1000万元；

城里的名医到乡镇去“走穴”，开“飞刀”成为常态，众多乡镇卫生院为了增加收入，强行开展其不具备资质的大型手术，导致医患纠纷多发……

这一切，深深地刺痛着安徽的决策者：安徽6800万人口中，农业人口就有5000万，老百姓有病不敢看，一场大病就致贫返贫，谈何科学发展、社会和谐？不从基层入手彻底破解医疗卫生难题，其他一切改革发展的红利都难以释放。

那么，突破口在哪里？安徽省委、省政府调研中，两个“拍桌子”的故事再次警示他们：医改之路不好走。

医改伊始，省政府一位领导到淮南凤台调研。一位村医激动地拍起桌子：“改革前一个月的收入，抵得上现在干一年的！”细问之下，这家只有一个人、一张桌的村级卫生室，常常一年能开出几十万元的药品。

基层医改启动之后，安徽省医改办又组织召开了一次意见征求会，长丰县一位乡镇卫生院长又当场拍桌子：“现在药品不让加成了，我卫生院里那么多人咋养活？”不久，这位院长便因为待遇落差主动辞职。

强烈反弹，没有吓退改革者，反而使人们对症结看得更清：“以药养医”机制下，基层医疗卫生机构收入来源主要依靠药品加成。改革前，乡镇卫生院药品加成比例普遍在60%以上、村卫生室在80%以上，相当一部分医院的加成比例在90%以上，有的甚至高达167%以上。只有消除“以药养医”顽疾，才能让基层医疗卫生机构回归公益。“这块‘硬骨头’，再难也要啃。”安徽决策层坚定地表示。

医改开始，安徽将全省1230个乡镇卫生院和637个社区卫生服务机构，全部纳入编制和预算管理，明确为公益性事业单位，为群众提供基本公共卫生服务和基本医疗服务。

基本药物集中采购

瞄准“以药养医”的死穴，双信封、单一货源承诺、刚性采购参考价诸策确保“零差率”落到实处。

2012年12月15日，安徽所有县级医院药品实行零差率销售。

“零差率”，瞄准的是“以药养医”的死穴，成为安徽基层医改的一大利器。

为确保“零差率”落到实处，安徽提出明确原则：

“双信封”：药品企业同时递上技术标书和商务标书，只有满足技术标准要求的企业才能进入商务标评审，价格最低者中标。

量价挂钩、“单一货源承诺”：只要中标，就能独家占有全省的市场。

刚性的省采购参考价：不高于国家零售指导价，不高于基层实际采购价，不高于周边省份的最低采购价。

“零差率”政策推行之后，乡镇医疗卫生机构药品中标价格较国家指导价平均下降52.8%，县级医院平均下降36.6%。百姓的医疗负担大大减轻。

基本药物集中采购，切断了“医”“药”之间的利益联系；“收支两条线”制度的执行，则将基层医疗机构谋利的可能性降至最低。

在肥东县梁园镇卫生院，院长俞义年说，现在卫生院没有独立的账户，收支都从财政专户里走。“开药方不再是卖药，我们只根据患者的需求调拨、分配、使用药品。医院和医生心安多了。”

完善的顶层设计之外，更多的“紧箍咒”在诊疗的具体操作层面发挥作用，督促医疗机构合理检查、合理用药、让利于民。

芜湖市第二人民医院作为全国公立医院改革试点，制定实施了从临床科室药品比例考核，到按病种付费、医疗路径管理的全方位监控体系，让

"大医院"也能开出"小处方"。"比如做一次阑尾手术，按照规定只能做5项检查，费用封顶3000元，药品费用占比不能超过40%。哪一项不符合要求，多出的费用就要医院负担。"医院副院长邹兵认为，这样的指挥棒，引导医生从"多开药"的思维定式向"靠技术"转变。

安徽"零差率"做的是减法，砍的是"以药养医"的利益链，动的是药品生产企业、流通企业、医院，甚至是医生的"奶酪"。改革之初，众多药企"围攻安徽"：联合抵制安徽药品招标；联合开会"声讨"安徽，集体抱怨药价"虚低"；甚至列出安徽医改"八宗罪"，指责安徽"唯低价是取"，将增大药品质量风险。

面对各种质疑，安徽没有退却，实事求是分析，主动完善政策。去年连续出台两个办法，对"双信封"制做出调整："技术标"与"商务标"得分分别占权重的60%和40%，最终两者相加得分最高者中标，得到很多企业的支持。

"零差率"开始倒逼药企向管理要利润。过去，药品零售价中至少有50%用于物流成本和在医院的推广费用，如今流通企业营利空间被钉死在7%左右。而且必须把网络覆盖到此前不愿意涉足的偏远、基层地区。医改后安徽国立医药集团承担着300多种集中招标采购药品在全省范围内的流通配送任务。业务规模明显增长，总收入却一直维持在4亿元左右。集团董事长说："安徽医改是一个综合性的改革，制药企业、物流企业、医院医生都得主动改变。唯利是图肯定没有生存空间！"

挺过难关，安徽决策层更加坚信"三个回归"方向正确：让基层医疗卫生机构回归到公益性，而不是以营利为目的的企业；医生回归到治病防病的角色，而不是推销药品的商人；药品回归到治病的功能，而不是赚钱的工具。

增量改革成效凸显

人事制度改革、分配制度改革和经费保障机制同步推进，为"回归公益"夯实根基。

定远县张桥镇卫生院院长时常感慨医改这几年，自己的人生"大起大落变化太快"。

2013年上半年，张桥镇卫生院门诊量超过1.7万人次，全年营业收入有望超过1000万元。而三年之前，随着“以药养医”被新医改一刀砍掉，卫生院的运营跌至谷底，不少骨干医生都另谋生路。

伴随着各项保障政策的相继兑现，卫生院运营渐有起色。前不久，定远县根据18条政策，在乡镇卫生院设立“首席医生”制度，调动医生的积极性。刚刚成为卫生院“首席”的医生郭张泓觉得，这一激励机制带来的不仅仅是每月1000元的额外补贴，更让他感到一种荣誉和责任感，相比过去，“身上的白大褂特别‘干净’”。有的离职医生还向他打听：能不能返岗再就业？

让利于民，对医疗机构冲击不小。推诿病人、人才流失等现象，成为改革之初的阵痛。切断了利益链后，基层医疗卫生机构如何实现发展？医务人员积极性又该如何调动？

安徽人事制度改革、分配制度改革和经费保障机制同步推进，为“回归公益”夯实根基。

基层医疗机构“定编定岗不定人”。安徽对乡镇卫生院工作人员实行全部核编，全体起立，能者上岗，清退、分流、安置在编不在岗、不具备行医资格人员2万多。

财政“全额埋单”保障医院的正常运转。安徽省财政拿出21亿元，承担起乡镇卫生院和社区卫生服务中心的设备采购和人员经费。不久前，安徽再次要求县级财政、卫生部门核定基层医疗卫生机构的基本支出和基本公共卫生服务支出，纳入年度综合预算，及时足额拨付。

120万、144万、172万，是陶丰镇卫生院最近三年得到的政府拨款数。而医改前，芜湖县陶丰镇卫生院每年所得政府拨款，仅为全院人员基本工资的6%。院长崔敬敏说，从前一睁眼就想着去赚钱，现在只需考虑如何提高服务质量和医疗水平。

“绩效”考评模式改革，激活基层医疗机构医务人员的积极性。新出台的18条新政，明确将定期对机构的服务质量数量、公共卫生任务完成情况、患者满意度等进行考核，考核结果与奖补挂钩，而奖励性绩效工资占绩效工资比重一般不低于60%，实现多劳多得、优绩优酬，让医生有尊严地工作，但又不吃“大锅饭”。

“网底兜住了！”眼见收入一年比一年高，定远县陶铺村村医陈文树欣喜不已。今年，安徽将村医公共卫生服务经费提高到12元，并一年增加村卫生室运行经费补助3600元。县级财政、卫生部门在乡镇卫生院名下为其开设账户，补助资金实行“按季预拨、打卡发放、年终结算”。现在他除了坐诊，每天还走街串户，为村民量血压、测血糖，建立健康档案。

“县医院大变样了!”改革中，降低医药费、检查费，上调诊查费、手术费、护理费。一升一降之间，患者利益得以维护，医务人员高技术、高风险、高强度的劳务价值得到体现，安徽县级医院发展进入良性循环。定远县总医院实施医改一个月，门诊次均费用同比下降9.2%，住院人次猛增51.5%。“花钱建机制”的增量改革成效正在凸显。

根据新出台的“18条”，安徽正致力标准化建设，力争到2015年全省基层医疗卫生机构达标率达到100%。并在鼓励有条件的地区积极探索村卫生室由乡镇卫生院“院办院管”，探索将乡镇卫生院纳入县级医院一体化管理，加快形成基层首诊、双向转诊、分级医疗的医疗服务模式。

“尽管政府要多投入，但让群众敢看病、能看病、看好病，不就是我们的目标吗?”肥东县委书记“算大账”后说。

破题省市医院改革

推进“管办分开、政事分开”，完善补偿机制，推动“医药分开”，深化医疗服务价格改革。

医改最大的难点是什么？是公立医院改革，特别是作为医疗卫生服务终端的省市级公立医院。而继县级公立医院改革展开后，安徽已经蹚进这片改革的深水区。

省发改委主任张韶春介绍，目前安徽正在开展县级公立医院改革评估工作，在总结此经验的基础上，省市两级公立医院改革方案或将于明年初出台。

早改早主动，先行占先机。全国17个公立医院改革国家联系试点城市中，安徽就贡献两个：芜湖和马鞍山。早在2007年，芜湖市就在全国率先实行了医疗机构医药分开改革，切断了医药利益链，奠定了公立医院“公益性”基础。2012年，芜湖市属公立医院就诊人次、开放床位均较2009年增长一半以上。规模最大的市第二人民医院平均“药占比”从2008年的

43.05%，下降到2012年的34.2%。

然而，“漩涡”“暗流”也在涌现。目前，芜湖市级医院的医生靠开药来快速牟利的路子已经基本被堵死，但由于芜湖市区还有两家省属医院没有参加医改，“以药补医”体制总能“吸引”着市级医院的医生“投奔”而去。“如果不在全省乃至全国范围内全面推行医改，这样追逐短期效应的情况还会发生。”芜湖市卫生局局长非常担忧。

公立医院是中国医疗服务体系的主体，改革得好不好，直接关系到医改成败。一旦进入医改体系，诸多药品生产企业是否愿意加入更大规模的药品集中采购？回归公益后政府财政保障能否跟得上？大幅降价会不会造成本已紧张的优质医疗资源更加拥挤不堪？

“安徽几年来开展的基层医改就是摸索解决这些问题的过程。其成效和经验，已经为更高层次的全面医改打下基础。”安徽省常务副省长詹夏来表示，保基本、强基层、建机制的医改理念，不断化解省市级公立医院改革的突出矛盾。

目前，安徽乡镇卫生院、社区卫生服务中心及村卫生室，占到全省整个医疗卫生服务资源的15%，县级医疗卫生机构占到50%。总共65%的医疗卫生服务资源医改“过关”，使得70%以上的病人实现“小病不出村，大病不出县”，大型医疗机构资源压力正在得到缓解。

继续探索管理体制改革，推进“管办分开、政事分开”；不断完善补偿机制，彻底破除公立医院“以药补医”顽疾；持续创新药品采购机制，推动公立医院“医药分开”；不断深化医疗服务价格改革，重构医药价格形成机制……安徽省市公立医院的改革方向初定。

“看得起病，看得上病，更要看得好病”，这是安徽省委、省政府努力争取的目标。面对“深水区”的诸多难题，自下而上的医改进程，给了安徽足够的自信。有了这种责任担当，这种勇气支撑，安徽医改一定会交出一份满意答卷！

（2013年8月12日《人民日报》，与何聪、曲昌荣、魏贺合作）

上得岸，住得好，能致富，过开心

安徽　渔民上岸日子美

本报合肥12月23日电　近日，记者再次来到安徽省阜南县王家坝，去了沿淮、沿江、巢湖等内河渔区，看到了一番令人欣喜的景象。

王家坝郭素珍家，除了马上有岸上的房子，能喝上自来水，还加入了新农合，申请了低保。可是就在一年多以前，渔民郭素珍一家还上不了岸、喝不上干净水、孩子上不了学。本报2013年1月27日刊登了《300多漂泊渔民何时能上岸?》，渔民们的处境牵动了安徽省委、省政府领导的心。

一年多来，安徽省多措并举解决这些渔民的生产生活困难。安徽省委书记张宝顺、省长王学军多次到一线调研，制定规划、措施，明确要求各地将解决渔民困难作为党政“一把手工程”。滁州市对全市4239户渔民进行了分类安置；芜湖市无城镇10月交付了城南新城惠民园安置小区，333户渔民的安置房都已装修，渔民可拎包入住；合肥市包河区烟墩街道为辖区所有困难渔民推荐工作。近两年来省财政补助2亿多元，各地配套经费，层层推进渔民上岸安居工程，并一揽子解决渔民的户籍、子女上学、医保等实际问题。

2014年底，和郭素珍一起圆梦的，还有生活在长江、淮河及其流域内大型湖泊的2.2万户安徽渔民。这些渔民大多无房无田无养殖水面，一家几代人挤在船上，条件异常艰苦。

“渔民上岸安居，绝不是简单‘离开住家船，岸上给个房’。还要留得住、过得好，真正过上甜甜美美的日子。”张宝顺曾一再感慨地说，“在保障基本生活的同时，政府应开展职业技能培训，帮助渔民就业，协调创业贷款，建设农业合作社，真正让渔民上得岸，住得好，能致富，过开心。”（相关报道见第九版）

（2014年12月24日《人民日报》头版头条，与钱伟合作）

安徽　漂泊渔民 上岸梦圆

12月8日，再见到袁艳伟，和一年多前见到的那个人简直判若两人。如今她站在阜南县王家坝镇保庄圩北侧的这块空地上，看到政府为渔民规划建设的安置房已经破土动工，那满脸的笑藏也藏不住。

2013年初春，记者来到她家时，她正因建不了房、上不了岸而发愁。儿子上不了学，女儿被绑在船屋门框上，两口子打不到鱼、挖不成沙，起了“钱途”名字的儿子却怎么也看不到什么“前途”。

这一切都在一年中得到了解决。

在这个岁末和袁艳伟一样圆了上岸梦的，还有安徽全省2.2万户、7万多名以船为家的渔民。

今年初，安徽省启动了渔民上岸安居工程，要让长江、淮河及其流域内渔民过上新生活。按照计划，年底前全省渔民上岸工程将基本完成。

“让以船为家的渔民上岸安居，是综合解决渔民各项生产生活问题的有效途径。各级党委、政府要把这项工作作为‘一把手’工程，带着感情，带着责任，真正深入渔民群体，问需问计。坚持因地制宜、尊重渔民意愿、方便生产生活，把好事办好，把实事做实。”安徽省委书记张宝顺的话掷地有声。

居者有其屋　渔民俱欢颜

沿202省道出阜南县城往王家坝镇，一年多前记者来采访时的土路，已变成宽阔的柏油路，一切都是新的，犹如王家坝渔民现在的心情。

听说既可以盖房住镇上，也可以进城住小区，一辈子以船为生的郭素珍几乎不敢相信这是真的。她经常在外做生意的儿子钱红亮、钱红兵选择到县城住廉租房，每月100元租金，今年年底就可以搬进去，满五年可以低价买下。郭素珍左右考虑，还是舍不得待了一辈子的淮河岸，决定和小儿子钱红饶住到王家坝保庄圩新建的安置房里。

"新房70多个平方，有两个房间，政府补贴了4万多元，自己再交一两万就够了。"袁艳伟告诉记者，婆婆带孩子住一间，他们夫妻俩住另一间。

岸上无房、上不了岸，这是大多数渔民面临的最大问题。夏天酷热难耐，冬天四面透风，用电上岸求人。即将告别过去船上人家的苦，如今袁艳伟的眼神里，都是发自心底的感恩。

居者有屋，渔民欢颜。安徽把实施渔民上岸安居作为解决实际困难的首要任务，多渠道想办法，让每一户渔民都有地可落、有房可住。截至目前，全省渔民上岸安居工程已全部开工建设，半数以上渔民搬进新居。

"建新房首先要解决钱的问题，安徽坚持资金筹措方式多元化，将2.2万户渔民全部纳入国家规划，中央财政安排4亿多元，省财政补助2亿多元，辅以市县配套、银行信贷和社会捐助，加上渔民自筹，共同用于渔民上岸工程建设。"安徽省财政厅厅长介绍，目前省财政已下达了省级补助资金23161万元。

今年9月，一辈子在芜湖市鸠江区裕溪口江面上打鱼的张文生、钟翠华夫妇拿到了99平方米新房的钥匙。夫妻俩原先住的船上交政府拆解，获得10万元赔偿，而购房价格每平方米才1000元。

安徽省农委主任张华健介绍，针对一些渔民家庭贫困、拿不出钱的问题，各地也坚持特事特办，安置方式多样，不搞一刀切，对愿意进城的渔民，同步纳入各地保障性安居工程建设计划，单列指标，足额保障；新建安居住房的，采取小规模集中安置与分散安置相结合的办法，宜聚则聚、宜散则散。

"滁州市全椒县针对部分渔民拿不起安置房差价款的问题，让渔民先行入住，政府先行为渔户办理共有房屋产权证，不设时间限制，无需支付利息，待交齐房屋差价后，就更换为渔民个人房产证。"滁州市委书记李明说。

就业帮一把　致富多渠道

“我上岸了就想做点小生意，尤其是要让钱途他们从此告别渔民生活。”钱红饶现在已经很少打鱼，有时间就在附近打打零工。

问起想做啥生意，钱红饶一下脸红了，连连说没有想好。袁艳伟在一旁轻声告诉记者，他这些年摆弄发动机啥的攒了些经验，就想先开个农机维修店，不过就是缺钱。

“针对那些有技术想创业的渔民，县里镇上都会帮助协调低息贷款，开店的事情不用犯愁。如果不想打鱼了，镇上也可以推荐到县里的工业园区工作。”王家坝镇镇长余海阔的话，让忧心忡忡的钱红饶眼神明亮起来。

对于安徽2.2万户上了岸的渔民来说，老人或许可以养老安居，不少年轻人却面临着转岗、转业问题。由于长期生产、生活在船上，缺少资金、缺乏经验、文化水平低等问题依然困扰着他们。

对此，阜南县农委主任丁超告诉记者，为了服务有转岗、转业意向的渔民，阜南县将会开展新型职业农民和对口专业技术免费培训，推动渔民就业。

上岸是基础，富民是核心，如果上岸后从有业渔民变成无业居民，最终还可能会出现重新“脱鞋下水”的情况。安徽坚持把推动渔民就业、提高渔民收入作为重要目标，通过渔业内部挖潜和拓展外部增收空间，多渠道促进渔民增收。

在巢湖边的合肥市滨湖新区烟墩街道，今年52岁的杨兵打了30多年鱼，考虑到老人熟悉湿地环境，上岸后街道把他推荐到湿地养护公司工作，如今管理着40多名养护工人，当上了“领导”。

“安徽把上岸未就业渔民纳入就业帮扶范围，积极落实各项就业扶持政策，组织渔民参加就业技能培训，按规定给予培训补贴，帮助他们摆脱传统的渔业劳作方式。在有条件的地方，把渔民上岸、建设渔民新村与发展乡村旅游业、水产品加工养殖等结合起来，积极创造适合的就业岗位、创业机会。对继续从事捕捞生产的渔民，引导组建专业合作社抱团取暖。”张华健介绍。

池州市委书记陈强坦言，一刀切解决不了渔民就业。所以除了开展技术培训、介绍园区就业、发展公益岗位，池州探索出了一条“合作社”加“大市场”的新路子。

在池州，一辈子在升金湖打鱼的陈德建已经从一个普通的渔民变成了渔业大市场的股东。政府帮忙解决用地之后，渔民们集资建起了大市场，盖上了渔民新村，一下都成了股东，将市场摊位出租，也能赚钱。

“我们原来就在升金湖打鱼，现在大家伙把湖面承包下来，组成了养殖合作社。32户渔民，分成3个经营小组，湖面分段管理。”陈德建告诉记者，经营小组每年统一投放鱼苗、管理、捕捞，再拿到市场上统一销售，到了年终分红，人均能赚2万元。

保障全到位　上岸无牵挂

一年多前记者来到王家坝时，钱途因为没户口上不了学。要是上不了学，哪会有什么前途？

“因为流动性强、违反生育政策等种种原因，咱船上的孩子大多没有户口。现在政府体谅渔民，都给咱在镇上办了户口了，钱途明年就读一年级啦。”袁艳伟说，“等拿到房子，户口就正式落上去。”

虽然到任时间不长，但余海阔已经跑了淮河岸边众多渔船。正因为亲身感受到渔民的需要，他亲自为119户渔民中无户籍的办妥了户口。

“过去在船上，生活就靠捕鱼和燃油补贴。现在镇上给咱办了医保，还在帮忙申请低保，就算没有鱼打，咱也不愁生计了。”郭素珍说了许多声谢谢。

“生活保障是服务渔民的‘最后一公里’，阜阳将其纳入第二批教育实践活动立行立改的问题清单，真正把好事办实、实事办好。”阜阳市委书记于勇说。

2013年以来，安徽连续出台《关于解决捕捞渔民生产生活困难的意见》等近10个文件，除了上岸居住，还要求一揽子解决以船为家渔民户籍、子女上学、医保低保、养老、生活困难救助等实际问题，确保工作规范化、制度化、长效化。

“安徽坚持兜底线、保基本、促公平、可持续的原则，从渔民实际出发，结合正在实施的33项民生工程，系统解决渔民基础教育、公共卫生、社会保障均等化等现实问题，确保渔民上得了岸、生活得好。”张华健说。

安徽芜湖将渔民家庭纳入城市低收入家庭专项救助范围，实行应保尽保，最大可能解决他们的生活困难。全市4052名渔民中，2384人参加养老保险，1458人参加职工基本医疗，2033人参加新农合，905人享受政府提供的低保。同时，将上岸安居的渔民就近纳入相关乡镇（街道）、村（社区）管理，确保不留空白点，使渔民享受市民同等待遇。

记者发现，渔民群体过去相对闭塞，大多在小圈子交往，甚至婚姻也大多在渔民内部解决，上岸后如何融入新生活，是一个新的问题。享受同等市民待遇，推动身份认同，也是让他们找到归属感的重要一步。

“芜湖市要求社区干部多走访，多接触，多关心，多组织文化娱乐活动，帮助渔民群体融入新生活。”芜湖市委书记高登榜说。

“小区有健身器材，还建了社区卫生所，生活方便多了。”钟翠华笑着说。

（2014年12月24日《人民日报》）

“一条线”解决群众百万诉求

合肥　服务热线落实热情

本报合肥7月26日电　“有事？打12345啊，管用。”年近古稀的退休教师郝树生，如今成了“12345政府服务直通车”义务宣传员，看到有邻居托人走关系办事，老汉就吹胡子瞪眼，“一个热线解难题，还托啥人走关系，真是不着调”。

2010年，郝树生听说独生子女父母每月可增领5%的养老金，就向学校和社保局申请办理，却因为材料不齐被耽搁下来，“皮球”在学校和社保局之间踢了整整4年。这让老汉坐不住了，准备找人打官司的时候，一位律师朋友建议拨打“12345”试试。没想到一拨就灵，社保局专人打来电话，告知解决的程序和细节，热线3天内就进行了回访。“一条热线，问的是人情冷暖，管的是民心向背。”郝树生感叹。

12345热线，不少地方政府部门都有。但“打了不通，通了没用”的抱怨，时有耳闻。2008年初，合肥市把85个政务、公用事业类服务热线整合形成“12345”统一热线号码，为群众提供咨询、求助、投诉、举报等诉求渠道，实现了“一个号码找政府”的服务格局。为了更好地解决群众反映的问题，合肥还将市、县、乡三级1060个用户单位作为成员单位，纳入12345管理平台统一调度。2012年以来，热线共受理群众诉求116万件，办结率99.8%，群众满意率99%。

群众对热线还有什么需求？还应注入哪些民生要素？6年来，合肥从未停止过探索。高效运转，靠的是制度保障和执行有力。统一受理、分级处置、限时办结、过错问责的管理制度，真正让“热线”进入了百姓的“视线”。市政务服务中心副主任汪胜利介绍，对于群众反映的问题，“12345政府服务直通车”会对响应时间、办理质量、办理结果进行监控，同时在网上接受群众监督，一旦发现办事拖沓、群众不满的情况，即由市监察局立案督办。

“热线跟踪回访，纪委把关督办，对于群众反映问题行动迟缓、漠不关心的干部，就挪位子、摘帽子，强有力的制度保障，真正做到了为群众解忧解难。”合肥市委书记吴存荣说。

（2014年7月27日《人民日报》头版头条，与钱伟合作）

合肥“12345”，一头连着政府职能，一头连着百姓需求

架起服务连心桥

家住安徽合肥市庐江县泥河镇的张生想翻修自家的土坯房，需要一个建设许可证，可就是不知道该咋办，听说有事拨打“12345”就行，就试着拨了一下，没想到，不到一周就办妥了，乐得他逢人就说：“12345，真灵。”

合肥的“12345”已经创办6年。从“不灵”到“真灵”，靠的是不懈坚持。

热线产生高效能，才是真本事

“12345”创办之初为市长热线，同时存在的还有其他部门的85个热线电话。“别说老百姓了，就是政府部门也分不清、找不准。遇上需要几个部门协调的事，更像是没头的苍蝇乱撞。”合肥市政务服务中心常务副主任朱达利说。

“热线”办不了事，渐渐就成了“冷线”，一些部门的热线电话便成了摆设。

渠道不畅怎么办？打通！2008年初，市委、市政府强力推动，85个政务、公用事业类服务热线整合形成了“12345”统一热线号码，并专门设立了办公地，由行政服务中心管理。“开通只是开始，高效运转才是本事，这需要久久为功的恒心。”朱达利说。

为了更好地解决群众反映的问题，合肥将市、县、乡三级1060个用户单位作为成员单位，纳入12345管理平台统一调度，工作人员通过外呼、转接等方式，交成员单位办理。市里专门出台文件，要求件件有应声、有着

落。如果情况复杂不能按时办结，交办部门应申请延期并及时向诉求人解释。

“市民只需打一个号码，就能得到政府的帮助和服务。”市政务服务中心副主任汪胜利说，2012年以来，热线共受理群众诉求116万件，办结率99.8%，群众满意率99%。

合肥门户网站还设置了12345网络服务专栏，群众诉求可以直接登录网站提交。2012年，合肥市再次对政府服务热线和网络问政平台进行整合，建立12345政府服务直通车。

不抓落实亮红灯，监管出效率

韩国青年安根吾，想在合肥开一家韩餐店，试着拨打了“12345”。经过工作人员耐心解释，安根吾终于弄懂了政策和办事流程，连连表示感谢。

朱达利介绍，目前热线60%以上都是咨询类的问题，对于常规政策咨询，尽量现场答复；复杂的政策咨询，记录整理后，5日内主动回复。对于非咨询类的问题，12345也有一套更加详细的管理流程，确保问题得到有效解决。

家住庐阳区淮河路老干局宿舍的曾蓓，打电话反映楼房化粪池堵塞，污水不断从马桶溢出，希望帮忙疏通。工作人员接到电话后，立即联系所属街道，将其反映的问题交办。街道随后通过社区协调小区物业公司，第二天问题就得到解决。

曾蓓第二天就打来了感谢电话。12345政务直通车负责人李月兰笑着告诉记者，“每天都能接到几十个感谢电话，打心里觉得温暖”。

李月兰说，12345设有专门督办机构，对群众诉求跟踪督办，督查结果作为成员单位目标管理考核依据。同时还建立了电子监察系统，对响应时间、办理质量、办理结果全程监督，即将到期的事项会有黄灯警告，逾期不办或者群众反映“不满意”的有红灯警告。一旦亮红灯，市监察局将介入调查。

购买服务降成本，提高专业化

在12345政府服务直通车办理现场，记者看到，接线员代世珍正利索地回答着一连串提问，热情而熟练。政府服务热线初建时，代世珍就来到这里，"每天要接听一百多个电话，不管面对什么样的问题，即便对方是在调侃，也要认真回答，因为我们说的每句话都代表着政府"。

在另一个房间的网络受理平台，两排电脑桌整齐排列，方芳和同事们正紧张地敲击着键盘。方芳介绍，现在的网上业务越来越多，10名工作人员每天受理项目超过2000个。

其实，代世珍、方芳都不是政府工作人员，而是通信公司员工。2008年，合肥市通过公开招标，确定移动公司承接整合后的12345服务热线，网络受理平台则由电信公司负责。

"通信公司内部通过考核、选拔，安排业务熟练、素质过硬的员工到呼叫中心工作，政府服务直通车再对工作人员进行专门培训，合格后上岗。"李月兰介绍，这样既节约成本，也提高了专业化水平。

朱达利介绍说，目前12345"全天候"受理，只有工作人员85人。如果招聘专职工作人员，仅人员工资一项就要400万元，加上系统运营软、硬件成本，总投入将超过500万元。而通过政府购买服务，每年财政只需支付约100万元，获得的是更加专业化的服务。

"群众需求无小事，12345做到了受理一体化、处理快速化、服务优质化、流程规范化，架起了政府与百姓之间的连心桥。"市长表示。

（2014年7月27日《人民日报》）

生态领先　发展转型　创新驱动

合肥塑造“大湖名城”

本报合肥8月17日电　曾经的巢湖：蓝藻暴发，成群的鱼虾死在湖边滩涂上；今天的巢湖：空气清新、烟波浩渺，绿色湿地与错落有致的高楼城际线遥相呼应。这个800平方公里的大湖何以蜕变重生？“治湖先治河、治河先治污”，近几年，合肥打了一场新时期的环保“淝水之战”。

耿延强，合肥市包河区区长，今年3月多了一个新职务：“河长”——境内南淝河“河长”。官不大，责任很大：污染防治、清沟清渠、生态修复；管事不少，压力更大：每月通报、每季调度、每年考核，“一票否决”。和耿延强同时上任的，共18位“河长”，负责合肥18条重要河流。近年来，合肥以壮士断腕之勇气，否决了总投资达153亿元的项目，都是一个原因，不符合环保要求。

与关停污染企业、淘汰落后产能同步的，是科学布局、“腾笼换鸟”。十大新兴产业迅速形成集群，推动合肥工业产值从2008年的2093亿元攀升到去年的6600亿元。今年上半年，规模以上工业产值、进出口总额、外商直接投资均超过或接近2010年全年水平。

如果说，处处碧波，将成为合肥地理的新脉象；那么，自主创新，则是合肥正在全力培育的城市之魂。不断完善政策支撑体系，建设区域创新平台，今年，合肥计划新增企业工程（技术）研究中心、重点实验室、检测中心等100家。到“十二五”末，合肥高新技术产业增加值占GDP将超30%；到2020年，合肥将成为国内领先、国际知名的创新型城市。

“大湖名城”，合肥正意气风发地走上逐梦路。（相关报道见第二版）

（2013年8月28日《人民日报》头版头条，与何聪、叶琦合作）

合肥打响新世纪生态“淝水之战”

让城湖共生共荣

去年以来，合肥重点开工的两大系列项目备受关注：环巢湖生态示范区建设全面展开，7月23日，环巢湖所有乡镇兴建污水处理厂等159个二期项目宣布开工；与此同时，以中科大先进技术研究院为代表的新型研发创新平台建设如火如荼。

“‘大湖名城、创新高地’的发展战略，就是让城湖共生共荣，和谐发展。巢湖的治理，决定合肥的发展，湖清城美是城市建设的终极目标。”安徽省委常委、合肥市委书记吴存荣说。

河湖共治:全面打响生态“淝水之战”

走进合肥西一环边的南淝河，河道的淤泥正被环卫人员吸附上岸边堆场进行处理。“河清才能湖清。”合肥市重点工程管理局人员介绍：“通过底泥的清除，减少河道的内源污染。同时在入湖口等处建设湿地系统，在原湿地中，通过增加芦苇、香蒲等水生植物，提升湿地净化功能，改善水质。”投资129亿元，合肥市重点对南淝河等13条入巢湖河流实施截污、清淤、防洪、排涝、生态修复等综合治理，开始新时代的生态“淝水之战”。

“治湖先治河、治河先治污”。包河区区长耿延强如今又多了一个新职务——境内南淝河“河长”。今年3月以来，合肥市18条重点河流全面实行“河长制”，要求“河长”们负责本辖区重点流域水污染防治，一面开展沿河截污，一面开展清沟清渠，生态修复，美化城市河流、环湖环境。“全市实行月通报、季调度、年考核制度。对未完成水质改善目标的，实行‘一票否决’”。

“今年巢湖的水华不到去年的一半，蓝藻暴发的面积不到去年的1/3。”合肥市环保部门分析，这是因为水环境治理削减了入湖污染负荷，湖区总氮、总磷浓度降低，反映出巢湖水环境改善走出了第一步。

合肥市委常委、副市长江洪介绍，以环巢湖生态示范区建设为主要内容的巢湖治理已经有了时刻表：

一期项目要求今年年内主体工程完成，二期项目明年完成80%的投资量，三期项目以加快长江、巢湖生态调水引流和流域面源控制为主，年内适时启动。这些工程涵盖了水环境治理、农业结构调整、道路交通、绿化造林等七大类，实施后，将实现流域境内河道治理全覆盖，流域境内城区、园区及乡镇污水集中处理全覆盖，推动环巢湖生态环境的综合改善和提升。

将于明年全线贯通的长154公里的环巢湖旅游大道，宛如一条“心形项链”。“明年无论是自驾，还是骑行，围着巢湖转一圈都将是件惬意的事。”宣传部副部长魏玉萍自豪地说。

发展转型：瞄准新兴都市产业

一湖清水加上一个经济繁荣、活力四射的现代化城市成为合肥的追求。

“大湖名城”当是生态之城，需要绿色经济来支撑。合肥加速高新技术产业和战略性新兴产业的发展。今年上半年，合肥规模以上工业产值、进出口总额、外商直接投资均超过或接近2010年全年水平。其中，高新技术增加值占工业比重提高7个百分点，达到54.8%，占GDP比重近1/4，战略性新兴产业占工业比重达到27.4%。

当年面对京东方有技术、缺资金的窘境，合肥毅然拿出30亿元购买股份，并帮助企业在资本市场募集60亿元资金，仅用18个月的时间完成6代液晶面板生产线建设，在复杂的经济形势下，去年盈利1亿多元。合肥京东方公司副总经理张羽介绍说：“8.5代生产线今年底投产，届时合肥将成为全国最大的面板生产基地！”

“只要是合肥真正需要的高科技产业，有风险也要上。”合肥市决策层形成共识，创造性运用市场化的手段，扶持新兴产业，构建现代产业体系，并力促企业成为技术创新主体。如今，合肥重点培育出平板显示、光伏及新能源等10大新兴产业，并迅速形成产业集群，推动合肥国家级高新技术企业发展到615户，工业产值从2008年2093亿元攀升到去年的6600亿元。

去年3月，合肥印发《加快中心城区工业优化布局转型发展的意见》，引导城区、县域、开发区产业布局合理，要求中心城区通过“腾笼换鸟”，建成新型都市产业集聚区、现代服务业主导区、传承历史文化的核心区和高品质的宜居生态区。庐阳、蜀山、瑶海、包河4个老城区分别瞄准以LED蓝宝石为核心的晶体产业集群、电子商务、电子信息、物联网产业园等都市新兴产业。滨湖新区，则重点打造金融后台服务基地，已有14家金融企业入驻，将提供就业岗位7.5万个。

创新驱动:铸造大湖名城之魂

参观联想合肥基地17万平方米的业界单体最大厂房，我们走了半个多小时。“今年前5月实现产值48.89亿元，全年将生产1000万台笔记本电脑，明年将生产2000万台。”这里不仅成为联想最大的笔记本电脑生产基地，同时建成18个业界先进的研发实验室，计划组建一个2000人的研发团队。

“我们发展产业，反对单纯的生产基地，要求企业匹配创新能力，不仅制造，更要智造。唯有创新，才是‘湖清城美’的永恒动力。”市长如是说。

致力建设“大湖名城”的合肥，把自主创新当作城市的灵魂培育，完善政策支撑体系，建设集研发、转化、交易、服务为一体，功能集合、联通共享的区域创新平台，合肥市形成了具有区域特色的创新服务体系，创新资源得到合理配置，激发了全社会的协同创新潜能。去年来，合肥又重点谋划了中科大先进技术研究院、合工大智能制造研究院、中科院合肥技术创新工程院、清华大学公共安全研究院等新型研发平台建设项目。

今年，合肥计划新增企业工程（技术）研究中心、重点实验室、检测中心等100家。合肥科技局局长朱策介绍，到“十二五”末，高新技术产业增加值占GDP超过30%，战略性新兴产业产值达到5000亿元。2020年，合肥将建成国内领先、国际知名的创新型城市。

（2013年8月28日《人民日报》）

消　息

XIAO XI

弘扬抗洪精神　加快水利建设

安徽掀起第二次治淮热潮

本报合肥10月28日电　饱尝今夏洪涝之苦的安徽人民，今天以更大的热情投入治淮。10月23日成立的省治淮领导小组及沿淮地、市各指挥机构，已开始紧张运转。近日邱家湖、黑茨河治理工地机械施工已经开始，第二次大规模治淮战役拉开了序幕。

大灾带来的水患意识和抗灾意识，促使安徽人民痛下决心："治淮兴皖、治淮富省。"他们认真总结几十年治淮的经验和教训，计划今冬明春中央和地方增加治淮投资3.5亿元，复建怀洪新河，加固淮北大堤，兴建一批骨干工程；计划动员百万民工，力争完成土石方4000多万立方米的施工任务。其投资额、骨干工程项目数量和工程规模，都是近年来最大的。投资规模占今年治淮总投资近一半的怀洪新河工程，将是治淮大战中的主战场。

安徽今年兴修水利早动手、争主动。受灾地区结合生产自救抓紧水毁工程的修复，到10月中旬已有16万处完工，占全省水毁工程的60%以上。同时，他们特别强调科学治水，运用现代管理组织工程实施。省水利水电勘测设计院的300多名工程技术人员，分赴各地现场勘察、规划，精心设计。目前该院承担的12个治淮工程项目的规划设计，已初步完成10项。

（1991年10月29日《人民日报》头版头条，与张振国合作）

安徽以“三线三边”为突破口，整治城乡环境

清洁的日子才算美

本报合肥4月12日电　“这才一年没回家，就找不着路了！”20岁的王志健在外务工，老家是“鸡鸣听三省”的安徽砀山县官庄坝镇，“以前回家，垃圾堆和杂乱的柴草垛就是路标。现在这些不见了，多了整齐的垃圾桶和流动的‘黄马甲’”。

感叹“变化大”的还有赵超峰，去年他的公司在镇上建了40多套安置房，因为被垃圾包围，一套也没卖出去。“现在好了，才几个月，周围环境干净多了，房子一路走俏。”赵超峰咧嘴直笑。

同官庄坝镇一样，安徽许多乡村过去“污水靠蒸发，垃圾随风刮”，一些地方垃圾乱堆乱放，哪里偏远哪里藏；一些地方矿山乱开采，企业乱排污，更让百姓遭殃。

“建设美好安徽，首先得让环境美起来、靓起来，清洁的日子才算美。”省委书记张宝顺说。2013年11月1日，安徽以“三线三边”为突破口，整治城乡环境。

调研发现，“三线”（铁路、公路、江河沿线）“三边”（城市、省际、景区周边），既是安徽的发展窗口，也是疏于管理之地。全省召开的美好乡村建设推进会上，调研拍摄的“三线三边”实录曝光片，让与会者如坐针毡。

安徽全省行动起来，向垃圾宣战：淮南专攻矿山治理，亳州要求“土必绿、路必畅、水必清、村必洁”，黄山市治理旅游干道及景区景点环境……

“清扫‘三线三边’看似小事，没点抓铁有痕的劲，没有有效的制度，没有群众的参与，要坚持下去就很难。”省委副书记李锦斌主抓此事，交

通、铁路、水利等10个牵头单位分别被委以“线长”“边长”和“重点长”之职。从省到市，从县到乡镇，再到基层社区农村，各级党政一把手都成了“河长”“路长”“山长”。

16个市把清扫垃圾与挂图作战、台账建销法相捆绑，“一图一表”“一点一策”，对各处污染实行定位编号，定点销号，动态监管。

3275公里铁路，16537公里高速及国道省道，285个3A级以上景区；6525公里内河航道，沿线周边可视范围内1300多个非煤矿山，迅速得到整治。9700余块乱设的广告标牌被拆除，900余座非煤矿山、石灰窑、采石场被关闭，清走的垃圾超过千万吨。

“一开始是袖手看，再后来是跟着干。”谈起“三线三边”整治中的群众态度，官庄坝镇书记尉成辉十分感慨，“建设美好家园，清洁周围环境，老百姓看到了明显变化，慢慢就参与进来了。”

在安徽，“三线三边”治理，还直接与文明城市、文明县城、文明村镇、文明单位等评比挂钩，增强公众参与意识，在习惯养成上下功夫。

“生态环境优势就是竞争优势。清扫‘三线三边’，是在圆老百姓的清洁环境梦。”省长王学军说。

（2014年4月13日《人民日报》头版头条，与何聪、叶琦合作）

安徽基本药物全部零差率

本报合肥9月11日电 9月1日起，安徽在全省所有政府举办的基层医疗卫生机构和一体化管理的村卫生室，实行基本药物和补充药品零差率销售，在全国率先实现零差率销售全覆盖。

建立国家基本药物制度，实行零差率销售，是深化医药卫生体制改革的重要内容。国家要求今年在60%的基层医疗卫生机构建立基本药物制度，明年全部完成。安徽“两步并作一步走”：在全省108个县（市、区）政府举办的1263个乡镇卫生院、605个社区卫生服务中心以及10750个一体化管理的行政村卫生室率先全面实施综合改革，9月1日基本药物和补充药品全部实行“零差率”，此举将为6800万城乡群众带来实惠。

去年11月，安徽在32个县（市、区）开展了基层医药卫生体制综合改革试点。通过改革，试点地区药品价格平均下降50%。与之相对应的，是更贴心的医疗服务。据统计，8个月以来，基层医疗卫生机构抗生素使用比例同比下降27.2%，门诊人次上升21.3%。安徽的改革收到了人民群众满意和医务人员支持的良好效果。

此次全面推开的综合改革，核心是按照“保基本、强基层、建机制”的要求，重新构建基层医药卫生体制机制。为此，安徽省还首次尝试在全省开展基本药物集中招标、采购、配送，除特殊药品外，招标的288种基本药物比国家指导价平均降低52.7%。安徽省医改办负责人说：“集中招标，药品的质量、供应都有保障，而且集中采购的价格，比分开采购更低。”

有了好药、便宜药，更要有好医生。试点期间，安徽省基层医疗单位分流了一批无医疗资质人员，空出的岗位实行卫生专业技术人员资格准入制度，面向所有具有竞聘资格的人员，竞争上岗。

与之前的改革试点相比，此次全面推动的基层医改难度更大、涉及范围更广，省里每年为此要多拿出20多亿元作为改革资金。底气何在？省委书记张宝顺强调，这是一项德政工程、民心工程和责任工程。坚持公益性方向，向人民群众提供最基本的医疗卫生服务，是政府重要的职责，政府就应当责无旁贷地担负起保障职能。

（2010年9月12日《人民日报》头版头条，与何聪、朱磊合作）

与新型农村合作医疗相衔接，明年由试点向全省推开

安徽农村医疗救助造福困难群众

本报合肥12月18日电　“感谢政府送来了及时雨！”安徽岳西县西美村的金卫华几年前患上肾病，去年做了换肾手术，花了20多万元，如今每月需医药费4000多元。就在金卫华家庭生活陷入困境时，他从新型农村合作医疗管理部门报销了2.3万元，又从县农村医疗救助基金先后获得2万多元救助。像金卫华那样，从几百元到上万元不等，岳西县已有352人获医疗救助金额16万多元。安徽省民政厅低保处处长朱先平介绍，截至11月底，安徽今年共有39万农民获得金额不等的医疗救助。

因病致贫、因病返贫的农村家庭，目前约占安徽省农村贫困人口的50%以上。2004年，安徽开始在岳西等6个县开展农村医疗救助工作试点，帮助大病重病患者渡过生活难关，今年上半年试点又扩大到16个县。今年6月，省民政厅下发文件要求全省农村开展医疗救助工作，计划2006年在全省全面推开。

安徽的医疗救助体系与正在试点的新型农村合作医疗相衔接和配套。对已经开展新型农村合作医疗的地区，着力做好医疗救助与新型农村合作医疗的衔接工作，帮助困难农民参加新型合作医疗。首先资助农村医疗救助对象参加当地合作医疗，代其缴纳个人应负担的部分或全部资金。对因患大病经合作医疗报销后个人负担医疗费用仍然过高、影响家庭基本生活的，再给予适当的医疗救助。对未开展新型农村合作医疗的地区，着重对大病、重病患者实施医疗救助。

为把医疗救助资金落到实处，安徽省各级民政部门对救助金额1000元以上的救助对象实行公示，通过进村入户的办法上门核实，并从救助对象

看病的医院了解医疗费用支出情况，确保将救助资金用于最需要和最困难的农民。

（2005年12月19日《人民日报》头版头条，与何聪合作）

增加科技投入　构建支撑体系

安徽着力提升企业自主创新能力

本报合肥10月5日电　“海狮织造的一件大豆蛋白纤维针织衫具有11项专利，市场价要1000元以上。”安徽省当涂县委书记介绍说，当涂经济开发区内像海狮织造这样含有专利产品的项目有20多个。

近年来，安徽通过增加科技投入、改善体制机制环境，带动创新能力提升，企业自主创新的“安徽风景”引人注目：涌现出奇瑞汽车、科大讯飞等一批自主创新的骨干企业，开尔纳米公司、美亚光电公司等一批中小型科技创新型企业，马钢集团、铜陵有色集团、海螺集团等一批资源型老企业依托自主创新成为节能减排技术攻关和应用的排头兵。2003年以来，全省申请专利16531件，授权专利9051件，20项科技成果获国家级奖励。2006年，全省高新技术产业增加值506.8亿元，科技对经济社会发展的支撑作用日益增强。

围绕产业技术需求，实施科技创新。安徽成功实施了一批重大科技项目。“科技创新要解决实际问题，让企业得生产力，让群众得实惠。”安徽省省长王金山说。安庆石化攻克“油改煤”技术难题，建成全球最大的煤气化工程；铜陵有色集团采用先进的“铜闪速熔炼技术”，铜产量跻身世界十强；合肥芯硕公司开发出高精度光刻机关键技术，填补我国在这一领域的空白。到2006年底，全省累计实施火炬计划项目703项，认定高新技术产品933项，高新技术企业达869家。

通过政策倾斜，安徽企业的技术创新主体地位逐步增强：65%的科技机构设在企业，67%的科技活动人员集中在企业，68%的研发经费源于企业，84%的省级科技计划项目由企业为主体承担，73%的省级科技成果出自企业。

安徽还以合肥科技创新型试点市建设为龙头，启动建设省创新创业综合服务、中小企业网上科技成果转化服务中心，建设大型科学仪器设备和科技文献共享平台。

在试点市建设的带动下，全省科技创新加快由“点”向“面”拓展，芜湖、马鞍山等沿江城市加快发展皖江高新技术产业带，铜陵市成为国家可持续发展实验区，芜湖、铜陵市成为国家知识产权试点城市，淮北市等启动了国家级专利技术交易平台建设，初步形成具有安徽特色的区域创新网络。

（2007年10月6日《人民日报》头版头条，与何聪合作）

一大批创新型企业正在迅速成长

安徽聚焦自主创新发展战略

本报合肥2月20日电 近日，安徽特地选派一批熟悉经济工作的干部，组成6个工作组到17个市驻点，帮助企业引进人才、升级装备与技术，协调解决基层企业面临的实际问题。在合肥、芜湖、蚌埠自主创新综合配套改革试验区工作推进会上，省委书记王金山发出动员令："我们就是要用科技资源的火种，点燃一个个自主创新火炬，照亮江淮经济一大片。"安徽将发展战略聚焦自主创新，努力在经济格局调整中赢得新的发展。

选择合肥、芜湖、蚌埠作为自主创新综合配套改革试验区，安徽省筹谋已久。该区域高等院校占全省的77.5%，科研院所为全省一半以上，国家级工程技术中心占全省3/4，合肥还是全国唯一的国家科技创新型试点城市。打造全省乃至中西部地区科技"硅谷"，成为安徽推进产业升级、"危"中求"机"的重头戏。为此，安徽省委、省政府去年10月就出台了建设合芜蚌自主创新实验区的实施意见和若干政策措施，着力在试验区实施"六大创新工程"，推进投融资体制和科技教育体制、行政管理体制等多项改革。

省财政每年安排专项资金5亿元，对创新产业项目给予资助和扶持，在试验区设立高校师生创业资金，鼓励高校教师、学生创业。今年，安徽专门安排投资200亿元，全力推进合芜蚌自主创新综合配套改革试验区和高新技术产业发展，到2010年，共将安排投资500亿元投入自主创新和高新技术产业项目。

安徽强调要抢抓产业转移机遇，从"招商选资"中提升创新能力，实施全省钢铁、汽车、有色金属、装备制造、轻工、石化、纺织、船舶、电子信息等10个重点产业振兴计划。在未来5年中，仅技术改造投资就达1万亿元，预计对工业经济增长的贡献率将达到55%左右。

如今，安徽华茂集团投资2亿元正在安装调试的新设备，将使新产品质量有明显的提升；合肥锻压厂200多万元引进一个技术团队升级企业“智库”……一大批创新型企业正在迅速成长。

（2009年2月21日《人民日报》头版头条，与何聪合作）

引进市场机制　实行现代管理

马鞍山市公用事业“一手托四家”

本报合肥5月25日电　投入不足，机制不活，服务不佳，市民不满，是我国城市公用事业发展中普遍面临的问题。最近，安徽省马鞍山市通过积极稳妥的改革创新，使这一难题得到很大程度化解。

马鞍山相继与香港中华煤气、北京首创、南京中北等公司合资成立的马鞍山港华燃气有限公司、马鞍山首创水务公司和马鞍山中北巴士有限公司投入运营，给全市公用事业发展带来巨额投入，同时带来了新的经营管理理念和优质高效服务。市民反映，公用事业扰民的事少了，服务人员的笑脸多了。市建委投诉办也透露，近来有关公用事业服务质量的投诉明显减少。

在城市公用事业改革中，马鞍山市特别注重“一手托四家”，既兼顾国家、企业、职工三者利益，又强调保护广大市民权益。首先从建立现代企业制度入手，做好企业资产和职工身份置换，严格国有资产审计评估，确保优质资产保值增值，同时将政府承担或由社会承担的职能从企业剥离，职工身份由“国有”置换为“社会人”，以“零工龄”进入新企业，建立新的劳动关系。在新注册的合资公司成立之前，市里就从国有资产中预留一部分资产作为国有职工的身份置换金，职工按规定拿到身份置换金后，无论是否进入合资公司，都能得到养老保险统筹等。市里还明确要求，改革中要保障合资企业应得利益，也要切实保障市民权益，保证公用事业的安全正常服务。价格调整举行听证会，严格审批程序。

马鞍山市还大力改变政府投融资体制，变单一投资、无偿使用为多元投资、有偿使用，使公用事业能够自我发展、良性循环。在与香港中华煤气的合资中，马鞍山引进了1164万美元，立即投入管网改造和天然气工程建设，铺设管道60公里，改造中压管道20公里，完成3.5万户燃气立管改造，确保13万用户从5月底起陆续顺利用上天然气。自来水公司和公交公司分别引进9000万元和3000万元，主要用于基础设施建设和设备更新，培育了企业发展后劲。

通过改革，马鞍山市还引进了先进的公用事业管理经验，促进了服务质量的提高。港华燃气公司全面推行香港中华煤气“以客为尊”的优质服务计划，设立了服务热线，新建了客户服务中心，同时加强员工培训，从敲门进门，到检查维修，都有一整套规范的程序和服务用语。公交和自来水两家新公司也深入调查，靠前服务，与客户对话，让客户参与，以优质服务创造较好的企业品牌和经营效益。

借鉴煤气、自来水和公交公司改革成功的经验，马鞍山市日前成立了具有独立法人地位的第二污水处理厂，以其收费权质押，借贷了5700万元建设资金，通过市场机制扩大城市污水处理能力。该市地下管网资源也正在进行市场运作，管网建成后由管线单位租赁或收购使用。市建委主任胡明柱说，如此大规模的公用事业建设改造，光靠政府投入是难以解决的，坚持盘活存量、提升增量的改革办法，使马鞍山城市公用事业获得了空前的发展。随着城市今后的发展，新增的公交线路等将公开向社会招标，引入竞争，成立更多新的独资或合资企业，推进公用事业更快更好发展。

（2004年5月26日《人民日报》头版头条）

费得十年功　刹住择校风

安徽铜陵均衡发展义务教育

本报合肥4月17日电　在安徽省铜陵市区打工的鲍家茂做梦也没想到，原本在农村上学的女儿没花一分借读费就进了市十二中。4月11日，记者看到两手泥巴、一身汗水的鲍家茂，他乐呵呵地说，“要不是教育政策好，这费那费的，我家孩子可上不起城里的学”。

坚持义务教育均衡发展，使铜陵中小学基本刹住了择校风，教育乱收费现象得到有效遏制，全市九年义务教育学校办学水平大体一致，基础教育初步进入良性循环的发展轨道。市教育局局长金燕说，我们就是要办好每所学校，面向每个学生，让普通老百姓的子女都能有学上、一样上好学。

合理调整教育布局，多方加大教育投入，均衡配置教育资源，确保每一所学校基本达标，是铜陵有效遏制择校风和乱收费的成功做法之一。铜陵是典型的矿山资源城市，学校分布点多、线长、规模小。10年前，铜陵市就重新调整教育布局，满足各学区学生在规定服务半径内就学的需求，同时提出“办好每所学校”，强调“让薄弱的学校不再薄弱”。近10年，铜陵向薄弱学校投入教育附加资金占全市教育经费附加的75%，改扩建17所薄弱学校，新建教学楼、实验楼、图书馆等教学用房4万多平方米，投入达1.5亿元。

铜陵市特别注重加强校长和教师资源配置，用最新教育理念办好每所学校。铜陵不惜重金强化对校长培训，送他们到沿海开放城市挂职，请专家学者前来传授先进教育思想。同时，开展国际交流，让校长走出国门，开阔眼界。在师资调配上，采取“名师迁移”策略，将优秀教师合理配置到各校。

铜陵还切实保障生源的均衡分布，创建平等和谐的义务教育环境。早在10年前，铜陵就取消了重点初中和小学，取消了全市统一的小学毕业升学考试，义务教育阶段所有学生全部实行免试就近入学。示范高中切块划片分配指标，按计划从高分到低分录取。对凡在市内有固定住所的农民工子女，享受本地学生待遇，义务教育阶段免交借读费，还可在市区报考省示范高中。目前，农民工子女进城上学的已占铜陵市区在校生的5%。

（2006年4月18日《人民日报》头版头条）

农民工进城有活干　城里人就业有岗位

马鞍山推进城乡就业均衡发展

本报合肥2月25日电　2月22日，大年初五，在安徽省马鞍山市开展的“免费为农民工找岗位”活动中，50名农民工与13家企业签订了用工协议。面对城乡就业新形势，马鞍山市通过扶持创业带动就业，拓展服务功能促进就业，推进城乡统筹就业，使农民工进城有活干，让城里人就业有岗位，成为全国城乡充分就业的先进典型，受到城乡居民的好评和国家有关部门的肯定。

近年来，马鞍山市和其他城市一样，出现了城镇失业人员技能水平低和岗位技能需求高、农村劳动力进城务工增多和社会化服务水平相对落后两大矛盾。市委、市政府面对矛盾早谋划，细运筹，努力寻求城乡就业均衡发展。

马鞍山市近年投资2600多万元改建、扩建劳动力市场和劳动力信息网络，投资200万元改善街道社区服务设施，建立畅通的就业信息渠道。同时建立社区统一的“零就业家庭”管理体系，全方位安置“4050”等就业困难人群。通过就业援助活动，在各社区为6000多名困难就业人员安置了岗位。

构建城乡就业联动平台，马鞍山市初步形成统筹城乡就业工作的长效机制。在农村，他们成立村级劳务公司，开展农村劳动力就业服务。全市农村劳务公司已帮助1.3万多农民实现了就业转移，农民通过职业介绍机构实现务工就业的已占到四成左右。在城市，通过建设4万平方米下岗失业人员创业基地、开办5个再就业一条街、建立13个街道劳务公司、成立4个区县创业服务中心等，为就业再就业提供舞台。

为强化信息服务，市就业管理中心开通了“马鞍山创业、就业再就业网站”，免费提供创业和专利项目。在全市开展创业项目征集活动，作为“创业金点子”予以发布，同时每年评选创业、就业再就业先进典型，宣传鼓励更多人创业。

（2007年2月26日《人民日报》头版头条）

设立"绿色门槛" 项目择优筛选

安徽发展工业严把"生态大门"

严禁高污染高耗能和浪费土地的项目进入；撤销222个违规设立的开发区和工业园区；增加复垦耕地1.1万公顷，7个总投资9亿多元的项目被环保一票否决

本报合肥8月3日电 7月27日，安徽省马鞍山、淮南、池州、六安、黄山市和12个县区的代表汇集合肥皖能大厦，宣讲各自地区的生态优势，接受专家评审，争取列入安徽"生态省建设综合示范基地"。省发展和改革委员会的同志说，在发展经济中，设立"绿色门槛"，亮出"生态招牌"，正成为安徽各地落实宏观调控政策、推进新型工业化、建设"生态安徽"的强音符。

安徽去年启动了促进产业结构升级的"861行动计划"，在未来5年着重建设八大产业基地、六大基础工程，确保实现人均生产总值1000美元以上。与此同时，安徽又启动了"生态安徽"建设工程，强调建设生态经济，注重可持续利用，改善人居环境，建立稳定可靠的保障支持和生态经济体系。

"再不能走先建设后治理的路子！"以资源型经济为主的铜陵、池州、马鞍山和淮南、淮北等市在招商引资中形成共识，纷纷设立"绿色门槛"，从"饥不择食"转向"择优筛选"，严禁高污染、高耗能和浪费土地的项目进入，限制单纯卖资源的项目进入。一个投资上千万元的矿业项目，因有损环境、浪费资源，被池州市断然"拒之门外"。到今年上半年，全省已有7个总投资9亿多元的建设项目被环保部门一票否决。

与推进新型工业化相配套，安徽集中治理污染，巢湖和淮河流域的12个城市日处理94万吨污水的一期工程已投入运行。合肥市严格控制污染排

放，日前对11家超标排污企业开出罚单，加倍征收排污费，责令企业立即整改。省环保局加大暗访力度，集中整治了一批超标排放企业。去年下半年至今，安徽撤销了222个容易“藏污纳垢”的各类违规设立的开发区和工业园区，关闭一批“死灰复燃”的“五小”企业，增加复垦耕地1.1万公顷。今年上半年全省实际利用外资同比分别增长63.4%和73%。

围绕建立生态经济体系基本框架，安徽支持科技型、环保型和集约化、深加工、高附加值项目加快发展。省里对绿色车辆、绿色家电、绿色化工和优质农产品深加工、高新技术产业、清洁能源工业、环保产业、生态旅游业、资源型城市转型都有着明确的鼓励政策。省财政每年安排8000万元贴息资金，用于扶持企业提高能源、原材料利用和污染治理水平，同时在税收政策上对环保项目予以重点扶持，由发改委、财政、税收部门联合论证达标后实行“先征后退”奖励。

（2004年8月4日《人民日报》头版头条）

工程供水　旱井蓄水　水窖储水

山西:多渠道解决农村饮水难题

【编辑点评】 水是基础性的自然资源和战略性的经济资源。山西多旱，水资源短缺严重制约着全省农村经济的发展。按照“三个代表”的要求，山西省委、省政府从人民群众最渴望得到解决的难题着手，下决心首先解决人畜饮水的问题。这是一个战略性的决心。把决心落到实处要做许多工作，山西各地从实际出发，采取了工程供水、旱井蓄水、水窖储水等多种措施。从“老井”村也打出了清泉井这一实例上，从百万人口告别水荒的捷报中，我们看到了山西发展的希望。

本报太原4月7日电　地处太行山深凹里的山西省左权县石玉峧村，30年间曾打下151眼井，都因水源枯竭成为枯井，村民望井兴叹，当地成了电影《老井》的拍摄地，“老井”从此成了严重缺水的代名词。然而今年一开春，“老井”村不光有了水，常年干渴的耕地也成了水浇地。记者走进“老井”村，只见家家户户用上了自来水，李小流老人摸着水龙头对记者说：“有了水，人活了、地活了、沟沟洼洼都活了，党和政府为咱办了件大实事啊!”这只是山西省实施的饮水解渴工程的一个小片段。两年来，山西已有7000多个自然村、182万农村人口告别了水荒。

山西十年九旱，加上采煤漏水、水质污染等原因，山西是全国农村饮水最困难的省份之一，直到1999年，全省缺水人口仍有近600万，其中严重缺水人口240万。50多万农村劳动力长期奔波于拉水运水，最远的拉水距离达30多公里。缺水使山西农村经济的发展受到严重制约。

“必须让农民早日摆脱水困，早日脱贫致富奔小康。”省委书记田成平、省长刘振华在农村调研中深切认识到缺水问题的严峻性和迫切性，省委反复研究，广泛征集解决方案，下决心解决人畜饮水之困。在2000年初召开的山西省九届人大三次会议上，省长刘振华代表省委、省政府向全省人民承诺：省里投资3.6亿元，市（地）配套3.6亿元，用3年时间，解决240万农村严重缺水人口的饮水困难。

根据决策，山西省对水源有保证、人口相对集中、经济条件较好的地方实施大中型工程供水；对居住分散、人口较少、交通不便的山庄窝铺，用分片建池、旱井蓄水、屋顶集雨等办法解决。省委书记、省长、分管副省长20多次到现场办公、现场督查。省、市（地）、县组织了5000多名专业技术人员认真勘探，科学规划，精选了一大批专业施工队伍竞标承包。结果，专业技术人员在“老井”村这样的地方也准确地找到水源，利用机械辐射打井法打出了“扳倒井”，引来了汩汩甘泉。2000年，山西省当年完成投资2.9亿元，建成饮水解困工程2775处，解决了84.86万人的饮水困难。去年至今年2月底，又有2810处工程竣工，97.3万人摆脱水困。两年共完成大中型集中供水工程160多处，中小型蓄水工程4280多处，蓄水旱井4.69万眼。被广大农民由衷称赞为“德政工程”的饮水解困工程，正一步一个脚印地扎实推进。

今年是山西省农村饮水解困工程的关键一年，一大批工程正按计划开工。到年底，山西还将解决190万农村人口的饮水困难，其中包括氟病和砷病高发区的水质改造工程。

（2002年4月8日《人民日报》头版头条，与安洋合作）

整治环境 服务市民

太原着力建设生态城市

本报太原11月1日电 如今，太原市民最开心的事是环境的改善。去年至今，太原市在城市建设和改造中注重生态建设，昔日的单调和灰色正在悄然褪去，代之而来的是绿色和清爽。

太原市是一座重工业城市，是国家重要的能源化工基地。过去，这个城市环境保护和基础设施建设十分薄弱，环境污染严重。近年来，在产业结构调整和环境综合治理的基础上，太原市把改善和提高城市环境质量作为重要工作，去年明确提出了建设生态城市的奋斗目标。

太原动员全社会，上下一起努力，使杂草丛生、浊气熏人的汾河造福于民，已竣工一年的汾河公园里，130万平方米的水面碧波荡漾，两岸130万平方米的草坪绿茵如毯，13000株乔灌木郁郁葱葱，白天是碧波绿色的世界，夜晚是五光十色的灯海。汾河的有效治理，不仅给太原人新添了风光宜人的休闲乐园，而且净化了城市的空气。

为了加快城市绿化的速度，去年至今，太原市植树180多万株，植草坪200多万平方米，新增园林绿地600公顷。在太原市新拓宽的15条大街小巷和新建的3处街心广场中，绿树、草坪相映成趣。

过去每逢冬季，太原市总是笼罩在滚滚浓烟之中。为了彻底根除这个顽症，太原在市政建设中加大了城市集中供热的力度，集中供热总面积已达到了3000多万平方米，消灭市内小锅炉房1300多座，拔掉烟囱2000多个，使烟雾粉尘等排放物的年排放量减少了近10万吨。同时，太原全市8000多辆出租车全部更新为环保车型，尾气排放达到了欧洲排放标准。

（2001年11月2日《人民日报》头版头条）

安徽全面启动美好乡村建设

本报合肥1月26日电 “生态宜居村庄美，兴业富民生活美，文明和谐乡风美。”安徽省十二届人大一次会议上，省长李斌在政府工作报告中郑重宣布：全面启动美好乡村建设。今年起，安徽每年重点建设1500个左右中心村，治理1万个左右自然村，为此，省财政将每年拿出10亿元投入“美好乡村”建设。安徽省美好乡村建设第一批1710个中心村名单，让全省农民充满了期待。

“开展美好乡村建设，把基础设施建设和社会事业发展重点放到农村，是安徽统筹城乡协调发展、着力破除城乡二元结构的战略举措，是农民建设幸福家园的最大民生工程。”省委书记张宝顺说。

“政府主导不包办，群众事情自己办。”今年，安徽省各级财政预算总投入34亿多元主导建设中心村和治理自然村，通过民办公助、以奖代补和奖补结合等方式引导社会资本投入，鼓励农民追求村美人富。中心村为乡村基本服务单元，主要建设任务是全面推进环境整治，完善基本乡村公共服务及支农服务功能，配置小学、幼儿园、卫生所、文化站、图书室、乡村金融服务网点、公共服务中心等11项基本公共服务和公交站、垃圾收集点、污水处理设施、公厕等4项基础设施，吸引人口向中心村集聚。自然村为乡村基层单元，主要建设任务是保留乡村特色，改善人居环境，配置健身活动场地、便民超市等公共服务设施。

调查显示，安徽目前有20万个自然村，预计未来乡村常住人口大约2300万人，以每个中心村1000人计算，全省需培育15000个左右中心村。《安徽省美好乡村建设规划（2012—2020年）》明确，到2016年，力争全省

40%以上的中心村达到美好乡村建设要求，到2020年，80%以上的中心村达到美好乡村建设要求。

（2013年1月27日《人民日报》头版头条，与何聪合作）

国务院正式批复唯一以产业转移为主题的区域发展规划

皖江城市带建设纳入国家发展战略

本报合肥1月21日电 1月12日，国务院正式批复《皖江城市带承接产业转移示范区规划》，安徽沿江城市带承接产业转移示范区建设纳入国家发展战略。这是迄今全国唯一以产业转移为主题的区域发展规划，是促进区域协调发展的重大举措，为推进安徽参与泛长三角区域发展分工，探索中西部地区承接产业转移新模式，也为中部地区加速崛起点燃了助推器。

长江流经安徽400余公里，有"皖江"之称。舞活八百里"皖江龙"，是安徽人执着的追求。20世纪90年代初，上海浦东对外开放，安徽闻风而动，作出"开发皖江，呼应浦东"的决策并付诸实施，逐步形成以芜湖为突破口、沿江城市全面跟进开发开放新格局。2006年，国家将皖江城市带纳入中部地区崛起战略重点发展区域，加速了长三角等沿海发达地区产业向中西部辐射转移。如今，安徽9个皖江城市利用省外资金已占全省的70%以上，其中来自长三角地区的近60%。沿江先进制造业、新能源、新材料等产业的自主创新特色愈加鲜明，为设立国家级示范区奠定了基础。

皖江城市带承接产业转移示范区包括合肥、芜湖、马鞍山、铜陵、安庆、池州、巢湖、滁州、宣城9市全境以及六安市的金安区和舒城县，共59个县（市、区）。示范区将在承接国内外产业转移中，承担起合作发展的先行区、科学发展试验区、中部地区崛起的重要增长极以及全国重要的先进制造业和现代服务业基地的重任。

《规划》确立了以长江一线为"发展轴"、合肥和芜湖为"双核"、滁州和宣城为"两翼"的"一轴双核两翼"产业布局，大力振兴发展装备制造业、原材料产业、轻纺产业以及现代服务业和现代农业，着力培育高技术产业，构建具有较强竞争力的现代产业体系，真正在承接中调整产业结构，在转移中发挥示范作用。

《规划》要求，示范区要把资源节约和环境保护放到重要位置，把承接产业转移和提高可持续发展能力结合起来，加强生态建设和环境保护，推进节能减排，促进资源综合利用，发展循环经济和低碳经济，不能以牺牲子孙后代的生存环境为代价；必须严格执行产业准入标准，创新资源节约和环境保护体制机制。

为了更好地承接产业转移，示范区将统筹规划产业承接园区建设，推进现有园区转型升级，并充分发挥长江黄金水道的作用，依托中心城市，突破行政区划制约，在皖江沿岸适宜地区规划建设高水平承接产业转移集中区，也为推进泛长三角区域发展分工，扩大与珠三角、京津冀、海峡西岸等地区的联系，辐射带动安徽省其他地区包括扶持革命老区和贫困地区发展提供契机。

在体制机制上，国家赋予示范区先行先试权，允许皖江地区在突破行政区划界限、土地管理制度改革、价格机制等方面实施更为灵活的政策。安徽将在《规划》基础上出台具体的实施方案，包括建设任务和政策等，并将任务细化分解到每一个市、县。

《规划》提出，到2015年，示范区经济总量大幅提高，地区生产总值比2008年翻一番以上，城镇化率达到55%，科技进步贡献率达到60%以上；开放合作不断加强，城乡居民收入大幅增加，基本公共服务水平明显提高；人居环境更加良好，长江、巢湖水质改善。到2020年，示范区主导产业核心竞争力明显增强，自主创新水平居全国前列，生态环境优美，与长三角分工合作、优势互补、一体化发展，成为安徽乃至全国最具影响力的城市带。

（2010年1月22日《人民日报》，与何聪、钱伟合作）

芜湖"吃财政饭"人数连续十年递减

全市事业单位由253个减至130个，市级党政机构和市级行政编制精简比例分别达29%、30%

本报合肥5月20日电 比照一些地方"吃财政饭"人数居高不下的困境，安徽芜湖市近日公布的数字令人称许：从1998年到2008年，全市财政收入由22.57亿元快速增长到123亿元，而行政编制人数由4003名减至2895名，事业编制人数由11284名减至8930名，连续10年实现负增长。

"我们几任市委、市政府领导，没一人批过'进人条'。根治行政事业单位人浮于事的通病，只有坚定不移地选择改革这把手术刀，而要不断把改革引向深入，主要领导必须勇于放下手中的权力，推行阳光操作。"市委书记道出10年攻坚克难得以成功的"秘诀"。

领导不搞特权，改革才能取得实效。自1998年推行行政机关、事业单位机构改革以来，在人事编制上，芜湖每一任市领导都坚持集体办公，集中审批，坚持编制、机构、领导职数三不突破，坚持"凡进必考"，坚持"开大门、堵后门"。2007年，县区1000多家事业单位进行改革，编制精简比例达11.8%。10年中，全市事业单位由253个减至130个；以职能转变为核心，市级党政机构和市级行政编制精简比例分别达29%、30%。

为避免陷入"精简—膨胀—再精简—再膨胀"的恶性循环，芜湖市不断寻求机构编制改革的长效机制，推出机构编制预报审核制度，挡住了各家乱申报、乱进人现象。建立党政机关、事业单位在编人员的"户口本"，亮出"花名册"，制作"人员准调单"和"编制管理卡"，扩大公民知情权，有效增强社会监督。

芜湖市注意利用财政供给杠杆，推动行政机关和事业单位改革。全市搞了一次资金账户“双清理双集中”，撤销480多个账户，清理出“小金库”7.8亿元，党政机关自有资金“零余额”。市财政按照公共财政原则，严格界定财政供给单位范围，严格控制财政供给人员对象，同时根据单位用人类型，实行差别供给标准，鼓励少进“正式工”。

“吃财政饭”的人数负增长，对全市经济社会发展有无影响？芜湖市市长认为：“改革的目的不仅在减人减支，更在于减人增效，根本是提高执政能力。”关紧乱进人的阀门后，市里敞开“人才绿色通道”。2002年以来，市级事业单位通过这一通道，引进254名高层次人才；同时，通过培训，提升现有人员素质。根据政府公共服务范围和数量的大幅增加，市里还推行“养事不养人”或“养项目不养机构”的新机制。近几年，芜湖市政理护的工作量大幅增加，管理水平上一台阶，市政工程管理处在职在册人员却减少162名，仅相当于1998年的60%。

（2009年5月21日《人民日报》头版头条，与曹焕荣合作）

政府开支零增　民生投入提速

芜湖财政“一紧一松”倾斜百姓

本报芜湖1月7日电　安徽省芜湖市近几年经济发展较快，地方财力不断增强，预计2010年地方财政收入增长35.3%。钱怎么花，花在哪？芜湖市委、市政府去年底讨论2011年的财政预算安排时，决定依然采取“一紧一松”原则，紧的是政府，松的是民生和发展。

在财政预算安排里，全市将更加细致地实行“两控两增”，即控制机关和事业单位的运转经费、一般性项目支出，基本实行“零增长”；财政增长部分用于增加民生投入和经济发展后劲的培育。其中，民生支出增幅保持在15%至20%；自主创新、三产兴市、承接产业转移、培育新兴产业等方面的发展支出将占预算支出的47%。

“财政‘一紧一松’最初是在2009年芜湖市‘两会’期间提出来的。当时市委领导在参加人大代表分组讨论时，提出要树立‘民生财政’理念，‘紧’政府开支，‘松’民生投入，着力解决人民群众关心的热点、难点问题，不仅体现民生冷暖，更事关地方发展后劲。”市财政局预算科负责人介绍说，“一紧一松”从此成为年度财政预算的基本原则。

2010年，芜湖市级财政投入36.6亿元实施38项民生工程。城镇养老、城乡医保实现政策全覆盖，城镇居民医疗保险参保率、新型农村合作医疗参合率分别达到99%和98.8%。各项社会事业发展步伐加快，芜湖在全国率先实施医药分开改革，被列为全国16个公立医院改革试点城市之一；安置房、廉租房建设提速，城市基础设施建设不断完善。

政府开支“收紧”之后，会不会影响工作效率和机关运转？芜湖的做法是，加大全市资金统筹调度力度，实现资源的合理使用，同时利用财政供给杠杆，推动行政机关和事业单位改革，提高工作效能。全市为此成立了资金管理和资金监督领导小组，统筹调度市、区两级财政资金和建设资金。市级财政供给人数连续10年递减，建立起了“养事不养人”“养项目不养机构”的新机制。

（2011年1月8日《人民日报》头版头条）

芜湖城市基础设施向县乡延伸

自来水、天然气由城入乡，农村垃圾进城焚烧发电

本报合肥2月17日电 2月12日，是农历正月十五，地处安徽芜湖鸠江区偏远的北陡村村民孟征训老人，傍晚坐上刚刚开通的42路公交车，到城里女儿家过节。他乐呵呵地说："以前说'北陡北陡，弯弯扭扭，18岁的姑娘家家有，就是不嫁家门口'。这下好了，姑娘是远嫁了，但路也通了，还有了公交车，一元钱就能进城走亲戚了。"

芜湖市推进城乡一体综合发展，统一规划，城市公用基础设施向县乡延伸。在综合改革、乡镇村合并的基础上，芜湖以市区为中心城市、县城为副中心、重点镇村为卫星城镇，整体推进，组团发展。在道路建设、水、气、公交和防洪保安等方面，做到城乡统筹，以城带乡，加快新农村建设。

以前芜湖市公路虽多，等级偏低，市到县、县与县之间没有完整的高标准干线，1700多公里的乡道也是断头路多，砂石土路多，一到阴雨天，农民进不了城。两年多来，芜湖市投资50多亿元，加快建设对外"主通道工程"和市区到三县的"快速通道工程"，以及县乡镇公路的"通达工程"。目前，对外主干道四通八达，快速通道已完成大半，28个乡镇有22个通二级以上公路，公交车随着公路走，解决了农民出行难。

为逐步提高县乡居民生活质量，芜湖市不断把城市自来水、天然气等送往县乡，把县和重点乡镇的垃圾运回城里统一处理。记者看到，市区自来水厂的管道已铺到三山、清水和峨桥镇，避免了重复建设、节约了投资，让农村居民喝上了自来水，还保障了中心镇绿色食品等特色工业园用水需求。芜湖县的11万居民不久前用上了天然气，繁昌县的天然气工程正在开

通，随后还要送到中心镇。市里统一上马的垃圾焚烧发电厂，不光“吃”掉了市区垃圾，三县城区垃圾也开始向城里运送，使乡村更清洁，让电厂有“饭”吃。城乡污水也同样实施集中处理。

城乡一体的基础建设，带动了县域经济快速发展，促进了农民增收，城乡面貌进一步改观。2005年全市县区财政达到27.96亿元，在全市财政比例中由2003年的33%上升为41%；农民人均纯收入3940元，比上年增长9.8%，大大高于全省平均水平。

（2006年2月18日《人民日报》头版头条）

抓好工业龙头企业　走活城乡协调发展

芜湖经济从“独臂撑天”转呈“三足鼎立”

本报合肥1月26日电　1月26日上午，安徽芜湖奇瑞汽车有限公司分管国际市场的副总经理周必仁，与以色列客商谈定了三款新型轿车的出口事宜。此外，出口古巴1000辆的政府采购轿车合同也已敲定。他喜形于色地说，拥有自主知识产权和民族工业品牌让奇瑞“势头强劲”，去年奇瑞汽车出口全国第一，今年又是“开门红”，全年计划出口5.5万辆，销售合同已签8万辆。以奇瑞为龙头的芜湖经济技术开发区，坚持发展高技术产业，提高自主创新能力，使汽车及零配件和家电、新材料、生物制药四大产业集群长成“参天大树”，对财政的贡献大幅增长，去年实现税收21亿元，比上年增长36.6%，形成了新的经济增长点。

过去在芜湖，芜湖卷烟厂税收在市财政收入中“独臂撑天”，占到70%左右。人们形象地说“烟厂打个喷嚏，全市都会感冒”。如今，这一格局已被打破。尽管卷烟厂这些年来发展迅猛、税收增长4倍，但占市级财政收入的比重却下降到24%。与此形成鲜明对比的是，往年以收取农业税为主的市辖三县财政，现在农业税收入虽大幅减少，而财政增幅却在50%左右。三县四区对市财政的贡献去年达到20多亿元，与经济技术开发区一样，在市财政的比重都在30%上下，加上卷烟厂，三个大户形成了“三足鼎立”之势。市委书记詹夏来说：“新财力格局的形成，在于转变经济增长方式，突出抓好工业龙头，走活城乡协调发展这局棋。”

芜湖经济技术开发区是市委、市政府为打破单一卷烟财政走的一步棋。多年来，开发区坚持发展高技术产业，吸引了13家世界500强和23家国内上市公司投资办企业，形成了奇瑞、日立、海螺、华信药业等颇具规模的支柱产业。今年发展势头更好，上半年已排定35个、总投资20亿元的项目开工建设，到1月25日已开工8个。

在重点培育“龙头工业”的同时，芜湖统一规划三县四区和8个中心镇工业建设，让经济技术开发区这棵“参天大树”之根向下延伸，形成新的“工业园”群体。利用荒山荒坡建设起来的芜湖县机械工业园，去年新增入园企业28家，其中与奇瑞相配套的汽车零部件企业10家。各地工业经济新格局逐渐显现，去年各县区财政增收部分中的80%以上来自工商服务业。

1月24日，在南陵县投资1.2亿元的芜湖九发食品工业有限公司一期工程正式投产，于忠东经理说，南陵县发展双孢菇培植，年产量1.5万吨，农民尝到规模种植和深加工的甜头，在这儿投资肯定能发财。目前，芜湖各类农副产品加工龙头企业已有100多家，带动了大批专业村和专业户，促进了农民增收。繁昌县三山镇2000多名农民进入芜湖绿色食品经济开发区务工，成为不出家门的“打工仔”。去年，芜湖市农民人均纯收入3500多元，比上年增长16%，首次出现与城镇居民可支配收入几乎同步的增长幅度。

（2005年1月27日《人民日报》头版头条）

市场活起来　农民富起来

安徽培育农字号名牌

【编辑点评】安徽省委书记把徽菇、酱菜、玉米粉挂在嘴边，如数家珍，是倾注了感情的。安徽农业比重较大，为改变农产品总量增加、农民收入不能增加的局面，十五大以后，省委、省政府果断实施农产品名牌战略，在传统农产品中培育名牌，让名牌农产品去攻占市场，强省富民，这一举措同时带动了农业产业化、现代化进程，在市场经济条件下巩固了农业的基础地位，把党的十五大精神落到实处。

安徽自古就有宣纸、徽墨等天下名品。今人自然不让古人，他们悉心经营农产品，已初见成效，希望他们坚持下去，培育出新的天下名品。

本报合肥4月25日电　在去年10月举办的安徽省名牌农产品评选活动中一举成名的“山华牌”黄山徽菇，在国内、国外两个市场名声大噪，分外火爆。今年一季度外销收入达1700多万元，超过去年全年外销额。

“农业也要创名牌!”在不久前召开的全省农村工作会议上，省委书记卢荣景大声疾呼。他如数家珍般地列举了“山华牌”黄山徽菇等名牌农产品的巨大效应之后，又向与会者展示了特意从市场上购来的四个小包装：蚕豆、酱菜、玉米粉、花生米，说：“这些东西虽土，但品质好，有营养，成了消费者认可的名牌，市场前景非常之好。市场呼唤名牌，名牌能够刺激市场。所以，我们要紧紧围绕市场需求，实施农业名牌战略，以名牌促进农村产业调整，从而加速农村产业化的进程。”

作为农业大省的安徽，改革开放以来，农业生产发展迅速，主要农产品总量快速增长，粮食5年四获丰收，连续3年创历史新水平。但是，省委、省政府领导却清醒地看到，在农产品总量增加的同时，农民收入却未能增长。全省粮、油、棉总产量分别位居全国前几位，而农民人均收入却居中下水平，人均粮食占有量高于全国20%，而农民人均收入却比全国平均水平低16.5%。分析表明，大量资源被集中投放到了产品附加值小、效益低的产业上，市场适应性差。

去年下半年以来，省委、省政府展开了深入细致的调查研究，发现了一批虽已“脱颖而出”，但市场潜力仍需拓展的农产品，像“丰乐牌”杂交西甜瓜种子、“山华牌”黄山徽菇、“义门牌”苔干、“砀园牌”砀山酥梨等等。而一大批名优农产品虽有一定市场，却没有一个叫得响的名牌，难以形成更大的气候。“名牌也要紧吆喝，名牌也要形成名牌群，握紧拳头，齐打市场”，省委、省政府引导全省人民走“特色规模档次”增效益的农村经济发展之路，着力打好流通、加工、特色、养殖四张牌，下决心让市场活起来，让农民富起来。

为了推进农业名牌战略的实施，省里成立了农村产业化指导办公室，由省直16个单位的18名专家和领导组成评委会，在全省展开了名牌农产品评选活动，有22个农产品获得了“安徽名牌农产品”称号。随后，省政府颁发大红证书，举行新闻发布会，同时举办首届安徽省名优农产品展销会，312家企业、816个农副产品参展，短短几天销售额达644万元，签订正式销售合同的金额达7亿元。

黄山食用菌公司原先闯不出市场，致使万余户菇农洒泪毁菇。1993年以来，公司从国外引进菇种和技术，为菇农提供技术设备和原料并签订收购合同，终于如愿以偿。目前，全县80%以上的农户种香菇，预计今年的产量将超过70万公斤，比去年增长2.5倍，农民的人均收入也会因此增加二三百元。

谁拥有更多的名牌，谁就拥有市场和希望。在安徽，记者看到，无论是千里淮北平原上的果乡药都、江淮沃野中的粮棉产地，还是皖南绵延山区间的林果胜地，无不在名特优上下功夫，在规模集约化经营上打主意，求优、求特，更求大、求高、求强、求好。省政府为此每年拨出专款扶持名牌农产品生产，围绕精心筛选的八大农村主导产业，组织农技、农艺、农业经济“三师上阵”，科教兴“名”，争取每两年推出一批名牌农产品，并策划让名牌进城、名牌出海、名牌上网，真正使名牌农产品叫响国内外大市场。

（1998年《人民日报》头版头条，与王启明合作）

实施小麦高产攻关和水稻产业提升行动

安徽抓粮食优质高产促增收

本报合肥5月7日电 4月底，安徽省凤台县组织农业科技人员开展“小麦高产春季行动评估验收”。走进齐刷刷的麦田里，刘集乡彭岗村种粮大户彭文林说：“政府支农到位投入足，农民种粮有劲头，今年增产增收看来是三个指头捏田螺——稳拿了！”彭文林今年承包、转包土地156亩，全部种植了优质小麦和水稻，可望增收2万多元。

安徽省从去年起开展小麦优质高产攻关和水稻产业提升“两大行动”，实现了单产与品质双提高，促进了粮食产量与农民收入双增长。去年“两大行动”实现新增产值54亿元，带动全省农民人均增收108元。今年，全省粮食生产目标确定为550亿斤，将通过小麦高产攻关和水稻产业提升行动，力争小麦单产提高5%、水稻单产提高2%。

水稻和小麦是安徽主要粮食作物，常年种植面积和产量分别占粮食作物的70%和80%。为促进粮食优质高产、农民增收，安徽决定在全省范围内实施两大粮食作物的优质高产攻关提升行动。省委书记郭金龙、省长王金山多次强调，作为粮食主产区，安徽必须以抓好粮食生产促进现代农业发展，推动农业大省向农业强省迈进。

提高现有农业关键技术的覆盖面和到位率，是安徽实施“两大行动”的首要环节。小麦生产上，安徽重点推广了优质高产良种、科学播种技术、测土配方施肥和病虫害综合防治4项关键技术；水稻生产上，重点推广优质高产良种、测土配方施肥、旱育秧、轻简栽培、病虫草害综合防治、全程机械化作业等6项关键技术。经过努力，全省小麦良种覆盖率、水稻关键技术综合到位率已达96.8%和74.9%。

在实施“两大行动”中，安徽提出“大户是核心，示范片是基础，大县是关键”。全省确定了10个小麦生产示范大县，建立了6900多个小麦、水稻优质高产示范片，覆盖到县、乡、村。各级农技人员对口联系了6800多个小麦和水稻种植大户，面对面开展服务。全省还组织农民建立植保专业服务队和农机服务队，提高粮食生产专业化水平。

加大专家服务和支农资金投入力度是安徽实施“两大行动”的又一着力点。去年小麦秋种以来，省农委组织专家多次开展大规模的技术培训和服务指导，600万亩新建和续建核心示范区发挥了示范和带动作用；今年的水稻主推品种展示工作已在主产区全面展开，45位省级水稻专家对口联系指导50位水稻种植大户，500万亩水稻核心示范区也已落实。省级财政为“两大行动”安排专项资金5900万元，投入力度超过往年。

（2007年5月8日《人民日报》头版头条）

规模企业大幅增加　高耗行业投资下降

安徽经济结构优化质量提高

本报合肥9月15日电　安徽全面落实科学发展观，积极应对多重困难和挑战，全省经济继续保持速度加快、质量提高、结构优化、民生改善的良好态势。1至8月财政收入916亿元，增长32.3%，为近年同期最好水平。安徽地区生产总值上半年达4180多亿元，增长14.2%，创13年同期最好水平。城镇居民人均可支配收入和农民人均现金收入增幅均为近年同期最好水平。

在年初遭遇低温雨雪冰冻灾害的情况下，安徽加大农业科技和支农资金投入，全面推进小麦高产攻关和水稻高产行动，加强农作物田间管理，组织科技人员下乡，包粮食单产、总产，包新技术指导，同时加大粮田保护，千方百计增加粮田面积，农业和粮食生产能力进一步加强。全省夏粮总产234亿斤，创历史最好水平，增量占全国的20%，秋季粮食丰收在望，全年粮食产量预计达到600亿斤。

安徽省抢抓促进中部崛起战略实施和国内外产业转移机遇，加大经济结构调整力度，加快转变经济发展方式，加速培育新的经济增长点。安徽规模以上企业快速增加，到8月末已达近万家，比上年同期大幅增加。工业特别是能源原材料行业、高新技术产业和装备制造业发展加快，企业规模不断壮大，对经济增长拉动力明显增强。1至8月，安徽省规模以上工业增加值2100亿元，增长24.8%，为近年同期最高增幅，其中高新技术产业实现增加值比去年同期增长25%以上。

安徽还着力推进巢湖和淮河流域污染治理力度，强力推进节能减排工作，在稳步扩大有效投入的基础上，通过大力调整优化投资结构，提升改造传统产业，追求绿色发展。到8月底，全社会固定资产投资3904亿元，增长44%，有较大回落。装备制造业、医药制造业、水利管理业和教育等投资增速则明显高于平均水平，其中高新技术产业和机械装备制造业投资上半年增长超过76%，而钢铁、有色、建材、化工等六大高耗能行业投资增长同比下降。

（2008年9月16日《人民日报》头版头条，与何聪合作）

从“提篮叫卖”到“精装远销”

安徽名优农产品入沪进京闯超市

本报合肥1月14日电 产品互通、检测互认、标准互认——2005年12月30日，安徽省第六届名优农产品绿色（上海）交易会一开幕，上海市和安徽省就签订了《上海市、安徽省食用农产品互认协议》，联手开辟了一条安徽农产品进沪的绿色通道。双方期望安徽农产品在上海市场的占有率每年提高一个百分点，到“十一五”末，销售收入达100亿元以上。为期4天的交易会现场销售1317万元、1400多种农产品，当场签订了10.5亿元的贸易合同。

新鲜的香菇、香脆的山核桃、优质的稻米、鲜活的水产……安徽名优农产品正源源不断走向上海、杭州、南京、北京、广州等地农展会、超市、宾馆酒店和市民餐桌。安徽大力实施“皖优农产品进超市工程”，推进农产品生产、加工、包装等和超市标准全面对接，2004年进超市农产品销售额达到43亿元，2005年进超市农产品的销售额预计突破50亿元，比2003年增加一倍多。

安徽出产众多优质农产品，只是长期以来“藏在深闺人未识”，绝大多数自产自销。安徽省围绕优势农产品特别是无公害、绿色和有机食品，大力发展连锁经营、物流配送、产销直挂、电子商务等现代流通方式，从2004年起安排2000万元实施“皖优农产品进超市工程”，主攻以上海为龙头的“长三角”地区，抢占“珠三角”和北京市场，积极开拓国际市场。

安徽重点培育和发展了一大批流通型企业集团和流通企业，组织中小企业的产品进超市。省财政扶持成立安徽天润农业发展有限公司，将安徽一些中小企业生产、加工的农产品组织起来，按照超市系列标准，以集团的形式送往超市，目前已将18家企业的70多个产品顺利送进上海华联、家乐福等大型超市。

“皖优农产品进超市工程”带动了安徽农业产业化发展，促进了优质农产品基地建设。郎溪县按苏浙沪大中城市农产品市场准入标准和超市标准要求开展农产品标准化建设，目前全县蔬菜、吊瓜、蜜枣和茶叶等8大类无公害农产品生产基地已达5万亩。蔬菜大县和县42万多亩蔬菜瓜果全部实行了无公害生产，标准化生产基地面积接近30万亩，成为华东地区最大的无公害蔬菜供应基地。

（2006年1月15日《人民日报》头版，与何聪合作）

为农民和市场架起现代农业桥梁

宣城专业合作组织各显其能

本报合肥4月20日电 阳春三月，眼瞅着自家果园里盛开的梨花，宣城市广德县苏决村农民萧心树满心欢喜。自从加入了果业合作社，技术指导及时到位，生物农药、营养肥价廉物美，收获时节“果好价好销售好”，萧心树去年比没入社的邻居多收入了几千块。在发展现代农业的进程中，安徽省宣城市各类农民专业合作组织各显其能、各展所长，拓展了通向大市场的增收之路。

“专业合作经济组织是农民和市场之间的重要桥梁，也是家庭承包经营基础上发展现代农业的重要平台。”宣城市委书记方宁说。多年来，宣城在乡、村重点引导建立由专业大户牵头的合作组织，在市、县重点引导建立以农业产业化龙头企业为主的农产品行业协会，逐步提高农民组织化程度。目前，全市已有农民专业合作经济组织271个，成员4.9万多人，带动农户21.2万户，占全市农户总数的30%以上。

宣城在引导农户闯市场时，注重培育规范化的农民专业合作社。如今，宣城市已涌现出一批以“安泰养猪”“早熟梨果业”“九州乌龙茶”等为代表的规范化的农民专业合作社。

“农合”不但组织农民闯市场，拓宽增收渠道，还提高了农产品抗风险能力。3年前，郎溪县凌笪乡农民从外地引进吊瓜种植技术，收益良好。次年，当地农民纷纷仿效，导致产品过剩，销售价格下滑。去年，当地探索组建了吊瓜专业合作社，并投资兴办了加工企业。收购价格稳了，社员还可分得加工、销售环节的利润。

农民专业合作组织的健康发展，促进了农业专业化水平的提高。目前，宣城市已形成皖南优质稻米、家禽产业和竹产业生产加工三大板块经济，全市农产品加工产值与农业产值之比已达1.2：1。

“让农民组织起来闯市场，政府要努力做好引导和服务工作。”宣城市市长高登榜说。宣城先后制订出台“十五”“十一五”农业主导产业和农产品加工规划，引导农民专业合作组织在产业化上做大做强。同时，为专业合作组织闯市场“铺路架桥”，由行业协会牵头，已连续两年在上海组织农产品交易会。

（2007年4月21日《人民日报》头版头条）

安徽四个"全覆盖"将惠及4000万百姓

建立城乡困难群众最低生活保障制度

解决城乡困难家庭子女"上学难"问题

扩大农村新型合作医疗制度试点范围

全面实施城乡困难群众医疗救助制度

本报合肥1月3日电 岁末年初，安徽省委、省政府作出决定，围绕解决困难群众"生活难、看病难、上学难"等问题，从2007年起推出一系列政策措施，力求使困难群众最低生活保障制度、解决困难家庭子女"上学难"制度、医疗保险和合作医疗制度、困难群众医疗救助制度实现城乡全面覆盖。

记者从安徽省财政厅了解到，为此，2007年全省财政将总计投入资金69亿元，包括争取中央支持29亿元、省财政投入29亿元（其中新增投入19.8亿元）、市县财政投入11亿元。另外，有关项目在实施周期内需利用国家开发银行贷款14亿元。据初步匡算，这些政策措施将惠及全省4000多万人。省委、省政府主要领导强调，凡是急需解决的民生问题，只要财力许可都要尽量安排解决。

为解决困难群众生活，安徽着眼于城乡统筹，建立农村居民最低生活保障制度，把131万家庭年人均收入低于625元的绝对贫困人口纳入低保范围，每人每年平均补助260元；农村"五保户"供养标准从年人均850元提高到1200元，使全省45.7万五保供养人口达到当地农村居民平均生活水平；完善城镇未参保集体企业退休人员基本生活费保障机制，将11万此类人员纳入当地城镇居民最低生活保障范围。

针对困难群众"看病难"问题，2007年，安徽将农村新型合作医疗制度试点范围扩大到全省56个县（市、区），覆盖全省农业人口3055万人；同时探索建立城镇居民基本医疗保障制度，让新型农村合作医疗“进城镇”，实行个人缴费、政府支持和社会捐助相结合的筹资机制，2007年按30%覆盖率使253万居民受益；在全省城镇和农村全面实行城乡医疗救助制度，将305万城乡低保对象、农村“五保户”、农村重点优抚对象纳入医疗救助范围；用5年时间改扩建1230所乡镇卫生院以及1万个村级卫生室，在全省基本健全农村卫生服务体系。

安徽将全面实施城乡义务教育经费保障机制改革，解决困难群众子女“上学难”。2007年起，全部免除城乡义务教育阶段学生学杂费，继续对农村贫困家庭学生免费提供教科书，并补助寄宿生生活费；计划用2年时间，集中力量完成全省304万平方米D级危房改造任务，确保全省农村中小学生校舍安全。

安徽还决定加速推进农村饮水安全工程建设，提前5年解决原计划10年完成的全省农村1626万人饮水安全问题。农村部分计划生育家庭奖励扶助政策做出较大调整，农村只有一个子女或两个女孩的计划生育家庭，夫妇年满60周岁以后给予奖励扶助，奖励扶助金按每人每年600元的标准发放，其中只生育一个独生女的另增发120元。对子女死亡，且现无子女的奖励扶助对象，其奖励扶助标准从每人每年600元提高到1200元。

（2007年1月4日《人民日报》头版头条）

税费改革堵住“三乱”

安徽农民一年少掏16亿

本报合肥1月15日电 正在召开的安徽省九届人大四次会议传来消息：安徽在全国率先开展的农村税费改革试点工作取得阶段性成果，全省农民负担减少16.9亿元，人均减负33.9元，平均负担比上年减轻31%，加上减少的劳动积累工和义务工以及村级公积金的减少，农民负担总体水平下降更为明显。这项改革深受广大农民拥护。

经党中央、国务院批准，安徽自去年3月起开始农村税费改革试点，以减轻农民负担为第一目标，取消乡统筹费，取消农村教育集资等专门面向农民征收的行政事业性收费和政府性基金，取消屠宰税，逐步减少直至取消统一规定的劳动积累工和义务工，调整农业税和农业特产税政策，改革村提留征收使用办法，实行7%的地区差别税率，把原来的村提留改为农业税附加或农业特产税附加收取。全省在调查摸底的基础上，制定了20多个配套方案，层层督查，规范收取；取消其他各种收费、集资、政府性基金和达标项目50多种，堵住了农民称之为“无底洞”的“乱集资、乱收费、乱罚款”。

（2001年1月16日《人民日报》）

坚持“三权不变” 实现“四个管住”

安徽改革乡镇财政管理方式

全面实行县、乡财政“预算共编、账户统设、票据统管、采购统办、集中收付”的财政管理模式，达到“挖潜、节支、堵漏、控债”目的

本报合肥1月8日电 1月5日，安徽省和县财政局里，各乡镇财政报表汇集，工作人员们高兴的是：“哭穷”的少了，“报喜”的多了。副局长范长淮告诉记者，往年各乡镇为发工资而犯愁，如今的报表说明，去年全县15个乡镇不光保证了工资正常足额发放，各乡镇还增加税收1000多万元，日子过得宽裕了，县财政也实现了大幅增长。他说，很重要的一条，得益于安徽全省“乡财县管”的乡镇财政管理方式改革。

安徽是全国率先实行农村税费改革的试点省，规范了税费行为，减轻了农民负担，但乡镇乱进人、乱收费、乱花钱以及债务沉重、拖欠工资等“老大难”问题，需要进一步解决。

堵不住“乱进人”“乱花钱”的口子，就治不住“乱收费”的痼疾，为巩固改革成果，安徽省将税费改革和公共财政改革向乡镇延伸，严格控制乡镇财政供给人员和债务的不合理增长。在试点的基础上，从去年7月开始，全省全面推行“乡财县管”改革，实行县、乡财政“预算共编、账户统设、票据统管、采购统办、集中收付”的财政管理模式，以达到“挖潜、节支、堵漏、控债”的目的。实施半年来，1780多个乡镇的财政困难得以缓解。

“乡财县管”不是统收统支，也不是取消乡镇财政，而是加强对乡镇财政收支的指导、监督和管理。宿州市埇桥区财政局局长说，“乡财县管”的好处在于坚持了预算管理权、资金所有和使用权、财务审批权“三权不变”

原则，将乡镇预算外资金全部纳入预算管理，财政收入就地纳入县乡国库。在支出中优先保工资，每月工资支出进专户，委托银行统一发放。基本财政缺口留在县里，县里因此加大的财政缺口由省财政增加转移支付。对属于清理清退的乡镇各类人员，不再供给经费，这就“扎”住了“乱进人”的口子，去年全区因此少进180多人。

管住了人，还要管住钱。安徽推广“乡财县管”核算软件，实现县财政会计核算中心与乡镇联网。南陵县许镇财政所所长说，过去乡镇花钱在镇长“一支笔”上，政府搞工程靠干部“拍脑袋”，现在严格预算管理，实行审核招标，样样手续齐备才能算数，违反了预算，超出了财力就不批准。砀山县官庄乡去年想办一个水果市场，县财政局审核后发现投资超出乡镇承受能力，因此没有批准。“乡财县管”还有效地遏制了穷乡镇“阔消费”现象，无为县六里店乡财政所长丁以平介绍，以前吃喝招待，随便哪个领导批了都报销，如今招待费要经乡理财小组核准，超标准拒报，一年少花10多万元。

进入新年了，安徽各地着手对“乡财县管”改革实践进行总结，认为它实现了“四个管住”，即管住乡镇乱收费、乱花钱、乱进人、乱举债，全方位堵塞了管理漏洞。不仅如此，对发展较快、财力较好的乡镇，省里还赋予其较大自主权，保证乡镇多收多得，在保证基本支出后安排一定资金用于偿还合理债务，支持上牵动力强的建设项目，调动了基层发展经济和增收节支的积极性。长丰县通过“乡财县管”，杜绝了白条报账，控制了债务增长，增加了乡镇收入，去年全县财政收入比上年同期增长26.2%。

（2005年1月9日《人民日报》头版头条）

一个转变　三个建立　一个改进

安徽十八个县试行农村综合改革

本报合肥9月7日电　9月1日，安徽省广德县组织了一批干部出外考察乡镇站所改革经验，要在撤并乡镇村的基础上，推行乡镇七站八所改革，为进一步减轻县乡财政压力，防止农民负担反弹，促进小城镇建设和农村经济发展夯实基础。

安徽省8月23日在芜湖召开农村综合改革试点工作会议，部署全省18个试点县的综合改革试点，主要内容是：转变乡镇政府职能，建立农村基层管理新机制，建立农村公共产品供给新机制，建立“三农”社会化服务体系，改进农村工作考核评价办法。安徽省委、省政府领导强调，这次农村综合改革试点是继农村税费改革后，安徽在全国又一次率先进行的深层次改革，是对农村税费改革成果的巩固提高。

此前，芜湖市、宣城市先行一步进行农村综合改革，在乡镇村合并，乡镇机构、编制和人员精简，以及乡镇党委书记、镇长一肩挑，党委、政府副职交叉任职等方面进行探索，取得了成效。芜湖市行政村由663个合并为451个，65个乡镇调整为23个，减少65%，乡镇领导干部职数由原来的697个精减到363个，减少48%。宣城市在合并乡镇村、精简机构、编制的基础上实行乡镇党委、政府正职一肩挑，副职交叉任职，减少了环节，提高了效率，受到农民广泛欢迎。

在两市试点中，一批政治素质好、文化层次高、工作能力强的年轻干部进入乡镇领导班子。通过合并，两市乡镇规模适度，布局合理，经济发展各具特色，上半年两市农民人均现金收入都较上年大幅提高，其中一半以上来自工资性收入，乡镇公用费用和事业费用则大幅下降。

安徽省要求18个试点县认真学习借鉴芜湖、宣城农村改革的经验，但对18个县的试点工作，不作统一标准，不求同一步调，不设考核目标，明确各试点县县委书记为第一责任人，县长是直接责任人，强调从实际出发，大胆探索，扎实推进，务求实效，为明年在全省推开摸索出行之有效的新路子。

（2005年9月8日《人民日报》头版头条）

兴建小城镇　搞活小企业
安徽实施“两小战略”富民强省

【编者点评】 为培育农村新的经济增长点，增加农民收入，今年安徽省把发展小城镇、搞活小企业作为工作的着力点。事实证明，很多地方的小城镇之所以发展不快，关键是工业化水平不高，经济支撑力不够。正是清醒地认识到两者相辅相成的内在关系，在具体实施“两小战略”时，安徽省委、省政府重视将两项工作整体推进，积极引导各地依托小城镇发展各类小企业，取得了成效。这种用辩证思维指导工作的做法，值得借鉴。

本报合肥12月3日电　今年年初就下决心精简会议的安徽省，却在上半年连续召开了两个省、市、地及省直“一把手”的高规格会议，一个是全省小城镇工作会议，一个是全省发展小企业工作会议。近期，省里有关部门又多次组织专家调研会商，检查督促，千方百计推进小城镇和小企业工作，形成了一个八方争先的大好局面。省委、省政府领导告诉记者，“小城镇，大战略”“小企业，大文章”，安徽决心以“两小”为突破口，进一步加快本省经济和社会的全面发展。

安徽是农业大省，又是人口和资源大省，省委、省政府认真贯彻十五届三中全会和四中全会精神，以发展小城镇和小企业为突破口，提出加快实现安徽由“人口大省向经济大省跨越、农业大省向农业强省跨越、资源大省向工业大省跨越”的奋斗目标。针对本省小城镇建设和发展上存在着规模不大、实力不强、特色不浓、城市化水平低等问题，省委、省政府作出《关于进一步加快小城镇发展若干意见》，决定在原有800多个建制镇的基础上，再选择200个左右的中心建制镇作为重点，实现城镇管理市场化，建设集约化，投资多元化，经济格局外向化，到2005年全省城镇化水平达到35%，比现在提高12.7个百分点。

安徽特别强调，发展小城镇要与发展中小企业和乡镇企业有机结合起来。省委书记回良玉、省长王太华告诉记者，安徽小城镇建设之所以发展不快，关键是工业化水平不高，经济支撑力不够，“两小”没有形成互为补充、互相促进的发展态势。省体改委主任周古廉分析说，小城镇是小企业发展的外在形式，小企业是小城镇发展的内在支撑力，两者不可相左，不可分离。省政府今年重新制定了关于加快小企业改革与发展意见，再一次要求各地要引导乡镇企业向小城镇聚集，依托小城镇发展各类小企业。同时结合城镇发展，加快推进国企改革，实行“大改制小放开”，“抓大放小”，通过“扶持、挂靠、兼并、承包、合资、破产”等措施，使小企业重新焕发生机，对繁荣城镇经济起到重大作用。

省委、省政府加快发展“两小”的战略，在江淮大地掀起巨大波澜。江泽民总书记曾三次视察过的凤台县毛集镇重新制定了发展规划，把城镇建设与经济发展、吸引外资和创建文明城镇结合起来，高起点规划中心镇，强化城镇功能，扩建工业小区，培育农村市场，以镇兴市，以镇聚企，靠市、企活镇。今年1至9月完成乡镇企业总产值3.4亿多元，利税3342万多元，实现财政收入168.9万元，分别比去年同期增长15%、18%和15%。地处大别山区的叶集镇，大力发展个体私营经济，配套发展城镇功能，各项经济指标增长幅度都与毛集镇不相上下。

（1999年12月4日《人民日报》头版头条，与王启明合作）

治水 建塘 植树 修路

安徽加快江淮分水岭易旱地区治理开发

本报合肥4月9日电 住在江淮丘陵“脊梁岗子”上的安徽六安市裕民村农民沈广东，前些年出外打工赚了点钱，这两年回家种起了承包田。他说：“以前岗地易旱难收，如今塘里蓄了水，坡上栽了树，出门通了路，粮价涨了，负担轻了，种地的日子有奔头了。”

沈广东的话代表了安徽江淮分水岭地区许多农民的心声。春耕春种时节，在六安、合肥、滁州等地采访，看到往日干旱贫瘠之地正在发生巨大变化：过去6年，这里的农民人均收入每年递增6%，高出全省农民平均增收水平3.5个百分点。

长江、淮河横穿安徽境内，把江淮大地一分为三，江南为皖南山区，淮北是大平原，江淮之间则是起伏不平的丘陵，东西岭脊成了江淮两大水系的分水岭。

江淮分水岭涉及3个市，21个县，面积、人口均占全省的1/4，贫困人口占全省贫困人口总数的30%以上。从1997年起，省委、省政府作出决策，加快江淮分水岭易旱地区综合治理开发。

针对岭区易旱贫瘠、缺水少绿、农业种植结构单一等特点，省委、省政府确定了“把水留住、把树栽上、把结构调优、促进农民增收”的治理工程，强调一村建一口“当家塘”，连片开发经济林，示范带动高效田。省里选择了人均收入低于全省平均水平的40个乡镇作为首批省级重点治理乡镇，2002年达到100个。省财政逐年加大投入，到去年累计投入9400万元。

江淮岗岭“穷在水上，困在路上，荒在岭上”，要改变面貌，先要治水。肥东县八斗镇年均降雨量不少，但以前大小塘坝缺乏整治，没人管理，下雨存不住，有水用不好。被列入重点治理后，八斗镇实行“塘坝革命”，谁投资，谁经营，谁受益，省里以奖代补。不少出外打工挣了钱的农民，回家兴建水塘，发展养殖，塘坝植树，发展“塘口经济”。短短几年，八斗镇打塘480多口，建小型水库13座，打深水井142眼，蓄水量达1.2亿立方米，比治理前增加4000多万立方米。

在明光市、六安市，在整个分水岭地区，治理也已初见成效。几年来，安徽省财政投入治理开发资金近亿元，带动社会投资5亿多元。全省新挖和整修大中型水塘和水库8000多口，新增和改善灌溉面积96万亩。治理区森林覆盖率平均每年提高1%。

安徽省委、省政府的眼光放得更长远。他们看到江淮分水岭治理区仍有30%的村不通油路，影响了群众致富。于是，治完了水后，“把路修通”又成了江淮分水岭治理新阶段中的重头戏。省里最近决定将分水岭治理与全面小康社会建设同步推进，为农民致富奔小康再谱新篇章。

（2004年4月10日《人民日报》头版头条）

以防促修　以修固防

安徽防修结合大干水利

【编辑点评】安徽在抗洪抢险中提出防汛要防个明白，这个“明白”就是要弄清楚为什么会出险，险在何处，怎么根除。明白之后，重在行动。安徽根据“全面规划、统筹兼顾、标本兼治、综合治理”的原则，抗洪抢险与水利兴修结合，“以防促修，以修固防，防修结合”，同时搞好规划，把兴利与除害结合，短期目标和长远规划结合，兴修水利和调整产业结构结合，从根本上提高防洪抗灾能力。

本报合肥9月22日电　作为我国洪涝灾害最频繁、最深重省份之一的安徽省，今年不光在长江抗洪抢险中实现了“三个确保”，打了一个漂亮仗，而且在大灾中积极反思，并落在实处，形成了《安徽省今冬明春水利兴修纲要》。全省沿江各地在《纲要》指导下，早规划，早动手，以防促修，以修固防，防修结合，大打水利翻身仗，到目前为止，全省已结合水毁修复和水利“穿插战”，共开工兴修1.8万处，完成土石方7700万立方米，占全省今冬明春兴修任务的15.4%。今冬明春全省水利兴修总投入将达30亿元以上。

安徽的防汛抗洪和水利建设都得益于一个早字。据省委常委、副省长王昭耀介绍，今年3月，安徽省比往年早一个月就召开了全省防汛工作会议，省政府与地市负责人签订了防汛目标责任书，举办了沿江地市县政府主管防汛的负责同志参加的防汛知识培训班，针对安徽省沿江大堤防洪标准低、堤身单薄等情况，省委、省政府要求，立足以防为主，防修结合，要防得明白，修得主动。巢湖地区最早提出“以汛凝心，以事聚人，以防促修，以苦干促大变”。该地区的长江堤防占全省的20%，从防汛一开始就与兴修水利结合，已完成土石方300多万立方米，占全年水利兴修任务的10%。池州地区8月9日召开全区水利兴修动员大会，明确提出“兴修从现在开始”，把严防死守与除险加固结合起来，科学规划水利工程，组织技术干部会战，搞一段就达标一段。全区已开工2432处，上堤民工达14万多人，完成土石方215万立方米，占今冬明春兴修任务的20%以上。

安徽省委、省政府要求全省水利建设必须起点高，标准高，思路新，不搞简单恢复，要谋长远大计，实现百年一遇目标。在最紧张的抗洪抢险期间，省水利厅除了抽调60%的科技人员奔赴一线指导科学抢险外，还组织另外40%的科技人员积极编制了今冬明春水利建设纲要和安徽省新时期水利建设实施意见，对水利建设起到了“一册在手，全局皆有”的宏观指导作用。铜陵市积极贯彻纲要精神，提出弘扬抗洪精神、掀起兴修水利热潮的口号，全市大协作，变以前的“包修包防”为“统修包防”，强调人机结合、城乡协作，保证工程质量，其中复兴拐、张家拐、月亮湾等九大除险加固工程，确保了长江大堤安全度汛，又为冬修打下了基础。全国重点防洪城市之一的芜湖市赶在大洪水到来之前，突击完成了钢筋混凝土防洪墙7.1公里，创造了今年“墙外洪水滔滔，墙内商贸如潮”的奇迹，仅这一年的减灾效益就达50亿元。投资2.94亿元的防洪墙二期工程今年8月初经国务院批准立项，正在做积极的开工准备。到明年4月，芜湖将完成改建9.5公里的钢筋混凝土防洪墙。

在加强水利建设中，安徽省还特别注重贯彻“全面规划，统筹兼顾，标本兼治，综合治理”的原则，提出兴利与除害结合，短期目标和长远规划结合，兴修水利和调整产业结构结合，从根本上提高防洪抗灾能力。今年抗洪中，省委、省政府领导一再深入长江抗洪一线，亲自指挥，亲自调研，指导抗洪抢险和水利兴修，告诫各地既谋当前，又谋长远，抓住机遇，全面部署，全面发动，明确重点，以抗洪精神大干水利。

省委书记回良玉反复强调的是：“防汛要防个明白，抗洪要抗出气魄，抢险要抢到点子上，要科学治水，根除水患，变水患为水利。”各地党政领导科学指挥，科学调度，科学安排，变大灾大难为大治大变。池州地区做到反思在抢险中进行，兴修在抗洪中行动，规划在大堤上形成，响亮地提出水利兴修要实现“五个不变和六个转变”，即治水指导思想不变，水利规划不变，防汛兴修连贯责任制不变，逐年增加水利投入政策不变，加大水利工作力度不变。同时达到由单一行政治水转变为依法治水；由投工投劳转变为以资抵劳，负债兴修；由民工挑土转变为人机结合；由季节性突击转变为常年兴修；由单纯防堵转变为疏堵结合；由只重工程数量转变为质量效益并重，走出了一条农、林、水、山综合治理的新路子。

（1998年9月23日《人民日报》四版头条，与王欣合作）

抓重点工程　除水旱灾害

安徽加快防洪保安基础设施建设

【编辑点评】现代化经济建设，需要现代化的水利支撑。这是治皖的不争之论。20年左右来一次大水灾，充分说明了这一点。安徽是个农业大省，目前对老天的依赖度还很大；即使今后工业发达了，人工对付洪灾的手段也终究有限。安徽抓建设先从根子和要害之处抓起，这是远见卓识之举，也值得各地借鉴。

本报合肥11月20日电　素有"洪水走廊"之称的安徽，现在进入了治水黄金期。在安徽省的长江、淮河段两岸，机器轰鸣、车水马龙，到处摆开了治水战场。一些老水利说，多少年没见过这样壮观的景象了！据10月上旬统计，全省今年已完成水利基建投资22.4亿元，30亿元的防洪保安基础设施建设年投资计划有望超额完成。

安徽地处华东腹地，位于南北气候过渡带。长江、淮河横穿全境，将安徽分成淮北、江淮和皖南三部分。复杂的地形、多变的气候，加之境内长江、淮河段流势平缓，天水、客水齐聚，致使洪涝频发。近500年灾害资料显示，安徽的大水灾约20年一次。翻开省水利志，随处可见"洪水泛滥""房倒、禾尽"等字样。

中华人民共和国成立后，虽经半世纪的大规模治理，但防洪保安基础设施依然薄弱，1954年长江淮河特大洪涝，1991年淮河大水，1998年和1999年长江大水，都使安徽遭受了严重损失。今年，省委、省政府迅速组织实施防洪保安的主要任务，特别强调抓好临淮岗洪水控制工程、扩大重点河段排洪能力等几个牵动全局的重点工程。

新近重新上马的临淮岗洪水控制工程，将使百年一遇的洪水危害降低一半，并兼有蓄水灌溉、航运等多种功能。工程一开工，当地百姓奔走相告。

防洪保安，首先是加大投资。近年来，国家每年投入安徽省的防洪资金都在20亿元以上；省里千方百计筹措资金，决定从今年起每年自筹6.5亿元用于防洪；各市、地积极自筹，据统计，各地每年防洪保安建设投资将达3亿~5亿元。江城芜湖决定连续5年每年由财政安排8000万元，投入防洪保安基础设施建设。

安徽省大胆改革，将大的水利工程项目对外招商引资，实行国家、集体、民间、外商多头投资。防洪抗旱并举的引江济淮工程已与美国一家大公司达成独资兴建的初步协议。

与往年不同的是，今年安徽变季节治水为常年治水，变人工治水为机械化治水，变局部治理为全流域治理。各大工程全部推行项目法人责任制、招投标制、建设监理制和合同管理制，并实行终身责任追究。临淮岗洪水控制工程、大房郢水库、沿江排涝泵站项目、沿江堤防工程、港口湾水库等重点工程，全部招投标建设，机械化施工。各大工地上，只闻机器轰鸣，不见人头攒动。

省委、省政府领导分工负责各大工程，直接督战指挥。他们说，这是沿淮人民世世代代的梦想，我们要通过自己的努力，给人民一个满意的答卷。

（2000年11月21日《人民日报》头版头条，与王启明合作）

观测哨站沿淮建　联防联治斩“黑龙”

安徽治理淮河污染开始攻坚

本报合肥4月19日电　日前，安徽省组织多路小分队，深入沿淮7个城市，在该省所辖400多公里长的淮河线上，进行环保教育和联合防治水污染科技攻关，全面拉开治理淮河污染第二个攻坚战。

安徽处于淮河的中段，既要接收上游排放的污水，本身又产生污染，治理污染的任务十分艰巨。今年初，省委、省政府为此4次召开有关淮河污染防治会议，并采取了一系列行之有效的“大动作”：

———摸清工业污染源，全面实行排污达标倒计时。在去年6月和9月关停、取缔沿淮“15类”企业458家之后，各地又开展了乡镇工业污染源调查、排污申报登记和COD总量指标分配。初步查清了省辖淮河流域共有县以上工业污染源2686个，随之编制了1997年达标排放计划，分别送达各地政府和企业，省及地市报刊刊登达标排放倒计时执行情况，年中亮黄牌，年底亮红牌，谁不治污谁就“死”，从而促进领导和企业加快行动步伐。今年实施倒计时计划的340家企业，已有83家企业顺利“过关”。

———加大科技投入，开展清洁生产，把污染消灭在源头。各技术小分队深入企业，面对面研讨，提供治污信息、技术服务，帮助解决关键难题。省里召开了两次淮河水污染防治技术国际研讨会，同时吸引国内各高等院校、科研部门参与，使一些本来无望解决的污染问题迎刃而解。蚌埠柠檬酸厂、蚌埠酒精厂、太和化肥厂等5家“国家级限产停产治理”的企业大见成效。在注重科技治污的同时，各地还千方百计筹集治污资金，仅去年全省淮河流域新上32个企业治污工程，总投资就达1.52亿元，今年又有340个企业治污工程开工，总投资需20亿元左右。

传媒视界
CHUANMEI SHIJIE

「头版头条」作品选

———加强治淮污染领导力量，落实组织措施，建立强有力的执法网络。省里组织各地市领导认真学习中央计划生育和环境保护工作座谈会精神，在党校开设环保专业课，做到一把手抓环保，盯治污。年初，沿淮7个地市又成立了一级环保局，沿淮34个县已有21个县环保局“升格定位”，这些机构对已办、新办各类项目均有“环保第一审批权”。一年多来已拒批污染工业项目40多个，“三同时”上马的130个项目减少废水排放3.4亿吨、COD10万吨。各地在淮河干支流出入境处还设置水质监测哨，沿淮12个监测站，与13条主要支流、8个城市的污染监测系统同步监测，成为淮河污染防治的好哨兵。去年4月，淮河水奇缺，各环保部门根据监测情报，对30家企业的污染限产限排，减少污染事故损失1亿多元，今年枯水期又对44家企业发出限产限排令，有效地控制了淮河水污染。

（1997年4月20日《人民日报》头版头条，与黄振中合作）

精心组织　靠前指挥　全面发动

安徽抓紧实施外向带动战略

本报合肥6月14日电　4月以来，安徽水果大县砀山县罐头加工厂一边防非典，一边加班生产出口西班牙、中东市场价值400万美元的芦笋、蘑菇罐头。这个“年近半百”的老厂自去年与省技术进出口公司“联姻”后焕发生机，接连得到对外订单。安徽实施外向带动战略，促进招商引资，前4个月全省累计进出口18.4亿美元，同比增长56.9%，实际利用外资1.9亿多美元，其中外商直接投资增长82.3%，给全省经济发展注入巨大活力。

全国抗击非典战役打响后，安徽省委、省政府按照党中央、国务院的统一部署，立即采取果断措施，组织两套班子和两班人马，拨出6000多万元，派出200多支医护救治队伍，织起市、县、乡、村四级防范网，在做好城市防治工作的同时，全力阻击非典下乡。10例非典病人得到及时医治并于日前全部治愈出院。

早在4月3日，安徽省政府常务工作会议专题研究招商引资和外经贸工作，提出充分发挥紧邻长三角经济圈的地缘优势，实施外向带动战略。5月15日，省长王金山在全省市县长电视电话会上再次强调要挖掘潜力，改进方式，做好外经贸和招商引资工作，努力实现既定目标。

省外经贸部门加强宏观指导，跟踪落实已审批的206个项目资金，提高134个新项目质量，安排各处室联系服务全省50家重点出口企业和40种大宗商品，推进电子政务，建设“网上外贸厅”，积极实行新的对外贸易方式。4月下旬以来，仅省技术进出口每天网上成交就达100万美元以上，5月9日网上一次签订四条船舶出口合同，金额达3000万美元。近期又有20个团组出国考察，洽谈新项目。

近来，安徽省招商引资和经济发展出现争先恐后态势。4月初，淮南韩国工业园2.5万锭精细纺织品加工厂建成投产，5月底又引来3家韩国新企业。芜湖经济技术开发区出口加工区顺利通过国家验收并投入运营。合肥、马鞍山、铜陵、安庆也相继迎来外商投资热。全省100多个开发区和工业园区已经或正在成为政策高地、投资洼地和产业基地，1至5月，全省规模以上工业增加值306亿元，全社会用电量154.9亿千瓦时，财政收入168.8亿元，分别比去年同期增长18%、15.7%和34.4%。

（2003年6月15日《人民日报》头版头条）

拨亮“金三角”一盏灯　激活江淮经济一大片

安徽加强区域协作推动工业化进程

【编辑点评】安徽省委、省政府从省情实际出发，科学审视、发掘区域比较优势，加快长江沿线中心城市开发，以安徽的“金三角”为龙头融入长江三角洲经济圈，推动全省新型工业化进程。在贯彻十六大精神中，他们不断提升对外开放水平，抓住招商引资的关键环节，重点发展“金三角”工业园区经济和城市经济，通过跨区域联合重组、协调整合等措施，推进产业结构优化升级，构筑起全省经济新一轮增长的新高地。

本报合肥5月3日电　以占全省14%的人口，创造出去年全省财政收入增长部分中60%以上的份额，今年一季度又对全省工业增长贡献率达70%———安徽省合肥市及沿长江的芜湖、马鞍山、铜陵市加快新型工业化步伐，经济呈现强劲增长态势，在全省形成令人欣喜的“金三角”经济现象，为安徽省抓住发展机遇，融入生机勃勃的长江三角洲经济圈，推进全省工业化进程，起到了显著拉动作用。

在不久前召开的安徽省经济工作会议上，省委书记王太华要求上述4市通力合作，构筑起安徽经济新一轮增长的新高地。省长王金山日前深入调研后指出，合肥及芜湖、马鞍山、铜陵有很好的区位、交通优势，四市三角，沿江通海，与以上海为龙头的苏浙沪“长三角”经济圈紧密相连，拨亮合肥、芜湖、马鞍山、铜陵“金三角”经济一盏灯，就能点亮江淮经济一大片，加快全省新型工业化进程。

为了加快发展“金三角”，尽快融入“长三角”，安徽加大招商引资力度，迎接沿海及国外产业梯度转移。省委、省政府主要领导带队到浙江考察，与浙江建立经济协作关系，全方位实行对接。合肥及芜湖、马鞍山、铜陵等市发挥自身优势，吸引了众多的商家和企业前来投资经商。合肥市与省政府年初联合举办的中国合肥高新技术与资本对接会上，签约项目60多个，吸引外资达40多亿元；今年一季度，全市外商和港澳台商投资企业数量同比增长高达39.5%。芜湖市各部门服务服从于招商引资，促使一大批有影响力的国内外大企业到芜湖投资，去年全市引进外资1亿多美元，内资30多亿元，均高居全省第一位。马鞍山、铜陵则发挥马钢和铜陵有色等大型企业在招商引资中的作用，以大引大，以强招强，改造提升传统产业。

在快速推进“金三角”经济发展中，安徽还特别注重发展工业园区经济，调整优化经济结构，培育新的支柱产业。安徽国家级及省级高新技术和经济技术开发区，几乎全部分布在合肥、芜湖、马鞍山和铜陵等沿江地区。合肥高新技术开发区、经济技术开发区和火车站综合试验区不仅拉动了全市经济增长，而且使全市城市化水平大大提高。芜湖加快经济技术开发区建设，全区实行“一站式无费”服务，为投资商创造良好环境，使9家世界500强企业、21家国内上市企业入区发展，迅速形成汽车及零配件、新兴建材、电子电器3大支柱产业。今年一季度，开发区对全市工业增长的贡献率达72.68%，奇瑞轿车产值增长达108.5%。

最近，安徽省委、省政府在深入调查研究的基础上，进一步提出以“金三角”共同利益为突破口，加大对外开放力度，围绕建立国内外重要的制造加工业基地，着眼于产业关联，深化产业分工，增强产业互补，实现跨区域联合重组，培育具有较强竞争力的大企业集团，使之成为区域经济发展的骨干和中坚。同时在市场开放、基础设施建设和优惠政策共建共享方面加大合作协调力度，培育更多与“长三角”相融合的对接点，为推进安徽工业化进程发挥更大作用。

（2003年5月4日《人民日报》头版头条，与王启明、何聪合作）

选群众信得过的人　做百姓满意的事

安徽推进后进村党支部转化

本报合肥7月17日电　两年前还以“上访村”出名的安徽临泉县白庙镇王营村，通过领导挂点包村，选群众信得过的人，做百姓满意的事，如今成了响当当的先进村。截至去年底，安徽共整顿后进村党支部4400多个。日前经检查验收，整顿合格率达78.4%，其中有880多个后进村支部跨进了先进村的行列。

安徽把加强农村基层组织建设，作为推进小康进程的“牛鼻子工程”来对待，特别是对后进村党支部整顿，更是不解决问题不撒手。

金寨县斑竹园镇的板厂和泰山村，以前是“畜栏靠着民居旁，厕所就在走廊旁，水井连着大池塘，猪屎牛粪满地淌”。人均收入200多元，80%的群众生活在温饱线下。安徽省委书记卢荣景作了调查之后，认为这些地方关键是没有好的领头人，没有好的发展路子。他一年几次往下跑，选出三个群众信得过的人进班子，又理出了科技兴桑肥田的发展路子，几年下来，两个村新房起、电灯亮、彩电响、程控电话打四方。就这样，全省省地县三级共建立领导联系点3608个，同时抽调16260名干部，组成4794个工作组到后进村，选人才，建班子，定思路，促小康。

在解决了“有人办事”之后，安徽各级党政机关、各大企事业单位还按帮扶责任制，帮助落后村选择好的项目，兴办乡镇企业。这些帮扶单位除了帮助选项目外，还投入资金和技术。省粮油科研所把粮食精加工技术送到帮扶对象的大别山区的古山村，一个“金点子”带起了一片加工业。据统计，两年多来，各级各地共向整改后的后进村投入资金2.88亿元，帮助引资9000多万元，兴办各类企业5639个，共创效益8.2亿元。

有人办事、有事可办之后，更注意有章理事。安徽各地在整改落后村支部中，特别注重建立村务、财务“两公开，一监督”制度，农民负担重、乱集资、乱摊派等问题得到有效遏制。临泉县白庙镇王营村以前之所以成为“上访村”，主要是村务、财务不公开，群众犯嘀咕，久而久之，人心乱了，田地荒了，心思都用在上访上。村支部整改后，不光有了信得过的人，筹办了卫生纸厂，还逢月逢年给人一本“明白账”，难怪“上访村”成了“先进村”！

（1997年7月18日《人民日报》四版头条）

该放的放活　该管的管好

铜陵积极转换政府职能

本报合肥8月21日电　企业逐步推向市场后，习惯于搞计划经济的政府部门如何运作？安徽省铜陵市适应社会主义商品经济发展的需要，转换政府职能，为企业转换经营机制服务，推进改革开放和经济发展。

地处长江经济带中部的铜陵市，长期以来，习惯于计划经济那一套，结果企业缺少活力。去年下半年以来，铜陵市委、市政府抓住沿江开发开放的机遇，推行综合改革，采取“联大的、放中的、卖小的、改造老的”方法，逐步实行放开经营方式，把企业推向市场。同时，把企业应该拥有的自主权全部放下去，政府对放开的企业只管国有资产控股增殖、税收上交任务；对国合商业全部实行“四放开”。政府与企业，初步建立了纳税人与被纳税人的关系。

企业转向市场后，市政府及各部门加快转换原有职能。一是全力改善开发开放的硬环境：抓紧建设铜陵长江公路大桥，拓宽城区公路，建设连贯周边城市的高等级公路及直升飞机场，建设10大专业市场，扩充水、电、煤气、通讯能力；二是积极创造良好的软环境，强化服务功能。市政府18个职能部门，认真清理旧文件，制订新措施。过去权力较集中的市计委，改变老的计划管理方法，不再下达指令性计划，而让企业根据市场自行调节。他们集中力量抓信息服务、重点工程和引进外资项目。

随着政府职能的初步转变，党政群机关和事业单位出现富余人员。市委、市政府适时鼓励机关干部创办财务脱钩的经济实体，或停薪留职领办乡镇企业。

（1992年8月22日《人民日报》）

确保"离乡不离党，流动不流失"

安徽探索农村外出务工党员管理机制

目前在全国20多个大中城市建立流动党组织150多个，3.5万名外出半年以上的流动党员委托流入地党组织管理

本报合肥12月9日电 安徽籍务工农民相对集中的江苏省常州市机厂路，人称"安徽街"，曾以"乱"出名。去年，这里成立了"流动党员支部"，社会秩序明显变化，文明务工经商成为风气。今年，"安徽街"被评为全市安全文明街。安徽省各级党组织近年来加强对农村流动党员的教育管理，在外出务工党员中建立流动党组织，促进流动党员保持共产党员先进性，在务工地发挥先锋模范作用。通过流动党组织和流动党员的带动，全省外出民工中有4万多名青年成为入党积极分子，2100人回乡创办企业，4000多名流动党员回乡担任村组长职务，给农村带来新的活力。

作为劳务输出大省，目前安徽有农村外出务工人员1066万多人，其中党员16.3万人，占农村党员总数的14.5%。如何发挥外出务工党员的带头作用？省委在调查研究中发现，大批农民外出务工，既解决了经济发达地区"劳工荒"，增加了农民收入，又带回了新技术、新观念。劳务经济的主体是青年，起骨干作用的是党员。"抓好农村流动党员教育管理是保持党的先进性、提高农村基层组织执政能力和水平的重要方面。"省委为此出台了加强农村流动党员教育管理工作意见，今年专门召开党组织建设研讨会，商讨在安徽外出务工党员中建立党组织的问题，各地普遍开展了流动党员专项调查，在此基础上全面加强农村流动党员管理。

安徽各地首先设立农村流动党员管理台账，对外出务工经商3个月以上党员逐一登记造册，实行动态管理。在流动党员相对集中的地方设置党组

织，建立联络站，目前已在全国20多个大中城市建立流动党组织150多个，管理党员1.5万多名。此外还有3.5万多名外出6个月以上的流动党员持证委托流入地党组织管理。其他流动党员则采取走访、电话、书信等联系形式开展灵活多样的组织活动。

各地在流动党员党组织建立之后，注重创新活动方式，实行规范化管理。在教育方法和活动方式上，做到常联系、少集中、多活动、经常化，电化教育与主题实践活动相结合。在管理体制上，重点在“五个有”上下功夫，即有人负责、有活动场所、有钱运转、有章理事、有活动载体。这样一来，大批外出务工经商人员中的“隐性党员”亮出了身份，找到了“娘家”，做到了“外出务工不脱党、人行千里有党管”。不少外出务工党员在流入地建功立业，成了当地经济建设中的生力军。

（2004年12月10日《人民日报》头版头条）

滁州润电科工贸服务中心党总支积极做好外出务工人员和离退休职工中的党员的思想政治工作，坚持开展先进性教育活动——

“企业虽破产，党员‘家’没散”

本报合肥7月28日电　“我正要找组织，没想到组织来找我了！”27日下午，安徽原滁州电视机厂职工、出租车司机凌卫平介绍说。7月16日，他接到滁州市润电科工贸服务中心党总支聂春林书记电话，说现在正在开展第二批保持共产党员先进性教育活动，要送学习材料给他，他赶忙开车来到服务中心，领取了《保持共产党员先进性教育读本》、党章、开展先进性教育活动的实施意见和计划表、学习提纲、练习本，还有一封《致全体外出务工党员的一封信》。就是这封饱蘸深情的信，联系了下岗的、“买断”工龄的、离退休的68名党员的心。

“这封信我看了五六遍，感动得直想落泪，明白了自己不管在哪里，都是一名共产党员，拥有党员的权利，要尽党员的义务，时刻要体现共产党员的先进性。”凌卫平激动地说。记者采访到的党员都表示，读了这封信后有了找到家的感觉，好像孩子找到了娘。

滁州原电视机厂与康佳电视6年前重组成立了安徽康佳电子公司，滁州原电视机厂1500多名职工有800多名进入安徽康佳电子公司，其余职工除离退休人员外全部买断工龄，解除了劳动关系。作为滁州市原电视机厂破产后的留守机构，润电科工贸服务中心积极做好解除劳动关系和离退休职工的服务工作，特别是针对这部分职工中的68名党员，成立了党总支。

“企业破产了，党的组织没有散，党建工作从未中断。”党总支根据党员队伍分散，党员职工身份转换等实际情况，抓好“留守”的，管理“退休”的，关心“买断”的，编制了党员通讯录，建立了三个党支部，将党员编入各支部管理。围绕稳定做好党建工作，党总支还建立了党员和下岗职工联系制度，对特困党员和特困职工建立档案，定期进行跟踪访问，由于党总支的解释说服工作做得细，职工思想稳定，几年来，没有发生一起集体上访和越级上访事件。

党总支书记聂春林介绍，目前68名党员中有32人在滁州，36人在深圳、北京、青岛、四川绵阳等外地自谋职业。开展第二批保持共产党员先进性学习教育活动动员会后，党总支对每个党员逐个分析，认为在滁州的32名党员能够保证参学，其他外出务工36名党员，参学难度很大。7月8日，党总支制定了《实施意见》和第一阶段学习计划，决定根据党员特点采取灵活多样的形式进行学习动员，对在本地的党员，要求尽量参加或者送学上门，对外出务工党员采取书面形式进行学习动员，从而诞生了《致全体外出务工党员的一封信》。

党总支5人包干负责，通过朋友、熟人，调动所有的社会关系，与在外党员联系上。今年56岁的徐光胜在滁州城郊的一方水面上替人养鱼。就在7月15日，他的一位亲戚还问他是不是党员，是党员怎么没有参加先进性教育活动，他正打算找组织问问呢。没想到党总支设法打听到他，把学习材料给送来了。“没几个人知道我在这里，没想到你们找到这里来了。我不仅要按规定学，还要多学点。”他很感动。

截至28日上午，还有一名党员没有联系上，据说在意大利。68名党员中，党总支送学上门10人，党员自己到党总支领取学习材料和参加集体学习有24人，党总支联系上并向滁州市外地邮寄学习材料和《一封信》的党员33人。聂春林说，我们将按实施意见，有计划、有步骤地开展好先进性教育活动。

（2005年7月29日《人民日报》四版头条，与何聪合作）

附1：

安徽省滁州市原电视机厂破产留守机构党总支

致全体外出务工党员的一封信

xxx同志：

你好！

我们滁州市原电视机厂破产以后，你为了减轻政府的压力，更新观念，走上了自谋职业、自我创业的道路，解决了生活困难，干出了成绩，我们为你感到高兴。在此，谨向你表示诚挚的问候和敬意!

企业虽然破产了，但我们党的组织没有散，党建工作从未中断。翻开《党员花名册》，其中一个“闪光点”就是你的名字。此时此刻，你当年的辉煌业绩和入党时的动人情景历历在目，令人难忘。

当前，全党正在开展保持共产党员先进性教育活动。按照统一部署，我们作为第二批先进性教育活动单位，在7月至12月开展活动。由于你的党组织关系在我们党总支，我们特将有关情况和要求向你进行通报：此次学习教育活动是根据中央精神开展的，活动的指导思想、基本原则、目标要求和方法步骤在上级文件和我单位的《实施意见》里都有。主要学习材料是《保持共产党员先进性教育读本》和《党章》。由于你的特殊情况，我们将有关文件和学习材料寄给你，你可以自学，也可选择参加所在地党组织或所在社区党组织学习。如有可能，也可以回来与我们共同学习。如挂靠当地党组织学习，请把落实情况告知我们。

参加党内学习教育活动是党员的一项权利，同时也是义务。无论你现在身在何处，处境如何，都应该参加学习。相信你通过学习教育活动，会有新的认识。望你收到学习材料后，坚持按计划完成学习任务，并按要求寄回学习心得和党性分析材料（自我评议）。对我们工作或先进性教育活动有什么意见或建议，可来信提出。

由于多种原因，我们未能保持经常性联系。电视机厂虽然破产了，但我们的心还在一起，我们还时时惦记着你们。在留守工作中，应许多职工要求，我们曾为他们的子女上大学、入伍、报考公务员等提供政审材料和各种服务，还力所能及地帮助他们解决一些困难。企业虽然破产，但党组织还在；虽然穷一点，但家还在。希望你们有时间常回家看看，在需要的时候，随时与我们联系。联系电话：3024735。

顺祝

平安

滁州市润电科工贸服务中心党总支
（原电视机厂破产留守机构）
2005年7月8日

附2：

短评

党员永远有“家”

已破产的滁州市原电视机厂的留守机构———安徽滁州市润电科工贸服务中心党总支，给外出流动和离退休职工中的党员发出了一封信，并寄去有关文件和学习材料，要求他们搞好自学，开展好保持共产党员先进性教育活动。这封饱蘸深情的信，牵动了几十名流动党员的心，也给我们以深刻的启示。

在社会发生深刻变化的今天，一些单位、企业和部门面临许多新情况新问题。但无论遇到什么情况，党组织不能散，党建工作不能中断。无论情况怎样变化，党组织依然应该关心和教育每一个党员。这是党组织的责任。

今天，党员流动性大大增强，有的党员离开原单位自谋职业，有的已离退休。但是，无论走到什么地方，党员还是党员。无论我们干什么工作，都要用党员的标准要求自己，发挥好先锋模范作用。

保持共产党员先进性教育活动，是全党的一件大事，每位党员都应该参加这项活动。滁州市润电科工贸服务中心党总支的工作，为我们开展好流动党员的先进性教育活动提供了一个有益经验。

党组织永远是党员的家。无论我们身在何地，都应和党组织保持联系，在党组织的帮助教育下，不断学习成长进步。

（2005年7月29日《人民日报》四版头条）

拆制度藩篱 立创新主体
安徽点燃转型升级这把火

本报合肥4月5日电 从事绝燃材料研究的陈林博士最近当上了“老板”。他们单位与一家企业联合成立公司进行成果转化，1000万元的注册资金，单位的技术股占1/4。根据股权分红激励政策，单位将技术股的30%奖励给了陈林和他的团队。为激发科技人员的创新动力，推动科研成果转化，安徽出台鼓励科技人员在岗创业，放宽职务发明成果处置、收益权等一系列改革举措。“改革调动了我们研发创新的积极性。”陈林介绍说，这项保温性能高过原有保温材料数倍的新技术开始产业化了。

2014年，安徽把科技体制改革作为全省改革的重点任务，推出《实施创新驱动发展战略进一步加快创新型省份建设的意见》和“6个配套文件”，厘清政府与市场的关系，全力推动企业成为创新的主体，设立每年10亿元的创新型省份建设专项资金。在科技投入、股权和分红激励、税收金融支持和人才队伍引进等方面出台了九大类共76项政策和改革举措。“着力释放改革红利，点燃万众创新激情，实施创新驱动战略，全方位推进科技体制改革，推动经济转型发展。”安徽省委书记张宝顺说。

“政府给予的创新扶持和市场倒逼，让我们不得不加大研发投入。”安徽省银锐玻璃机械有限公司常务副总经理梅健说，公司依托产学研合作，先后开发了50多个品种的玻璃加工机械，正在加紧研制的新产品“智能切割成套系统”和“玻璃加工智能机器人”，预计年内能投放市场。改革举措推开了创新的闸门，去年，安徽发明专利申请量接近5万件，同比增长43.3%，新增科技型企业1100多家，推动新能源汽车、智能机器人、量子通信等一批新兴产业快速崛起。

如今，安徽80%以上的工业企业建立了产学研合作关系，共成立了2900多个研发机构，75%以上的科研机构、科技人员、研发经费、专利申请数和省级科技成果来自企业或由企业承担，以企业为创新主体的创新链条不断完善，科研成果转化率超过了40%。

“大家好！我叫小智，搭载讯飞自主研发的机器人大脑，上知天文，下知地理，希望大家喜欢我。”在科大讯飞公司日前举办的年会上，机器人“小智”作为科大讯飞联合多方打造的人工智能机器人，不仅能听会说，还能进行人脸识别。把以机器人为代表的智能装备列为十大高成长性产业之首，安徽投入了约7亿元财政资金，完善技术研发、投融资、应用推广、政策扶持4个体系，推动产业发展。在政策强力支持下，去年，安徽涌现出超亿元的机器人企业20多家，产业实现96.8%的高速增长。

围绕电子信息等八大主导产业、战略性新兴产业，安徽破除体制机制障碍，推进协同创新，支持和引导龙头骨干企业与高校科研院所成立产学研联盟，合力攻关重大科技创新项目和成果转化。目前全省组建了79家产业技术创新联盟、20家产业技术研究院，为安徽经济转型嵌入巨大的引擎。2014年，安徽省战略性新兴产业产值占工业的比重由20.5%提高到22.6%。

（2015年4月6日《人民日报》头版头条，与何聪合作）

成果进"孵化器" 新品出"研发室"

合肥：打造"科学城" 塑"创新"品牌

本报合肥6月29日电 6月16日，建设中的合肥"科学城"，第一家进入这里的项目——中科院合肥物质研究院投资1.5亿元建设的安徽循环经济技术工程研究院封顶。毗邻的新材料领域专业孵化器、大型工程软件研究中心、高新磁材料工程研究中心、合肥中国科技交易中心、合肥微软技术中心等建设工地上，呈现一片繁忙景象。合肥的高新技术产业总产值已由2001年的176亿元增加到2004年的380亿元，在工业增加值中的比例由不足30%提高到41%。

合肥是重要的科教基地，拥有200多家科研院所和高等院校。科学城是合肥建设创新型试点市的示范区。安徽省委常委、合肥市委书记孙金龙说，去年11月国家批准合肥建设以科学城为示范区的科技创新型试点城市，是合肥发展的战略机遇，经过5至15年的努力，合肥将建成新型工业化示范区和国际著名科学城，塑造出合肥的"创新"品牌。

办好科技成果"孵化器"，是合肥强化自主创新的成功经验。自主研发出"机器人化机器"即车辆控制系统自动化技术的英科智控公司，经创业园"孵化"，6月16日搬进了属于自己的"家"。在合肥，类似创业园专业孵化器的孵化中心，还有软件园、生物医药园、留学生园等12个"孵化器"，574家企业在"孵"。2000年以来已产生了122家高新技术企业，研发产品全部拥有自主知识产权。软件园则集聚了187家拥有自主知识产权的软件产业集群，拥有自主版权的软件收入已占到软件产业基地收入的70%以上。2000年以来，全市共获各项授权专利2300多件，相当于前15年总量，众多专利成为新认定的152家高新技术企业的"王牌"产品。

合肥市科技局局长王崧介绍，合肥特别注重建设国家及省市的企业自主研发中心，推动企业打造自主品牌。到5月底已实现出口1600台、比上年增长60%的合力叉车集团，依靠企业“研发室”，已获授权专利20多项。合肥现已建成37家省级企业技术中心、3家国家级企业技术中心，企业自主创新能力不断增强。2004年企业新产品销售利润12亿元，占全部产品销售利润比重的32%。

（2005年6月30日《人民日报》报眼，与何聪合作）

加快建设国家科技创新型试点城市

合肥以体制创新带动技术创新

设立4亿多元科技创新基金，扶持企业建立研发中心

本报合肥3月24日电 3月20日，全国著名科教城合肥市召开政府常务会议，重点研究前不久市人大会议批准的财政预算中4亿多元科技创新基金的管理使用办法。这是该市完善创新链条，推动体制创新，带动知识技术创新，加快建设国家科技创新型试点城市的又一重要举措。几乎与此同时，投资10亿元的长虹美菱高新技术产业园已经开工，乐凯工业园也即将奠基，美丽的合肥更加充满了科技春天的气息。

合肥科教资源雄厚，但一直以来高新技术产业化能力不强。2004年11月，国家批准合肥建设全国首家以科学城为示范区的科技创新型试点城市。安徽省委、省政府全力支持，精心组织。省委常委、合肥市委书记孙金龙去年一上任，就展开专题调研，提出加快营造创新创业氛围，提升高新技术产业化能力，改变科技型企业“老是不长个儿”的局面。合肥出台《加快新型工业化若干政策》等一系列鼓励政策，并将每年加大投入，努力用5到15年的时间，真正建成新型工业化示范区和科学城。

“你创业，我补贴；你创新，我奖励。”为了加速培育高新技术产业，合肥市不仅在税收政策上鼓励高新技术企业创新创业，同时从今年起，在“创新创业资金”中安排2.5亿元，为工业企业设立了项目前期费用补助和一系列的品牌奖、技术创新奖等，力争3到5年内培育一批产值超亿元的“小巨人”。这项政策让合肥科技界倍感振奋。合肥安达电子集团公司董事长王正前表示，要走出年经营额多年在3000万元徘徊的局面，今年先在包河工业园建设3000平方米的厂房，让产品批量化生产，实现技术研发型企

业向技术生产型企业的转变；明年筹建安达产业园，计划3年后产值超亿元。

建设科技创新型城市，关键之一是要完善创新链条，推动体制创新，通过推进科研院所改革改制，走科、工、贸一体化道路。通过这种改革改制，合肥市已涌现出了水泥研究设计院、通用机械研究院等一批年收入数亿元的科技创新型企业。同时，合肥鼓励科技人员走出“象牙塔”，创业兴企。市级财政此次拿出1亿元作为风险投入资金，与企业共担风险，用于科技人员带成果领衔创办科技型企业，同时出台配套政策，促进资本与技术对接。

合肥还加快应用技术研发中心聚集的科学城建设。目前，循环经济技术工程研究院正在安装设备，纳米材料和纳米器件研发、测试平台与中试平台等7个研发平台将投入使用。今年，合肥又投入5000万元，加快完善科学城基础设施等配套建设，推进科技交易中心等10个项目建设，并推出一系列“引智引资”举措，吸引科技研发中心“进城”创业。新年伊始，投资10亿美元的芯片生产研发项目就已签约“入城”。

为扶持企业提高自主创新能力，合肥今年将科技经费由原来的3000万元增加到了1.3亿元，用于扶持企业建立技术中心和工程研发中心。全市4家国家级企业技术中心、36家省级企业技术中心和200多家企业也纷纷增加研发投入。安徽国风集团成立了塑业研究院，以秸秆为原料，开发出具有木材和塑料双重特性的木塑复合新材料，2月17日通过了项目论证，决定投资27亿元，引进国内外先进生产线，迅速形成60万吨年生产能力。市科技部门负责人介绍，通过科技创新型试点城市建设，未来3年内，合肥要让一大批科技成果走出“研发室”，诞生一批科技创新型企业，使全市高新技术产业增加值在工业增加值中的比例由目前的44%上升到60%以上。

（2006年3月25日《人民日报》头版头条，与何聪合作）

安徽:跨入绿化先进行列

【编者点评】 缺柴少林的安徽省，何以能在短短八年内跨入造林绿化先进省区行列，成为全国六个生态环境最好的省份之一？这篇报道用事实告诉我们，关键是他们像当年抓农村“大包干”那样抓林业体制改革，调动了广大群众造林的积极性。但是，我们认为还需要补充一句，安徽省的领导班子之所以能够这样做，是因为他们在长远建设上保持了一种连续性、继承性，认准了一个主攻方向，就一以贯之，咬住不放，不像有些地方，经常见异思迁，今天干这，明天干那，“放一枪换个地方”。这一点非常重要。群众不怕苦干，就怕白干。从历史上看，我们在长远建设上为缺乏连续性而付出的“学费”实在太多了。

本报合肥5月30日电 今年植树节前后，记者驱车江淮大地，行程3000多公里，但见皖南山区，群山含黛，云蒸霞蔚；千里淮北，林网纵横，花红柳翠；江淮丘陵，遍植新木，芽黄枝绿。安徽绿了！安徽省1989年实施的“五年消灭荒山”目标早已实现，“八年绿化安徽”的任务也将高质量完成。

安徽的绿，源于全省干部群众的扎实苦干，源于思想解放、观念更新，更源于林业体制的改革，正是这种苦干加巧干的劲头，使全省森林覆盖率上升到25.6%，木材蓄积量达1.04亿立方米，缺柴少林的安徽终于跨入造林绿化先进省、区行列，成为全国6个生态环境最好的省份之一。

由于历史的原因和造林机制不活，安徽到1988年还有荒山1800多万亩，而且全省每年800万立方米的消耗量，又带来每年200万亩的新增荒山。兴林富民，绿化安徽，成了几届省领导和林业干部的梦。1989年，省委、省政府领导几经考察研讨，痛下决心，制订出“五年消灭荒山、八年绿化安徽”的规划，省长与各地市负责人签订责任状。全省各地干部群众奋起拼搏，拉开了决战江淮的阵势。

要让群众大干，领导必须像当年推行农村“大包干”改革那样真干，省、地、市、县、乡领导层层包干办绿化点，立碑挂牌，功过示人。草多、石多、兔子多的龙泉山，省委书记卢荣景“包干”后9次“造访”，干部群众实干苦干，5126亩荒山秃岭现已郁闭成林；曾遭战火焚毁的肥西县紫蓬山古林，秃了几十年后成了省人大常委会主任孟富林的“包干”绿化点，他一年几趟往山上跑，与当地群众一块筹划，几年下来，这里出现了国家级的紫蓬山森林公园。据统计，全省各级领导在消灭荒山中“包干”办点763个，5年“吃”完了荒山后，接着又向深度拓展，各级办点增加到800多个，数百万亩绿化点如同种子，带着蓬勃生机向四处迅速延伸，绿了大地更绿了人心。

要把荫及子孙的好事变成人民群众的自觉行动，关键在于给绿化引入竞争机制，向改革要绿。为了改变以往一山多主、一主多山、四荒无主的兴林弊病，休宁县摸索出股份合作经营办法，国家、集体、个人、联户一齐上，投资、投劳、投山作价入股经营，先后办起162个股份制林场，片片丰产林，成了群众的宝贝蛋儿。安徽认真总结这一经验，把改革的种子撒向大江南北、淮河两岸。旌德县群众竞相办场，40多个林业大户带动山场开发，使缺材大县成了出口大县，260多万立方米的活木蓄积量，使农民人均“绿色银行”存款达8000多元。宿县地区6个县市拍卖“四荒”的锣声此起彼伏，47万多亩“四荒”从此有主。记者了解到，全省已兴办国有、集体、家庭林场9000多个，800多万亩林地成了富民强省的雄厚资源。

围绕市场办林业，引导群众走高投入、高效益的产业化之路，是安徽林业改革的又一成功探索。在5年灭荒之后，安徽提出了“林业二次创业”，着力点就是发展经济林。他们推行企业办基地，公司连农户，以改革推进林业产业链建设。明光市泊岗乡有眼光，动手早，1989年6400亩荒坡栽上银杏，人工嫁接后去年人均收益140元，以后连年扩种，如今成了“安徽银杏第一乡”。“八山一水半分田”的宁国市，注重高新技术走进山林，300多家林副产品加工企业紧跟上，全县人均经果林收入已达600多元。太和县千家万户搞装饰木条加工，年创产值5亿多元，农民以工补林，平原林网更加郁郁葱葱。岳西县从靠斧头难以致富的困扰中醒悟过来，对119万多亩荒山造林、封山、飞播、管护、节约五管齐下，规划、质量、苗木、技术四项统一，短短几年，绿化程度达92%，覆盖率上升了17.66%。

（1997年5月31日《人民日报》头版头条，与王启明合作）

安徽煤炭基地建设奏响“三重唱”

打造“火电三峡” 实施“绿色开采” 倡导“吃干榨净”

本报合肥4月4日电 3月28日，总装机容量4台60万千瓦机组的淮南田集电厂经国家核准，一期工程开工建设，动态总投资53.4亿元。30日，皖北煤电集团与淮化集团在淮南举行合资合作签约仪式，投资100亿元，采用先进的低压合成技术，生产甲醇、烯烃、LPG等产品，间接液化制取油品。安徽省发展改革委员会主任朱先发说，这些工程标志着安徽打造“火电三峡”、实施煤炭资源深加工、加快推进两淮煤炭能源基地建设的战略构想正在稳步实施。

安徽拥有丰富的煤炭资源，堪称华东地区“工业粮仓”。面对华东地区巨大的用电需求，安徽制定了“东向经济”战略，决定加快淮南、淮北煤炭能源基地建设，搞好煤炭深加工，实现煤化、盐化一体化，在融入和服务“长三角”的进程中崛起。

4月1日，记者在开工建设中的田集和平圩二电厂工地上看到，烟囱桩基已经打完，锅炉和机组桩基正在紧张施工。承建平圩二电项目的中电投工程建设管理公司屠峥嵘总工程师介绍说，新建电厂采用先进的超临界、脱硫化床装置和电除尘等技术，实行有害气体零排放，工业“三废”综合利用。记者从安徽省发改委重大工程处获知，去年安徽火电装机总量为970万千瓦，而目前在建和拟建的火电装机总量达920万千瓦，为前50多年的总和，到2007年，安徽新增火电能力将达1800万千瓦，正好与水电三峡相当，而新增电力大多是“订单供电”，通过东、中、西3条输电线路，送往“长三角”地区。

为加快煤炭开采，多出煤，出好煤，确保“工业粮食”供给，目前安徽已组建淮南、淮北、皖北、新集四大矿业集团，去年开采总量7600万吨。目前全省在建12座大型矿井，设计年生产能力4200万吨。到2007年，开采量将超过1.2亿吨。各大矿业集团非常重视煤炭资源的保护性开发，追求“绿色开采”，倡导“吃干榨净”。3月31日，记者在建设中的顾桥矿了解到，新矿采煤机是无线电“遥控指挥”，压风机、主井出煤、副井上下料和主皮带运煤等系统全部无人化，采煤实行一次采全高新工艺，煤炭回收率在80%左右。

在煤炭资源开发中，安徽特别注重发展精深加工，实施煤化工程。拥有大量石灰石和岩盐资源的淮北，积极探索煤化—盐化一体化之路，总投资300亿元的煤化—盐化一体化工程，不光将煤变成电，而且将煤变成电石、甲醇、烧碱、氯碱、聚氯乙烯、PVC等化工产品。矿业集团董事长许崇信说：“我们将1吨煤变成3吨煤，那才是名副其实的‘黑金’呢!”

（2005年4月5日《人民日报》头版头条，与何聪合作）

“既为居民建好房，又为子孙留够地”

淮南建设节能省地型居民小区

新建住宅全部为多层或高层建筑；墙体材料推广煤矸石、粉煤灰新型墙砖；燃料推广使用当地丰富的瓦斯资源

本报合肥8月2日电 一排排新楼房拔地而起，一个个棚户区变成亮丽小区。7月21日，在安徽省淮南市八公山区洗云居，刚刚从“窝棚棚”搬进新楼房3个月的孙学超兴奋地说：“干了一辈子挖煤工，没想到老了还能住上新楼房，瓦斯烧饭，太阳能热水，又节能又省钱，政府替老百姓想得真周到。”淮南市建委副主任告诉记者，在淮南，像孙学超这样从“煤窝窝”“灰窝窝”搬进新楼房的居民，目前已有12万人左右，还有18万住房困难居民将在未来两年内搬进新居。

作为老煤炭基地的淮南，过去因煤建城，随采随建，形成20多个“城中村”，8万多人住在与城市很不和谐的环境里。到2003年，老矿区还有15万多人住在拥挤的棚户区，人均居住面积仅有6平方米。因为采煤，全市还有10多万城乡居民受到地面沉陷的威胁，交通、水管、供电、通信等公共设施破坏严重，群众生活受到很大影响。

“安居才能乐业，乐业才能保安全、保安定。”市委、市政府为此决定加快建设以安居促安全、安定的“三安工程”。市政府出台30多项优惠政策为杠杆，帮助淮南矿业集团实施350万平方米的“安居工程”，吸引开发商参加300万平方米的“城中村”改造，同时争取采煤塌陷区综合治理项目，建设120万平方米沉陷区居民住宅，“三管齐下”推进旧城改造。

“既为居民建好房，又为子孙留够地。”市委、市政府一开始就定下了基调：规划“瘦身”，设计“健美”，经济实用，节能省地，把“城中村”、

棚户区变成一个个节能省地型的景观小区。向空中要地，新建房全部为多层或高层建筑；墙体材料推广煤矸石、粉煤灰新型墙砖；变害为利，燃料推广使用当地丰富的瓦斯资源。记者注意到，新建小区内不光楼房建造精美，而且家家户户接通瓦斯利用管道，统一配置瓦斯灶和表，楼顶统一设计安装了太阳能热水器。“城中村”最多的田家庵区，坚持节能省地搞建设，所有住宅、商贸和文化设施都是就地改造。

为节省土地，淮南新建小区不但不征新地，有些地方还利用废弃土地。建西村原来390户的住宅占地90亩，现在全部新建成五六层楼房，安置了500多户，没征一分地，户均住房面积则由20多平方米增至七八十平方米，小区内还新添了休闲广场和34%的绿地。市建委专家算了一笔账，按这种改造办法，30万住房困难户住房面积增加2/3，建设用地不增一亩，而且由于采用新型墙体材料，还可减少烧砖损毁田地近7000亩。

（2005年8月3日《人民日报》头版头条，与何聪合作）

削去"三座大山"　夺回绿地蓝天

铜陵从综合利用入手发展循环经济

本报合肥11月5日电　安徽省铜陵有色集团开发建设、10月投产的冬瓜山铜矿，采取"井下废石充填循环技术"，使"废石不出坑、尾砂不入库"，避免了生态破坏，仅此一项即节约占用土地2000多亩。这是铜陵市发展循环经济、建设生态"铜都"的一个范例。

铜陵因铜而兴，是典型的资源型工矿城市。从炼出"新中国第一炉铜"到成为闻名中外的"铜都"，铜陵生产了大量矿石和铜材，也产生了大量工业废水、废气和固体废物，特别是在过去岁月里积累而成的黑色铜水淬渣山、红色硫酸渣山和白色磷石膏山这"三座大山"，压得铜陵人几十年透不过气来。

思路明，出路新。按照循环经济"减量化、再利用、资源化"原则，铜陵市近年来加紧治理工业"三废"，从综合利用入手，逐步形成循环经济产业链。去年，全市工业用水循环利用率88.28%，铜冶炼废气制硫酸利用率90%，固体废物综合利用率62.22%，全年"三废"综合利用产值8.5亿元。

铜陵化工集团是"红山"的制造者。粉状硫酸渣氧化后遇风红粉飞扬，下雨则红水四溢。市里为此成立专门机构，研究综合利用方案，经过8年攻关，投入近千万元，从选矿提高硫的品位入手，提高硫酸渣中铁的含量：含量高的直接炼铁，含量低的制成球团由水泥厂做原料，提高水泥的物理性能。如此一来，废渣成了"香饽饽"，高高的"红山"迅速缩小，到今年上半年被全部"吃"掉。往日占地200多亩的"红山"正在变为居民小区和绿地。同样，研究中发现铜冶炼渣可加工成造船行业的除锈磨料，"黑山"

也在很快“消化”。随着磷石膏可加工成水泥缓凝剂的研究发现，铜陵“白山”开始缓慢降低。据测算，去年在“红山”治理中，企业由此增加5000多万元产值。

发展循环经济是靠高新技术支撑的。铜陵市注重引导企业加快技术升级，运用新技术提高资源利用率。铜陵市一直在探索循环经济之路，大胆引进、消化吸收国内外铜加工新工艺。通过招商引资建成的金隆铜业公司，熔炼技术先进，二氧化硫的回收率达96%以上。近年来，铜陵有色集团加快延伸铜产业链条，由粗铜发展到电解铜、无氧铜杆、绝缘线等众多产业、产品，还致力于发展由铜冶炼伴生的铁、金、银、硫酸产品和以硫酸为基础原料的化肥、医药等。

围绕发展循环经济，铜陵市积极推进企业、行业间的共生和横向联合，实现能流、物流交换和循环利用。金昌冶炼厂的废水含酸性强，治理要花钱。市里决策，在这个企业附近上马一个印染厂，该厂所排污水含碱性，与金昌冶炼厂的废水中和成中水，再循环利用，产生了可观效益。目前，铜陵市正在筹划建设循环经济试验园，结合产业结构调整，初步选定的10多个项目，投资总额在50多亿元，园内每个企业都以上游企业的排放物为原料，循环利用，努力达到“零排放”。

（2004年11月6日《人民日报》头版头条）

加大减排治污力度　建设集中处理设施

合肥明年起不向巢湖排一滴污水

本报合肥3月26日电　“排污口是干的！”3月20日，走进马钢（合肥）公司，在原来直流南淝河的工业废水排水口让人眼见为实。公司董事长秦长荣介绍说，马钢重组合肥钢铁公司后，实施“总排口污水处理回用工程”，工业废水实现零排放，使合肥市减少约50%的工业废水排放量。

合肥居巢湖西部，拥有其1/3水面，而以前的工业废水和城市生活污水多通过南淝河、塘西河等6条河流排入巢湖。“经济要大发展，城市要大建设，水污染更要大整治，到2010年，绝不让一滴污水流进淝河、巢湖。”安徽省委常委、合肥市委书记孙金龙向全市人民承诺。

加大工业减排治污力度，是合肥治理水环境的一记重拳。包括合肥钢铁企业在内的一批大型企业已全部实现达标排放。一批小型化工企业被强令关停并转。近3年来，合肥全市工业增加值增长108%，而工业废水排放下降到2000万吨，工业废水排放、化学需氧量排放总量分别下降69%、59%，工业企业废水排放达标率达到95%以上。

近3年间，合肥环保总投入超过64亿元，其中水环境治理投资达25亿元。新增污水管道724公里，是前16年污水管网长度的1.4倍，城市污水集中处理率达到75%以上。到今年底，合肥污水管网总长将达1500多公里，覆盖率达98%以上，基本实现城市污水“全收集”。到2010年日处理污水能力将达99.7万吨，基本实现污水排放“全处理”。

在强化城市水环境综合治理的同时，合肥还大力治理农村水环境。环保部门的巢湖监测数据显示，从2006年起，巢湖西半湖主要污染元素各项指标呈现逐年下降趋势。

（2009年3月27日《人民日报》报眼，与何聪合作）

扎紧“污染口” 修复“净化器”

合肥八大工程激活巢湖

本报合肥4月18日电 近日，安徽省合肥市环巢湖综合治理生态农业项目集中开工，总投资43亿元的163个项目，总面积达到45万亩。这是安徽区划调整后合肥对巢湖水环境大力整治的“八大工程”之一。

为推进巢湖水环境综合治理，去年安徽将巢湖水域及其周边区域全部划归合肥。今年3月2日，安徽新成立巢湖管理局，由合肥市代管。巢湖管理局专职副主任张业锁介绍，虽然巢湖水环境近年有所改善，但总体污染依然严重。为此，合肥在全面调研的基础上，推出了对巢湖水综合治理的“八大工程”，即环巢湖道路桥梁工程、通江航道工程、环巢湖防洪工程、通江航道工程、环巢湖生态修复工程、环巢湖入湖口截污工程、环巢湖生态农业带建设工程、环巢湖旅游开发工程，总投资将达409亿元。

首先是提升巢湖的基础设施，加快建设环巢湖道路工程，让巢湖变得更便捷更美观；加强巢湖181.8公里岸线堤防，通过加高培厚堤身及堤基进行防渗处理，科学提升巢湖合肥城区段堤防防洪标准。

为了发挥巢湖的水运优势，合肥提出了通江航道工程，对兆河、西河进行整治枢纽建设，兆西河治理工程项目范围为西河凤凰颈处到巢湖，全长69.8公里。

合肥正在同步进行的巢湖生态修复工程和环巢湖入湖口截污工程，一方面截断点源污染，一方面恢复巢湖“净化器”即两岸的湿地、滩涂，强化巢湖的生态修复能力，工程涉及41个项目，总投资133.6亿元。

对于巢湖而言，大部分污染来自农业面源污染，为此，合肥今年开始着手实施环巢湖综合治理生态农业项目。安徽省委常委、合肥市委书记吴存荣说：“通过八大工程，立足基础建设，搞好生态修复，扎紧‘污染口’，激活整湖水，合肥将成为全国最美的环湖新城。”

（2012年4月19日《人民日报》头版头条，与朱磊合作）

通　讯

TONG XUN

科学发展一步棋　引领一次大变革

巢湖拆分　经济洼地迈上高地

最近一段时间，安徽中东部的3个市特别忙：

4月，合肥全球招标新城市规划方案，倾力打造环巢湖新城，由中国科学院、中国城市规划设计研究院等机构设计的5个方案逐一摆在市民面前，接着，合肥市巢湖、庐江的10项工程全面铺开；

5月，马鞍山市和县第一届温泉文化旅游节项目推介会上，多个项目签约，马鞍山打造“天下第一汤”度假区雄心勃勃；

6月，芜湖市无为县“国家特种电线电缆产品质量监督检验中心”通过专家论证，芜湖跨江发展，大力推动无为向科技强县迈进……

调规划、出举措、投资金，三市成为省内耀眼的经济带，发展前景令周边刮目相看。

这一切，源自安徽科学发展观指导下的区划调整。

以分促合，打造三大经济体

2011年8月，安徽将巢湖一分为三：居巢区设立县级巢湖市，由合肥市代管；庐江县划归合肥市管辖；无为县划归芜湖市管辖；含山县、和县划归马鞍山市管辖。

“作为安徽的省会，合肥与南京、武汉同处于长江发展轴，是全国梯度发展战略格局的东中部3个重要增长极。但是，合肥一直囿于发展空间的局限，在人口、土地等方面面临着瓶颈，制约了城市的进一步布局。”合肥市委书记吴存荣认为，“区划调整后，合肥市域面积分别相当于武汉、南京的

134.6%和173.2%，并拥有全国第五大淡水湖巢湖，未来将成为长江经济带南京至武汉段资源丰富、环境良好、发展空间最大的城市”。

通过区划调整，合肥市总面积由原来的7055平方公里增加到11429平方公里，常住人口由570万增加到752万，2011年合肥占全省的经济比重上升到24.1%。

大版图更要大发展，2012年合肥在建商业大项目达到22个，国际金融后台服务基地建设取得新突破，已有12户金融企业落户滨湖新区；新桥国际机场、合蚌客运专线等一批重大对外交通主体工程基本建成；合肥港集装箱码头建成投产以来，水路集装箱运输呈现快速发展势头……

芜湖与马鞍山这两辆安徽经济发展的“马车”，有着同合肥一样的苦恼，过去的马鞍山，偏于江南一隅，只能扁平化发展，地图上形似鱼儿。“调整后的马鞍山跨过长江，拥江发展。”指着新的马鞍山地图，市委书记信心满满，“过去的鱼儿已经多了和县与含山两大翅膀，鱼跃龙门便成龙。”

区域调整后，马鞍山总面积扩大到4042平方公里，总人口达到230万人，全市GDP（包括和县、含山县）首次突破千亿元大关。而合并后新的芜湖市共辖10个区3个县，也使其竞争力进一步提高。

“孩子长大了，就不能再穿着过去的旧衣服，对于城市经济社会的发展而言，旧的巢湖成为经济发展的洼地，被人形容为小马拉大车，必须进行科学的调整。”安徽省发改委副主任吴劲松如此形容。而拆分巢湖后的局面，则是大马带小马。

以强补弱，等高对接融合发展

大马带小马，小马必须提速，等高对接方能同频共振。基础设施建设、民生工程投入、干部培训……三市纷纷调整规划，对落后的新区域给予倾斜。

这个过程，对于马鞍山含山县委书记而言，是更为紧迫的发展任务，在开展“融入马鞍山，含山快发展，我该怎么办”的大讨论过程中，2月18日含山县正式成立“五大指挥部”，全面推动规划、征迁、基础设施建设等工作；在新划入芜湖的沈巷镇党委副书记贾有高看来，是工资涨了1/3多，工作的强度、压力却翻了3倍，“累并快乐着，2012年，五大商行全部入驻沈巷，这里的酒店从4家增至36家，这都是积极的发展信号！”……为了提升各级干部素质，三市积极进行干部交流与培训工作，仅仅在合肥市，便分4批组织巢湖、庐江两地干部在市委党校进行集中培训，培训人数达1600多人次。合肥市还重点从市发改、经信、规划、招商等部门选派一批优秀干部到巢湖市、庐江县和合肥巢湖经开区任职或挂职。

而更重要的变化，是发展带来的实实在在的民生实惠。

王龙泉是芜湖市沈巷镇沈巷社区一名社区工作人员，他对区划调整尤其是跨江发展带来的变化有最直观的感受。王龙泉说：“江北这一片新加入后，政府积极采取措施落实同城化待遇。”老王口中的江北产业集中区，起步区20平方公里全部在沈巷镇，给沈巷也带来了难得的发展机遇，21条首批建设的道路将全面搭建起路网框架；一批学校、医院配套设施即将开建；沈巷镇纳入2012年芜湖农村清洁工程名单……“既推动了经济发展，更方便了百姓。”

为了加快融合步伐，三市还不同程度提升了新区域的干部工资与农村低保、医保等各项标准，以马鞍山为例，划归马鞍山两县的公职人员阳光工资参照当涂县标准，由每人每年1.5万元提高到2.3万元；农村低保标准今年起由月人均112元（和县）、117元（含山）统一提高到290元，马鞍山为此今年将向两县补贴4890万元，另外，在产业扶持、水利配套等方面，也将安排6680万元扶持资金。

大规模的民生投入，让和县历阳镇白果村黄庄村民卜道霞深有感触，因为肠道肿瘤4月份她花了5.8万元钱，按照马鞍山对于和县提出的医保比例，这次能够报销最少3万元，比过去提升了一大半。

以江为核，做好产业文章

6月5日，记者见到马鞍山和县郑蒲港新区党委副书记林启友，他抱歉不已：“书记已经出发招商，我也要走，只能给你进行简单介绍，上车！”一路走一路看，离新区办公地20分钟车程，只见在建的马鞍山长江大桥飞架南北，不远处的合马高速路雏形初具，几条进港大道正在紧张施工。

区划调整后的马鞍山，将郑蒲港新区视为跨江腾飞重要一翼，将其打造为拥江主城区。“由于马鞍山的产业以重工业为主，因此岸线资源非常重要。”市领导介绍，“划过来的含山、和县等区域，拥有9.5公里的深水岸线，这在整个流域都不多见，将有力助推马鞍山的工业步伐。”

芜湖也迎来了跨江发展的最好机遇，随着无为、沈巷等划归芜湖后，芜湖将拥有一条113公里左右岸线。芜湖市财政筹集资金1亿元，作为拥江发展专项基金。此外还出台了加快过江通道建设；投资6.3亿元按照一级道路标准改造36公里通江大道等。

成立于2000年的芜湖本土企业恒泰有色线材股份有限公司，成为跨江发展的先驱者与受益者之一，董事长李勇介绍，公司投资5.3亿元在江北产业集中区建造的铜合金丝项目，预计每年加工铜产量6万吨，产值将增加15亿元。李勇表示，之所以选择江北产业集中区，看重的就是区位优势。

如今，芜湖江北产业集中区正掀起大建设热潮，总投资52.4亿元的26项政府重点投资工程续建和拟建计划加快落实，72.9亿元的飞利浦瑞华照明、美国胡商国际物流园等7个重点项目，也将在今年6月至10月底全面开工……芜湖将力争“十二五”期间，江北地区基础设施显著改善；在此基础上，再通过5年，把江北地区建设成为先进制造业新基地、滨江组团新城区、现代港口物流中心和都市型现代农业示范带。

“巢湖与庐江划归合肥后，合肥开始致力于整治兆—西河航道，这将是合肥的第二条入江航线。”合肥市发改委总经济师介绍，“兆—西河航道工程实施后，新开的凤凰颈入江口使皖鄂两省硫磷矿经水路运输比走合裕线缩短航道里程120公里，物流成本比公路节省一半以上。”

并非为了调整而调整，而是为了科学发展，更快赶超而落子，安徽这步棋，正在引领着一次区域经济发展的大变革。

在一些区域专家看来，合肥与长江的距离拉近，与跨江联动发展的芜湖和马鞍山紧密相连，将形成一个具有区域带动和辐射能力的新兴城市带——江淮城市群。而推动江淮城市群的发展，除了三点开花，还在于区域联动，让交通、区位、产业、人力等各方面发展要素能够更快流通、互补，积极融入长三角地区产业分工体系。

（2012年6月24日《人民日报》头版头条，与朱磊合作）

上半年经济增长比全国高4.7个百分点

安徽，自主创新大有作为

创新的有力推动，让安徽摆脱了历次经济波动中，时常出现的“下行快于全国、上行慢于全国”的尴尬。

今年上半年，安徽经济数据喜人，地区生产总值增长11.8%，比全国高4.7个百分点，全省完成财政收入750多亿元，增长8.2%。6月份规模以上工业当月增长19.5%。

调整：打造新的“铁壁铜墙”

以铜、铁等资源为主的“原字号”产业结构，号称安徽经济的“铁壁铜墙”，危机到来时，这些产业首先受到冲击。

马钢，曾一度让数条生产线停产。

7月22日，记者却见到了另外一番景象：俯瞰马钢生产基地，厂区内生产生活繁忙异常，临江码头，满载的货船蓄势待发！

在国内首套含锌尘泥转底炉脱锌装置前，马钢集团工艺工程师田文杰自豪地介绍，7月6日建成的该装置，将冶金固体废弃物全部变成高附加值的原料循环利用，一年能为公司新增销售收入1.5亿元。

面对前所未有的金融危机，马钢加紧了产品结构调整的步伐。今年来，成立6个“研产销”重点产品工作组，向开发目标产品要效益。标志着实现整车供应能力的汽车面板，已连续2个月签下1500吨订单，汽车板从月供几百吨上升到5万吨以上……7个月的巨额亏损后，马钢在今年5月份实现月度扭亏，6月份利润1.4亿元。

铜陵有色同样受到了严重的冲击：硫酸从1600元每吨跌至目前的50元，铁球团从2000多元每吨跌到目前的700多元，电解铜从每吨6万多元跌到最低2万多元。

“最困难的时期已经度过，原来铁球团不好卖，现在反而供不应求。”铜冠冶化分公司总经理介绍，通过废渣的回收再循环，硫、铁综合利用率达98%以上，能量实现梯级利用，仅一年减排24万吨二氧化碳，与欧洲公司签约就可获得1000多万元的效益。

“向结构调整、降耗减排要效益！”通过提高选矿回收率与加大矿产品伴生金属的科技创新，公司分解出5亿元利润的具体指标。通过延长产业链，铜陵有色初步形成具有循环经济特征的矿山采选、冶炼、铜加工和化工循环圈，构成有色产业大循环圈，实现矿产资源回收率超过60%、冶炼硫回收率超过98%，固废物100%利用，金银等贵重稀有金属得到综合回收。今年上半年公司销售收入130亿元，实现利润4.8亿元。

安徽“原字号”产业结构比重偏大，产业层次和水平不高。有人形象比喻：“铁壁铜墙”一发烧，安徽经济就感冒。

“不发展最不科学，讲发展必须科学。”省委、省政府决定：对资源消耗型的传统经济增长模式进行根本变革，依托技术创新，延伸产业链，大力倡导发展循环经济，促进“原字号”产业层次由“小”转“大”、由“低”转“高”，推动“原字号”转型升级。

一大批小水泥、小煤窑、小火电、小化工被调整关闭，一个个大型新型干法水泥、脱硫电厂建成投产；一轮轮大规模的技术改造和以资源综合利用、延长产业链为主抓手的循环经济在“原字号”产业中推广实施。在安徽淮北，一吨煤“化”成三吨煤价值的“煤化盐化一体化”项目，让煤城悄然变身。

如今，在安徽，以冶金、机械、汽车和电子信息等为主的高附加值、高技术含量、高成长性行业的地位，明显加强。

安徽，新的“铁壁铜墙”正在孕育成形。

创新:让新兴产业“枝繁叶茂”

“目前，奇瑞已经通过审核新能源汽车生产准入资质，奇瑞A5油电混合动力轿车已经上市、纯电动轿车等新能源车也即将上市。我们有信心在新能源汽车市场抢得先机。”7月23日，在芜湖奇瑞公司汽车研发中心，副总经理袁涛自信地说，拥有自主研发能力、自主知识产权和核心技术让奇瑞从无到有，并在群雄争霸的汽车市场占有一席之地，也成了其战胜金融危机的制胜法宝。今年上半年，奇瑞推出自主研发5款全新车型，汽车内销市场增长了56%，国内销售19.6万辆，出口1.5万辆。

拥有这份自信的企业，在安徽，绝不止奇瑞一家。

走进芜湖海螺集团，生产低温余热发电锅炉的厂房里，工人们干劲十足。在这里，一个新兴的节能环保装备产业正在崛起。公司把低温余热发电技术、垃圾焚烧处理、城市污水污泥处理等节能装备制造作为新的战略重点。到目前，公司已承建了96套余热发电机组，总装机规模达到1325.6兆瓦，年发电量约100.78亿度，每年能节约标准煤363万吨，减排二氧化碳874万吨。今年，公司国内外订货已达150套。

奇瑞、海螺、科大讯飞、阳光电源……全省328家高新技术企业的自主创新，推动高新技术产业产值连续6年增长30%以上，去年占全省GDP的10.2%。

“惟有创新，才能跨越，亦步亦趋，永远落后。”在学习实践科学发展观活动中，安徽省委、省政府进一步坚定共识。

2008年10月，安徽创立“合（合肥）芜（芜湖）蚌（蚌埠）自主创新综合配套改革试验区”，省政府给予了26条新政和每年6亿元财政创新资金的扶持，加速三市的科技优势向经济优势转化，推动自主创新真正成为调整产业结构、转变发展方式的中心环节。今年上半年，三市高新技术总产值和增加值分别为913亿元和254亿元，均占全省的一半多，增速高于全省平均水平9.5个百分点，带动全省高新技术产业增加值增长14.7%，试验区开始成为安徽推进科学发展的重要支撑和强大引擎。

“今天的投资结构就是明天的产业结构。安徽投资在较快增长的同时，结构不断优化，新兴产业得到明显培育。”安徽省统计局副局长介绍，“上半年全省新增1200多家规模工业企业中，主要集中在电子信息、新材料、新能源、节能环保、光伏、公共安全等新兴产业领域。上半年全省完成1590亿元工业投资，增长32%，装备制造业投资完成570亿元，增长47.2%，而六大高耗能行业投资完成427.4亿元，增长8.6%，增幅同比回落12.8个百分点。”

吸收:加大产业承接"磁场效应"

7月25日，合肥经济技术开发区，南通熔盛投资集团投资的熔安船舶工业园，繁忙有序，最核心部件——重达102吨的曲轴已于日前自西班牙运抵合肥。熔安动力合肥负责人冯建军指着建成后足有一公里长的厂房，向记者描述着企业未来的蓝图："10月下线的首台船用柴油机将运往巴西！到2012年将形成年产500万匹的产能，年产值约100亿元。"

受国际金融危机的影响，大量企业开始寻求开拓国内市场，安徽承接产业转移的"磁场效应"初显。

但安徽清醒地意识到：如果现在不注重转变发展方式，发达地区危机的过去，就是欠发达地区危机的到来。不能盲目承接沿海地区产业转移，而是结合自身优势，先规划，后招商，在承接产业转移中提升产业层次，着力引进对安徽省产业结构优化升级具有重大影响、对区域经济发展具有重大带动作用的战略投资者。

2008年12月，上海华谊集团总投资350亿元的安徽华谊煤基多联产精细化工基地一期工程，正式开工。这是皖沪合作的最大项目，经历了从一个投资项目到一个煤化工基地，再到一座滨江化工新城的"三级跳"历程。同时，上海华谊集团向国家发改委申报"国家级煤基多联产精细化工循环经济示范基地"，在产业转移的同时实现产业升级。

今年，安徽省政府的重点工作之一就是编制规划和建设皖江城市带承接产业转移示范区，这是安徽省迄今为止第一个进入国家层面的规划，旨在通过产业的提升式转移，把包括合肥、马鞍山、芜湖、铜陵、安庆、巢湖、池州、宣城、滁州9个皖江城市建成为长三角的农产品、能源原材料、旅游休闲基地，以及中部地区最重要的现代装备制造、高新技术产业基地。今年上半年，安徽利用省外资金2190亿元，增长40%多，其中来自长三角地区的资金超过50%。

在合肥的新站综合开发试验区，记者看到今年4月13日开工的京东方第六代薄膜晶体管液晶显示器件项目正加紧推进。总投资达175亿元的该项目，明年4季度投产后预计年销售收入将超过120亿元，将填补我国内地在液晶显示领域六代线的空白。

“调整、创新、吸收，在自主创新中加速科学发展！”应对危机之初，安徽省委、省政府发出的动员令，如今在江淮大地正变成生动的实践。

（2009年8月5日《人民日报》头版头条，与何聪、朱磊合作）

三大区域中心城市联袂引领自主创新

安徽有个“合芜蚌”

北京有个中关村，安徽有个“合芜蚌”。

合肥、芜湖、蚌埠，安徽三大区域中心城市联袂探路，引领安徽自主创新，成为全省加速崛起的主引擎。3年来，试验区带动安徽专利申请和授权量总量在全国前移11位和6位，企业技术创新能力进入全国前10位，高新技术企业数位居全国第七位、中部第一位，有25家企业成为国家级创新型企业，总数居全国第一位。高新技术产业总产值较“十五”末增长4.8倍。

今年7月，经国务院批准，试验区参照中关村自主创新示范区开展企业股权和分红激励试点，列入国家“十二五”科技发展规划和国家自主创新能力建设规划，作为重点建设内容。“自主创新已经成为安徽的一大特色、一个品牌、一面旗帜。如今更是如虎添翼。”安徽省委书记张宝顺说。

使命担当自主创新大作为

高新技术产业增加值占GDP比重3年提高10个百分点。

2008年10月，安徽省委、省政府启动建设合芜蚌自主创新综合试验区，在推进合肥科技创新试点工作的基础上，拓展到芜湖、蚌埠区域，出台一系列政策助推自主创新。2009年12月，经国务院同意，合芜蚌自主创新综合试验区进入国家推进层面。

试验区3年完成了5年目标，建立起相对完善的科技投融资体系等一系列自主创新推进机制，推动3地80%以上的工业企业建立产学研合作关系。3年来，试验区万元GDP能耗下降6%，高新技术企业数增长了一倍多，高新技术产业增加值占GDP的比重提高10个百分点，达25.6%；全社会研发投入占GDP比重从3年前的1.4%增长到目前的2.4%，与长三角地区相当，研发人员数增长了116%，专利授权数增长了808%，名牌产品数增长252%。

如今，只占全省14.1%国土面积、18.7%人口的合芜蚌自主创新综合试验区，创造了全省36.3%的GDP；高新技术产业增加值、战略性新兴产业产值分别占全省64.1%和58.7%；产学研项目占56.3%，获授权发明专利占全省72.2%；技术合同成交额占全省的91.0%；引进科技成果数占全省71.4%；企业承担国家科技计划项目数占全省66.7%；引进高端人才占全省80.3%……试验区正成为安徽创新发展的龙头，成为安徽调整经济结构、转变发展方式的强大引擎。

今年7月进入国家自主创新“3+1”试验示范区后，合芜蚌3地的科技创新企业今后可将3年税后利润形成的净资产增值额的35%，以股权奖励、股权出售、股票期权等形式奖励有突出贡献的技术人员和经营管理人员。同时合芜蚌自主创新综合试验区科技成果处置权、处置收益权、股权激励税收等也比照中关村示范区政策执行。

政策推动创新活力大迸发

70%以上专利申请数和科技成果来自企业。

今年以来，蚌埠玻璃工业设计研究院喜事连连：具有自主知识产权的中国第一条浮法玻璃熔窑全氧燃烧生产线投产，世界单体规模最大的日产650吨太阳能光伏玻璃生产线点火，国内首批0.5毫米超薄玻璃基板产品上市。这个有着50多年历史的老事业单位，如今实现了由单一科研设计模式向工程化和产业化的转变，年营业收入从改制初的几千万元跃升到2010年的60亿元，今年有望突破100亿元。

“论文写在产品上，研究做在工程中，成果转化在企业里。”安徽省科技厅厅长徐根应说，试验区在设立之初，就出台政策，以产业为纽带，项目为抓手，着力推动企业多出有效益、拥有自主知识产权的产品，追求培育壮大效益好、污染少的创新型企业阵容、产业集群。

从2008年起，安徽省财政每年安排5亿元专项资金，全面实施升级创新型产业、培育创新型企业、集聚创新人才、建设创新载体、建设创新平台和优化创新环境“六大工程”，着力让企业成为创新主体，以研发和园区建设为载体，推进产学研一体建设。

试验区内还组建了公共安全研究院等一批股份制产学研合作实体，启动实施技术创新“十区提升、百企示范、千企培育行动”，建立了10家产业技术创新战略联盟。

系列政策的强力推动和真金白银的有效投入，让企业自主创新的意识和能力不断提高，创新活力迸发。“始终坚持强化自主创新能力是公司实现跨越式发展的根本。”合力叉车公司总经理杨安国介绍说，去年一年就投入2.4亿元，建立了从基础研究到产业化的全链条研发支撑体系，形成完全自主知识产权的6大系列1700多种型号产品。

企业的创新主体地位在试验区凸显：70.6%的科研机构设在企业，73%的科技活动人员在企业，71.9%的研发经费来源于企业，75.3%的省级攻关项目由企业为主体承担，72%的省级科技成果出自企业。

在一批创新型企业的引领下，安徽装备制造、汽车、生物材料等传统优势产业推陈出新、升级换代，平板显示、LED、新能源、新材料、公共安全等战略性新兴产业从无到有、从小到大。

创新要素集聚产业大风景

64.8%以上的工业投资投向战略性新兴产业。

近日，安徽省政府决定从2011年开始连续4年，每年安排6000万元专项经费，推进应用科技、公共支撑平台和人才建设。

目前，安徽已建立了集研发、交易、转化、服务为一体的“科技路路通”创新服务平台体系，组建了合肥公共安全技术研究院、省应用技术研究院、新能源汽车研究院等50多个省级以上研发与转化平台，建设合肥科技创新公共服务中心、应用技术研发中心和科研集群、孵化、产业基地，芜湖节能和新能源汽车、蚌埠玻璃新材料等一批国家级高新技术产业化基地。

在试验区逐渐完善的创新服务体系及其政策的拉动和激励下，一大批优质创新要素资源不断积聚。

中航、中建材、中电科技集团等一批央企纷纷在试验区建立研发中心和产业基地，中国风投研究院等一批海内外知名中介、咨询服务机构落户试验区……

不断完善的创新服务体系，不断积聚的创新要素孵化出一大批创新型企业。

30多岁的唐相国博士被试验区的政策吸引，2009年回国投资3000多万元创办了合肥东芯通信股份有限公司，研发移动通信核心芯片，仅用半年时间就完成了样机的开发，并取得了7项发明专利的申请受理。

3年来，在试验区的投资结构中，工业投资64.8%以上投向电子信息、节能环保、新材料、生物、新能源、高端装备制造、新能源汽车、公共安全等八大战略性新兴产业；光伏、平板显示、新能源汽车等一批新兴产业逐渐成长为百亿乃至千亿级的产业集群，预计到“十二五”末，试验区内战略性新兴产业产值超过7600亿元，占全省的76%，带动高新技术产业增加值占GDP比重达到30%，高新技术产业产值占全省的2/3。

“给一个战略支点，来撬动江淮崛起。”合芜蚌自主创新综合试验区，正在江淮大地奏响自主创新的乐曲。

（2011年11月21日《人民日报》报眼，与何聪合作）

倾听市民呼声　着眼群众难题

合肥让新社区孩子好上学上好学

家住合肥市城北“上城国际”小区的刘军，这一年来，对小区配套学校的建设十分关注，他的孩子刘星宇马上就要在新建学校上学了。之前，刘军最发愁的是小区没学校，孩子上学得走很远的路。

“看，新学校真漂亮，还是全市有名的南门小学开办的分校。这下孩子不用挤到城里去上学了。”刘军高兴地说。像刘星宇一样，安徽省合肥市今年将有4400多名学生可以就近在新学校上学了。

为了让孩子“好上学、上好学”，一年来合肥市投资2.4亿元，新建33所社区配套学校，承担起义务教育任务。

这些社区都在合肥市原来的城乡接合部或是“郊区”，离老城区远，离学校远，离好学校更远。以往，这些社区里的学生大都辗转进城上学，33所配套中小学全面竣工后，可解决4万名学生就近上学问题。

一封来信引发一场调查：33所社区配套中小学应建未建

近几年来，合肥市每年的房地产开发总量都在六七百万平方米，但是鲜见新开发的楼盘配套建设中小学校。有的开发商在营销过程中打出相关“旗号”，但业主入住后发现，所谓的配建学校只是空中楼阁。

位于合肥西部高新技术开发区的“绿城桂花园”小区于2002年开始建设，规划配套一所九年制学校，可2005年小区快建成时，学校仍不见踪影。于是，市民的一封告状信寄到了安徽省委常委、合肥市委书记孙金龙那里。

按照有关规定，新建小区必须按照规划配套建设中小学校，或以缴费的形式由教育部门集中代建。“没有学校可上，何谈社区和谐?”在市领导的关心下，一场新建住宅区中小学配套建设情况调查迅速在合肥展开。

调查结果表明，2002年以来，合肥市已审批的各类住宅小区中，有33所学校应建未建，涉及44家开发企业，覆盖47个住宅区。

“把开发商找来，明确其应承担的社会责任、法律责任，要限期让这些公司开工建设学校。”孙金龙同时要求有关部门针对过去工作中的薄弱环节，制定相应措施，防止形成新的欠账，真正把和谐社区建设落到实处。

一份简报“祭”出连环招:一月一督察,学校建设“蒙”不过去

在调查、督促的基础上，大规模的社区配套中小学建设在合肥展开。按照计划，33所住宅区配套中小学必须在2006年10月底前开工，2007年9月投入使用，以还清“欠账”。

建设工作并非一帆风顺，有些开发商仍抱有侥幸心理，能拖则拖，能蒙就蒙。到2006年9月底，除4所学校不具备开工条件外，全市仍有8所学校因建设单位软磨硬拖，迟迟未见动静。

“如果没有一套行之有效的措施，对开发商进行督促和约束，明年9月建成交付使用会有一些难度。”一份工作简报引起市委、市政府的高度重视。

合肥市市长吴存荣召开专题会议，研究出台了41号政府令，对未履行协议的开发商，一律不予其办理开发项目的土地、规划、房产手续，必要时列入不良记录名单，禁止其参与合肥土地市场交易，直至提起诉讼。同时要求相关部门采取“一月一督察”的办法，对那些迟迟未开工、进度滞后的企业，通过媒体曝光。

一所新学校“傍”上一所名学校:让孩子在家门口上“名校”

今年5月31日，“绿城桂花园”配套学校建成移交。该校设有18个班，花园式建筑与小区融为一体。“没想到学校建得这么漂亮。”社区群众纷纷称赞。

“配套学校为我们消除了心头一大烦恼，孩子少过马路了，有时间午休

了，家长也放心了。”学生家长张唯高兴地说。

新社区、新学校，最高兴的是新居民。南国花园小区配套小学未建以前，按照学区划分，居民范女士6岁的女儿今年9月应该到新庄小学上学。范女士对新庄小学的教学质量很认可，但遗憾的是孩子上学要过好几条马路。小区建成学校后，她的女儿将就近在新校入学，虽然少跑路了，但新建学校的师资配备还是让范女士有些不放心。

合肥市副市长张雪平介绍说：“新建学校大多是市民心目中名校的分校。我们将通过‘名校建分校’的方式，对口帮扶社区新建学校，提高其教学质量。”如今，老城区里的六安路小学、南门小学、屯溪路小学、42中学等被合肥市民广泛认同的品牌学校，纷纷向城外“扩张”，优质教育资源向社区新建配套中小学校延伸。

“今年招生清静不少。”合肥市教育局局长刘振亚说，今年市里对中小学学区做了较大调整，基本实现了按学区就近入学、在实际居住地就近入学，“借读、择校、大班额等现象明显减少了”。

（2007年9月11日《人民日报》头版头条，与何聪合作）

为了农民的健康

———山西发展农村卫生工作纪实

【编者按】没有农民的健康，就没有农民的小康。搞好农村卫生工作对于深化农村改革，对于推进农村经济和社会全面协调发展，对于加强农村物质文明和精神文明建设，具有十分重要的意义。山西省近年来十分重视农村医疗卫生工作，下大力解决农村缺医少药问题，同时不断把农村医疗卫生工作的改革向深处延伸，认真探索农村医疗卫生工作的新路子，取得了很好成效。山西农村医疗卫生工作的探索和实践，值得其他地方参考和借鉴。

30多岁、正当壮年的山西省武乡县故城村农民刘福明，因不幸传染上了布鲁氏菌病，四肢无力，夜夜盗汗，不但不能再干农活，还要四处求医，卖掉仅有的一辆三轮车，仍没治好病。3年前，故城镇卫生院得到改建，增加了新设备，培训了人员，刘福明的病在家门口得到明确诊断，仅花了200多元就看好了病，现在小伙子又买了辆三轮车，欢欢实实地干起了运输业。

近年来，山西省坚持把卫生工作重点放到农村去，以“农村初级卫生保健”为龙头，大抓农村院所基础设施、医疗设备、人员培训三项基本建设，集中力量实施了“防治地方病工程”“农民健康工程”“削峰工程”和卫生下乡“三五工程”，较好地保障了农民健康。记者最近沿太行山、吕梁山和汾河两岸跑了一圈，看到的是崭新的县乡村卫生院所和医护人员的新风貌，听到的是农民群众对党和政府的赞扬声。

“地方官要管地方病”

山西素有“表里山河”之称，然而特殊的地理生态环境，却造成了许许多多的地方病。碘缺乏、氟中毒、砷中毒、大骨节、克山病等7种地方病长期困扰着病区人民。记者拿到一份山西省1994年地方病普查资料，看到分布在110个县市区的7种地方病，累计患病人数达390多万，患病率高达13.4%，病区人口2300多万，占全省总人口的70%。

1988年至1992年，卫生部的《中国出生缺陷监测》表明：山西省新生儿出生缺陷率高达189.96/万，其中神经管畸形发生率为102.27/万，分别是全国的2倍和4倍。中国是世界新生儿缺陷的“山峰”，山西非常尴尬地成了“峰顶”。

更为严峻的事实是，由于经济欠发达，山西农村缺医少药现象极为严重，全省24个县医院、39个县防疫站、45个县妇幼院和383个乡镇中心卫生院亟须改造，全省因病致贫、因病返贫户占贫困户总数的30%左右。

严峻的现实让山西省委、省政府警醒。看了省卫生厅提供的紧急书面报告和电视纪实录像后，省委、省政府领导明确提出：“地方官要管地方病，党、政一把手统揽全局亲自抓，尽快让老区和山区人民由健康走向小康。”为此，山西省出台了地方病防治三年、四年和“十五”规划，同时开展了遏制新生儿缺陷的“削峰工程”，省财政为防治地方病和“削峰工程”增拨专款，一批专业防治机构和防治队伍得到加强。

经过多年努力，山西地方病防治取得了显著成效，以碘缺乏病为主的地方病基本控制在了国家规定标准之内，呆、傻、聋、哑、克汀病患儿出生现象很少发生，病区儿童智商明显提高。在此基础上，1997年山西省又提出实施“农民健康工程”重大决策，重点解决全省50个贫困县的县医院、防疫站、妇幼保健院危房问题，加强全省594个中心卫生院的房屋和设备建设，大力普及和发展农村合作医疗，大力加强农村卫生人员培训，突出农村乡镇村卫生院所建设，下决心使老区和山区人民从根本上走出因病致贫和因病返贫怪圈。

“对农民兄弟要有感情”

山西省卫生厅长有句口头禅：“做农村卫生工作，首先对农民兄弟要有感情。有了感情才能有责任感，有责任感才能去克服困难，去探索农村卫生发展的道路。”同样的话，在基层采访时，还听到众多的市地县乡村干部动情地讲过。他们说，没有农民的健康就没有农村的小康，而没有农民的小康，就无法实现全省的现代化。共识产生共鸣，共鸣促进了共同行动，山西农村卫生工作因此不断推向新台阶。

长子县横水乡卫生院的白龙山至今还忘不了12年前的那一幕：崖底村42岁的农民马吉生打树叶时不慎摔成脑外伤，因为乡卫生院没有抢救设备，村里人抬着伤者跑了40多公里山路，拐了120多个弯道，等送到县医院时，伤者由于失血过多而死亡。1997年全省实施“农民健康工程”，横水乡第一个响应新建卫生院，省市县资助8万元，乡里自筹16万多元，农民自发地出义务工，推掉了一个小山头，建起了一座“小洋楼”，购进了X光机、B超机，以及化验设备等。新任院长白龙山带头到外地学习进修，提高医护水平。3年前，与马吉生一样摔伤了脑袋的庙底村农民万聚发，在乡医院被成功地施行了手术，住了12天医院，花了400多元就痊愈回家了。

正是因为对农民兄弟有真感情，“农民健康工程”在山西各地红红火火地铺展开来。晋城市提出“百万农民健康行动”，运城市、临汾市开展了“百所乡镇卫生院大会战”，长治市坚持撤并乡镇不撤卫生院，大同、吕梁、忻州等市地都把“农民健康工程”作为“民心工程”和“德政工程”抓得紧而又紧。竞聘上岗的长治市卫生局局长赵坚上任不到一年就跑遍了全市所有的乡镇卫生院，他说：“农村需要医疗，农民呼唤健康，我们没有理由不把农村卫生工作搞上去。”截至目前，全省80%左右的县医院、防疫站和妇幼保健院、站完成了改建新建任务，90%以上的乡镇中心卫生院经过改建维修焕然一新。全省县级医疗机构中有650人获得在职本科医学学历，5700人获得了医学在职大专学历，有4.5万多名乡村卫生技术人员接受了正规化系统培训。

“农民治病也需高科技”

5月10日，运城市临猗县孙吉镇中心卫生院引进全数字彩色多普勒和卫星远程会诊系统等大型医疗设备，并举行了隆重的剪彩庆贺仪式，在当地引起不小的影响。而让人为之一振的是被誉为“全国百名优秀卫生院长”之一的严耀国对这件事的远见卓识。他说：“老百姓看病不是不需要高科技，听诊器、血压计、体温表‘老三件’显然不行了，‘新三件’X光机、B超和心电图也遇到了新挑战，我们必须把医疗工作定位在高科技上，让老百姓看了病，还要受一次现代化卫生工作的教育。”

临猗县是全省产业结构调整较好的县份之一，经济发展给医疗卫生工作提供了新机遇。孙吉镇1997年就在新三件的基础上引进了CT和美国产黑白B超、日本多导联心电图机。科技办院让孙吉镇医院尝到甜头，医院业务量较前提高了3倍多。如今，卫星远程会诊又把北京医疗专家中心的专家们请到了黄河岸边的孙吉镇。

记者了解到，在全面实现农村初级卫生保健的基础上，为适应农民需要，去年6月，山西省开展了以对口援助为主要内容的卫生下乡活动，推出了卫生下乡“三五工程”，即由省市地县医疗机构分别对口援助50个贫困县医疗卫生机构、500个乡镇卫生院和5000个村卫生所，通过对口援助，使卫生下乡与国家扶贫攻坚战略相结合，与“农民健康工程”相结合，进一步提高当地医疗卫生机构的管理、技术、服务水平，促进农村卫生工作和经济建设。

“三五工程”实施期为5年，这是新时期山西农村卫生工作的又一创造。据不完全统计，去年半年内，各级医疗卫生机构共组织卫生下乡医疗队1156支，派出医疗队员7200多人次，诊治患者49万多人次，做疑难手术2400多例次，推广新技术、新项目700多项。“三五工程”卫生下乡给农民送上了一支支信得过、用得起、留得住的流动医疗队。

（2002年6月3日《人民日报》头版）

机关的门，该朝哪开？干部的心，该往哪放？河北省和安徽芜湖的群众路线实践活动，作出回答——

拧紧干群关系的螺丝钉

机关和干部，基层和群众。现今，人们说起这两组词，已不仅是对分工不同的简单表述，时常会透着一种情绪，有意无意之间，会把他们置于矛盾甚至对立的位置。提到机关，门难进；提起干部，脸难看；提到办事，事难办。鱼水情深，面临考验。

去年以来，河北省广泛开展干部下基层活动，省、市、县2.4万名干部，带着感情走访，带着任务实干，8000个村庄，面貌一新；安徽芜湖市把干群关系比作螺丝与螺母的关系，螺丝螺母拧紧了，工作才能更顺畅。他们打开机关门，结交穷亲戚，530多名市县区机关干部，与8433名困难户结对帮扶，干群关系，由疏转亲。

走出机关，才能看清机关的局限；接近群众，才能了解群众的心愿。面向基层，机关干部的眼界宽了，心态变了；群众的笑脸多了，怨气少了。

（2013年7月20日《人民日报》头版头条，与王方杰、何聪、赵梓斌合作）

向下看　往下走　结穷亲　解难题

芜湖:干群关系拧一起

“七一”前夕，安徽芜湖市发改委机关干部张心团第五次来到无为县牛埠镇柏杨村，给镇、村带去整体发展规划，还有一条2公里的农村道路项目以及沟渠清淤项目。村民说，市里有个好亲戚，再偏也不觉得远了。

“机关联系基层、干部联系群众”，芜湖市去年9月开始，要求每个机关干部至少要交一位穷亲戚，定期走亲戚。“领导干部要‘向下看、向下走’，找困难的人，解困难的事，要像螺丝与螺帽一样，与群众的心紧紧拧在一起。”芜湖市委书记高登榜说。

一篮鸡蛋的故事:亲戚越走越亲

“他把我一个孤老太婆当亲人，为我修了房、垫了路。我就想到城里去看看他。”家住芜湖市繁昌县孙村镇万里村的章其美，今年已81岁了。今年春上，她坐着公交车，拎了一篮子鸡蛋，去看望县委书记。

这一篮鸡蛋让县委书记大为感动：“老人家其实没啥事，就是想表达心情。我们给群众一点关心，他们就记在心里。”

芜湖市开展“机关联系基层、干部联系群众”工作以来，干部进村入户，访贫问苦。目前，530多个市县区党政机关干部，与996个行政村（社区）、8433名困难户、2467名信访户建立了“双联系”。

一个记事本的意义：好事不在大小

“双联系”不同于送钱送物，要的是交朋友、结亲戚、增感情、办实事，让老百姓得实惠。

“39路公交车延伸到了新三村社区，建停车场涉及征用两位老人的部分菜地，反复登门做工作后，终于得到老人的理解和支持……”这个记录出自鸠江区裕溪口街道党员干部陶君花之手。像陶君花这样的“民情日志”，已成为许多党员干部在“双联系”工作中的特殊工作本。

“不论大小事，他们是记在本子上，想在心里头。”繁昌县峨山镇湾电村老党员邢长英老伴离世，儿女又先天性重症残疾，家里十分困难。县司法局局长许光龙联系后，经常前去探望，送上单位慰问金，记下他们要紧的事，帮助落实了大病救助政策，解决了他们的大难题。

“‘双联系’让我们了解到了群众反映强烈的因病致贫问题，市里下决心在全省率先实施高额医疗费用不封顶及再补偿的惠民新政策。”芜湖市人力资源和社会保障局局长董萍告诉记者。截至6月底，全市1070人次享受大病医疗补充保险待遇380万元，单笔最高享受补偿达18.8万元。围绕一些未参加养老保险无法享受退休金待遇问题，市里还出台了补费参保新政策。

一块牌和一张表的作用：有起点，没终点

“双联系”如何实现真联系、常联系、深联系？

6月以来，群众与社会工作部在芜湖市县区相继挂牌，将统一行使群众工作政策制定、社会管理指导协调、社情民意调查反馈、信访事项处理督办、矛盾纠纷调解处置、群众工作监督考核等职能。一位市领导说：“作为‘双联系’常态化机制的一个成果，群众与社会工作部的成立，让群众知道有话跟谁说、有事找谁办。”

“‘双联系’有起点，没终点。”弋江区委副书记王永辉介绍说，该区正围绕常态化和长效机制下功夫，已建立分层次调度解决问题、督查考评等机制，每人一张年度“双联系”考核表，请联系户打分评议，隔一两年

还要换新的联系点。

芜湖市还把干部联系服务群众情况纳入各级领导班子和领导干部年度考核、党风廉政建设责任制考核的重要内容，把考核结果作为奖惩、任用干部的重要依据。

（2013年7月20日《人民日报》四版头条，与何聪合作）

探索承接产业转移新途径和新模式

八百里“皖江龙”点睛腾飞

滚滚长江，黄金水道，流经安徽的400余公里，被安徽人亲切地称为“皖江”。

今日皖江两岸，一派生机勃勃，到处充满希望。1月12日，国务院正式批复《皖江城市带承接产业转移示范区规划》，一幅“产业实力雄厚、资源利用集约、生态环境优美、人民生活富裕，与长三角地区有机融合，全面协调可持续发展的示范区”蓝图，让安徽人民倍感振奋。

如果说，八百里皖江翻腾如龙，那么示范区规划则是最为耀眼的点睛之笔！

“这是顺应国内外产业转移新趋势，探索承接产业转移新途径和新模式，促进中部地区崛起、推动区域协调发展的重要举措，也是安徽充分发挥比较优势，挖掘发展潜力，推动经济社会又好又快发展的重要历史机遇。”安徽省委书记王金山说。

共舞长江龙

从迎接辐射到积极参与泛长三角分工

“搞活皖江，就能搞活安徽。”安徽人对此充满自信。

安徽的长江流域，城镇星罗棋布，皖江城市带规模初现。合肥、芜湖、马鞍山、铜陵、安庆、池州、巢湖、滁州、宣城九市和六安市的两个县区，国土面积占安徽的一半左右，人口占全省的45%，而地区生产总值则占全省的66%。这一区域拥有安徽七成左右规模以上工业企业，占全省工业总产值的2/3，已经形成马鞍山钢铁、芜湖奇瑞汽车、铜陵有色、安庆石化等大型企业，并有机械设备、建材、家电、农副产品加工等分布各地的主导产业。

“打好皖江牌，舞好长江龙。”这是安徽的不懈追求。早在1990年，党中央、国务院宣布开发开放上海浦东，安徽乘势而上，视浦东为“龙头”，作出“开发皖江、强化自身，呼应浦东、迎接辐射”的决策。20年来，皖江开发开放持续推进，安徽先后出台《安徽省长江经济带开发开放规划纲要》等一系列战略举措，以芜湖为突破口，沿江城市全面开发开放，不断紧密与长三角等地区的经济联系，逐步形成以芜湖等为核心的皖江城市带，被国家纳入中部地区崛起战略重点发展区域。皖江城市带与长三角已经形成产业发展共生圈，加工产品一半以上为长三角配套，汽车、家电等产业所需零部件一半以上来自长三角。随着长三角城市群逐步壮大、辐射带动能力越来越强，仅2009年，皖江城市带实际利用长三角地区的资金就达1600多亿元，占皖江地区利用省外资金的六成；长三角地区已有1.4万多家企业在安徽投资。

2008年初，贯彻落实胡锦涛总书记在安徽考察工作时的讲话精神，安徽省委、省政府积极谋划参与泛长三角发展分工、承接产业转移，提出设立皖江城市带承接产业转移示范区、积极推进泛长三角区域合作的设想。

从点题到破题，国家有关部委就设立皖江城市带承接产业转移示范区展开密集调研。“皖江城市带是长江流域的重要腹地，是长三角辐射安徽、华中乃至广大中西部地区的桥头堡和中转站，具有区位优势、资源优势，具备承接产业转移的良好基础。皖江城市带承接产业转移示范区的设立，是安徽经济发展厚积薄发阶段的需要，也是中部崛起的需要，更是国家区域经济协调发展的题中应有之义。”国家发改委有关负责人在调研中如此评价。

瞄准新定位
长江经济带协调发展的战略支点

向东看，长三角地区已经成为世界上经济最具活力的城市群之一，产业加速度向中西部地区转移；向西看，江西、湖北、湖南等长江中上游地区发展势头迅猛。安徽人明白，要在促进区域协调发展中赢得先机，必须在与上下游联动中，寻求皖江腾飞新的定位。

“融入长三角，连接中西部，加快建设成为长三角拓展发展空间的优选区，撑起长江经济带协调发展的战略支点，打造中部地区崛起的重要增长极。”安徽省发改委主任沈卫国介绍，皖江地区致力建设成“合作发展的先行区、科学发展的试验区，全国重要的先进制造业和现代服务业基地”。

围绕新的战略定位，皖江城市带承接产业转移示范区将主攻六个方面：深化泛长三角分工合作，推动区域联动发展；打造产业承接平台，促进产业集聚发展；探索科学承接新途径，加快产业结构调整；促进创新资源整合，完善自主创新体系，增强内生发展动力；推进资源集约节约利用，加强生态建设和环境保护；促进基本公共服务均等化，保障和改善民生。

瞄准新定位，站在新起点。2009年，皖江城市开始以新的眼光审视产业转移。芜湖瞄准自主创新，在奇瑞、海螺等优势企业和产业全面升级、增强“凝聚力”的同时，新兴铸管、三安光电等一大批外来企业提升、集聚；马鞍山围绕“做强钢文章，做小钢比例”，打造新材料、新能源、电子信息、节能环保等新兴产业；合肥、池州、宣城等地把承接产业转移与自主创新、资源优化等结合起来，创新招商引资思路、模式和机制；铜陵围绕打造世界级铜产业中心和发展循环经济，提升产业发展水平，培育接续产业，推进资源型城市转型。

抢抓新机遇
“一轴双核两翼”展现腾飞态势

皖江城市带承接产业转移示范区规划，是安徽省首个上升到国家层面的战略规划，也是全国唯一以产业转移为主题的区域发展规划。安徽人看到机遇重大，也看到差距不小，意识到没有敞开大门的襟怀就难展宏图，没有主动对接的意识就难成大器。各地主动出击，寻求与长三角等沿海发达地区的全面合作，借梯登高，借船出海。

“抢抓示范区建设机遇，合肥探索建立有序承接产业转移和重大招商项目协调机制，将掀起新一轮‘大招商’热潮，强化重点区域、重点产业招商，倾力培育汽车、装备制造、电子信息、家电等5个千亿级产业。”1月19日，合肥市市长吴存荣在政府工作报告中如此动员。

“高起点承接发展汽车、新型材料、电子电器、现代服务业等产业，更要发挥‘核心’城市的龙头作用，密切与马鞍山、巢湖的经济联系，推进跨江联动发展和一体化进程。当前首要的是科学规划，打基础、增后劲。

芜湖按照300万人口规模，实行城市总体规划、土地利用规划、产业布局规划和城乡居民点规划‘四规合一’。”芜湖市市长说。

驱车皖江大地，火热的建设场景扑面而来，建设皖江城市带承接产业转移示范区的号角在长江两岸吹响。

根据规划，到2015年，示范区的地区生产总值将比2008年增长一倍以上，超过13500亿元，对全省经济增长的贡献率达到80%……到2020年，地区生产总值在2015年的基础上再翻一番，以先进制造业和现代服务业为主的产业体系进一步完善，自主创新能力居于全国前列，与长三角分工合作、一体化发展，成为全国具有重要影响力的城市带。

示范区规划中设计了“一轴双核两翼”发展格局，为“皖江”腾飞点燃“助推器”。“一轴双核两翼”，即依托现有产业基础，推进沿长江一线安庆、池州、铜陵、巢湖、芜湖、马鞍山六市合理分工，构筑沿江产业“发展轴”；以合肥、芜湖两市为“双核”，充分发挥区域中心城市作用，进一步强化城市综合功能，提升产业集聚和创新能力；以滁州和宣城为“两翼”，充分发挥两市毗邻长三角地区等优势，形成承接产业转移的前沿阵地。

安徽提出，依托长江黄金水道，利用沿江深水岸线资源，加快推进芜湖马鞍山同城化、合肥经济圈一体化，实施跨江联动发展，连片集中开发皖江南北两岸，大力振兴装备制造业，加快提升原材料产业，培育高新技术产业，积极发展现代服务业和现代农业，让皖江地区成为长三角的农产品、能源原材料、旅游休闲基地，以及中部地区最重要的现代装备制造、高新技术产业基地。

探索新途径

在承接产业转移中创新升级

“承接，不是‘捡到篮里都是菜’。要结合自身优势，着力引进对安徽产业结构优化升级具有重大影响、对区域经济发展具有重大带动作用的战略投资者。”安徽省经济和信息化委员会主任说。

在巢湖市无为县，总投资350亿元的安徽华谊煤基多联产精细化工基地一期工程建设如火如荼，这里正致力建设高效清洁的煤化工基地。经历了从一个投资项目到一个煤化工基地，再到一座滨江化工新城的“三级跳”，这一迄今皖沪合作的最大项目，是安徽在承接产业转移的同时谋划产业升级的生动写照。

承接产业转移示范，不是简单复制发达地区产业结构，重在转变发展方式和调整结构。安徽加快建设创新服务体系，完善自主创新体制机制。1月23日，国家技术创新工程安徽试点工作动员大会在合肥召开。合肥芜湖蚌埠自主创新综合配套试验区建设正在大力推进，将与皖江城市带承接产业转移示范区一起，担当起安徽崛起的“脊梁”。

在合肥的新站综合开发试验区，开工才半年的京东方第六代薄膜晶体管液晶显示器件项目正加紧建设。今年四季度投产后，这一项目可填补我国内地在液晶显示领域六代线的空白，随之而来的八代线建设也将启动，使合肥一举成为我国液晶平板显示器生产基地。2009年，合肥创新能力进一步释放，家电业的专利申请量已居全国前列。在芜湖，依靠自主创新发展起来的奇瑞汽车已发挥出对产业转移的“牵引力”，集聚了300多家汽车零部件配套企业，其中70%来自长三角地区。

“齐心办好安徽事，协力共舞长江龙。”放眼江淮大地，“承接”“创新”“腾飞”正在皖江两岸激荡，成为安徽谋求跨越式发展的最强音。

（2010年1月26日《人民日报》头版头条，与何聪、钱伟合作）

皖江城市带积极承接产业转移，在空间布局、载体建设上取得突破

落子皖江一年间

2010年12月26日，安徽马鞍山嘉宾云集，在国家发改委主持召开的推进皖江城市带承接产业转移示范区建设工作座谈会上，上海、江苏、浙江和安徽签署《关于共同推进皖江城市带承接产业转移示范区建设合作框架协议》，通过加快交通基础设施对接、推进园区合作共建等八个方面的合作，积极引导和推进各类市场主体有序开展产业转移，努力构建泛长三角地区合理分工的产业体系。

“国家战略推动，周边地区良性互动，安徽更要自身主动，利用皖江城市带承接产业转移示范区战略平台，抢抓黄金发展机遇期，实现中部崛起、兴皖富民宏伟蓝图。”安徽省委书记张宝顺说。

在示范区建设一周年之际，安徽省有关人士豪迈地介绍：“一年来，示范区不仅在承接产业上硕果累累，更是健全完善了组织体系、规划体系和政策体系，在空间布局、载体建设取得突破，实现了‘一年打基础’的预期目标。”

先谋于局，后谋于略

叫响国家战略，同创金字招牌

滚滚长江，流经安徽八百里，被世人亲切地称为皖江。2010年1月12日，国务院批准实施《皖江城市带承接产业转移示范区规划》。

担当起探索科学承接产业转移历史使命的皖江地区风生水起，“皖江示范区”迅即成为安徽向外递出的最亮丽名片，无论是在合肥举办的徽商大会、全国500强企业峰会、安徽与央企对接会及与全国知名民营企业合作发

展会议上，还是在世博会、中博会上，“皖江示范区”频频亮相，成为这些经贸盛会上的焦点、亮点，吸引了海内外企业家广泛关注。2010年前11个月，皖江示范区落户1000万元以上的项目逾1.2万个，亿元以上项目逾2800个，共引进省外到位资金4011.8亿元，实际利用外资40.1亿美元，分别增长57.5%、23.3%，占全省的73.5%和76.3%。

“示范区这块金字招牌已经有了‘明星效应’，尤其体现在招商上，很多企业就是冲着这个品牌才来和我们协商洽谈。”在芜湖市三山经济开发区，管委会党工委副书记高兴地介绍，以前曾与一个出口空调器的企业多次洽谈都没谈成，“去年，这个品牌终于把出口空调器的生产放在了我们这里。”

“落子皖江，布局中西部。”皖江被中央赋予了促进中国区域经济协调发展的重大内涵。国家发改委地区产业司司长范恒山说：“示范区建设是我国统筹区域发展、促进中部崛起、推动东中西联动发展的重大战略举措，也是我国对外开放向纵深推进的重大平台，示范区建设规划是国家战略。”短短一年时间，国家发改委、科技部、工信部等17个国家部委先后与安徽签署17项合作共建示范区协议，纷纷出台专项政策对示范区的建设给以指导和支持。

“携手产业转移、创新共赢发展”，涌动的“皖江机遇”终被“国家战略”深度激活，皖江崛起的豪情空前勃发。安徽高密度出台了9个专项规划，出台了13个专项政策措施。不但如此，安徽省积极构建面向长三角、实现无缝对接的立体交通网络，着力提升皖江地区综合运输能力，全面加强皖江地区基础设施建设。

精心布局，合作共建

建设承接平台，探索转移模式

开发沿江一线，保护腹地一大片。

在马鞍山对面的和县沈巷镇、在铜陵和池州中间的梅龙镇，安徽边规划、边招商、边建设，高标准启动江北、江南两大省级承接产业转移集中区，在皖江城市带发展布局中落下两枚战略性棋子。两个集中区目前签约合同项目就超过1000亿元。“不仅是产业的集聚地，未来更是滨江新城区，是完善皖江城镇体系的伏笔，实现跨江联动发展的关键一着。”江北集中区管委会主任期望皖江城市最终跨江组团成为“继上海、南京、武汉、重庆之后的长江岸边第五城”。

一年来，安徽对皖江区域的80多个开发园区进行了重新规划布局，根据产业的错位发展以及现有的饱和程度，进行了功能划分和定位。“升级”更是成为皖江地区载体建设“热词”，沿皖江10市全面提升园区的硬件、软件。去年，马鞍山经开区等5个省级园区升级“国家级”，省政府批准芜湖孙村、宁国港口等10多个省级开发区。

栽下梧桐树，引得凤凰来。从招企业进园区，到招产业共建园区，皖江创新招商方式，掀起一轮轮大招商热潮。去年6月，滁州与上海复旦科技园等战略投资者签订了6个合作共建园区项目；11月，六安与苏商投资集团等签约共建“六安光电产业园”和“永能六安电动车产业园”；去年11月19日，上海漕河泾开发区、合肥高新技术产业开发区等30多家园区和大型企业集团在合肥签署《长三角园区共建联盟合作框架协议》，以期联手促进长三角地区产业转移辐射和产业布局优化。

“我们正在探索与上海漕河泾新兴技术开发区合作建设创新创业园区，强化园区在创新创业和产业化中的载体作用。”合肥经济技术开发区负责人介绍。

为适应大规模承接产业转移，皖江各地积极探索“飞地经济”和“共同建设”等方式，目前已经形成了“园中园”“托管园”“共建园”等有效合作方式。宣城还专门召开“飞地经济”发展座谈会，让所辖县区编制“飞地经济”发展规划。如今宣城开发区内，玉环工业园已经建设，上海淀山湖工业城、温州瑞安工业园已经签订协议；泾县浙江机械制造工业园已签约13个项目，涉及汽摩配、洁具及机械制造等多个产业和领域。

在吸收皖江各地实践的基础上，安徽省政府提出《关于建立利益分享机制推进园区合作共建的初步设想》，积极推进与上海、江苏、浙江省级层面的合作，共同加大政策引导力度，突出企业主体地位，推进总部经济转移生产基地、外向型企业转移生产订单、关联产业在园区集群发展。

设定“棋规”，严守门槛
转移谋提升，创新促示范

共建园区激发“雁阵效应”，集群转移在皖江各地上演。在宣城郎溪的

"无锡工业园"，整体转移来了无锡压力容器产业，目前有600余家企业签约，176家企业在建，全部建成后总产值可达500亿元以上。转移不是简单的搬迁，而是伴随技术升级的过程。在正在建设中的安徽美亚针纺有限公司施工现场，浙江投资方副总经理刘铸金告诉记者，总投资5亿元的针纺项目已完成投资3.5亿元，设备和技术比过去均有了很大的进步。

作为国家战略，皖江示范区建设更加注重生态环境保护，设定工业集中度、投资强度、产业集聚度、容积率、节能降耗等考核指标体系，严把环境准入门槛，严禁高耗能、高排放的落后产能转入。从严执行产业准入标准，成为皖江各地的"棋规"。

融入长三角，连接中西部，皖江地区加快建设成为长三角拓展发展空间的优选区，撑起长江经济带协调发展的战略支点，引领中部地区崛起的重要增长极。安徽省发改委主任沈卫国介绍，围绕"产业实力雄厚、资源集约利用、生态环境优美、人民生活富裕"的要求，皖江各地编制了产业目录，积极推进产业链整体转移，促进产业承接和自主创新相融合，以创新吸引转移；把产业承接与结构升级结合起来，大力发展低碳经济、循环经济、绿色经济，积极探索科学承接产业转移的新模式、新途径。

在已有的钢铁、纺织服装、绿色食品等产业基础上，革命老区六安产业发展取向从以往的"市场—成本"转向"环境—科技"，重点发展装备制造、高新技术、电子信息新能源、现代服务等产业。滁州编制了家电信息、硅能、盐化工3个千亿元产业规划，把资源和产业变成抢先承接的本钱；池州围绕打造能源装备制造等4个千亿产业群，编制了近400个产业链项目。

溯皖江而望，马鞍山钢铁、芜湖奇瑞、铜陵有色、安庆石化等大型企业闻名遐迩，更有机械设备、建材、家电、农副产品加工等分布各地的主导产业，在提升原有产业优势的基础上，合肥、芜湖、巢湖、安庆、铜陵、马鞍山等市将目光聚焦战略性新兴产业的引进和培育。

瞄准电子信息、公共安全、新能源、新材料等新技术前沿，合肥引进了京东方等一批龙头项目，去年新增规模以上工业产业、新增工业投资都过千亿，高新技术产业为GDP增速超过17%做出1/3的贡献。

皖江两岸，豪情激荡，"转移、提升、创新、示范"，正成为安徽追求科学发展，加快转变发展方式的最强音。

（2011年1月8日《人民日报》头版头条，与何聪合作）

皖江城市带承接产业转移示范区建设两年

展翼腾飞“皖江龙”

2011年12月27日，被誉为“皖版苏州工业园”的苏滁现代产业园项目正式签约。中新苏州工业园区开发集团与滁州市政府将联手在滁州复制一个苏州工业园，计划用5到8年时间将其建成为安徽顶级、两省示范、国际标准的现代化工业园区，重点打造占地36平方公里的高科技产业园、现代服务园、文化创意园三大产业园。

“要继续强化皖江示范区品牌推介，完善产业承接载体建设，大力招商，引资选资，积极主动参与长三角地区分工合作。”安徽省委书记张宝顺说，两年的建设实践证明，皖江城市带承接产业转移示范区，不仅有利于安徽探索建立承接产业转移新模式，辐射带动中西部地区探索产业承接新途径，也有利于为东部地区腾出更大发展空间，形成优势互补、相互促进、共同进步的区域发展新格局。

示范区声名鹊起
共建园区成产业转移新途径

产业东来，结构向好。探索科学承接产业转移的“皖江示范区”成为安徽向外递出的最亮丽名片，示范区的品牌价值开始显现。据统计，2011年1至10月，示范区引进1亿元以上省外投资项目2983个，到位资金2531.1亿元，同比增长62.9%；吸引外商直接投资项目123个，投资总额25.7亿美元。

郎溪县短短两年时间集聚了近600家无锡企业，形成了一个以压力容器等产业为主的“无锡工业园”，全部建成后年产值可达900亿元。“过去在招商引资时，许多企业说你们没有产业链，我们生存不下去。”郎溪县招商局副局长祝栋回忆，通过共建园区模式，更多的江浙企业涌入郎溪。

从招企业到招园区，企业结伴而来，产业集群转移。与上海漕河泾新兴技术开发区合作共建“合肥创新创业园”，与浙江玉环汽摩配协会共建“宣城市玉环机电工业园”，和苏商投资集团共建“六安光电科技产业园”，与安康澳门国际旅游投资集团、上海中泰担保有限公司合作共建铜陵“皖江国际建材物流贸易园”……目前，示范区在建、签约、洽谈的各类合作共建园区84个，占地约44万亩，总投资2600亿元以上。

“皖江示范区内工业投资结构渐趋优化，产业升级态势向好。”安徽省发展改革委员会主任沈卫国介绍，示范区内汽车、装备、非金属材料、家电、农产品加工等重点产业投资增幅明显加快，约占同期工业固定资产投资的63.55%，高出2009年平均水平近10个百分点；电子信息、生物医药、公共安全等新兴产业增幅高达63.3%，高出全省平均水平12个百分点；而冶金、化工、建材等高载能产业在工业增加值的比重，由去年同期的41.64%，下降至39.59%，增速较全省平均水平低2个百分点。

瞄准“绿色”不放松

高标准高起点高端承接

2011年6月，福建某公司拟投资15亿元在合肥新站区建设一个无机纤维项目，合肥市环保局经过预审并深入到福建总公司考察，认为该项目不仅能耗、水耗较高，而且存在大量的废气和残渣排放，果断予以否决。2011年，新站区共拒绝各类高能耗、重污染的项目12个，取缔关停违法排污企业14个。宣城市还特地提出要做到“四个不选”，即：不符合环保标准的项目不选，高耗能的项目不选，资源浪费大的项目不选，低效益的项目不选。

安徽省决策层要求，皖江示范区建设更加注重生态环境保护，坚持产业承接“四个一律不批”，坚决防止落后产能和污染严重项目以产业转移名义进入示范区：国家明令淘汰、禁止建设、不符合国家产业政策的项目，一律不批；环境污染严重，高能耗、高物耗、高水耗，污染物不能达标排放的项目，一律不批；环境质量不能满足环境功能区要求、没有总量指标的项目，一律不批；位于自然保护区核心区、缓冲区内的项目，一律不批。

两年来，安徽对皖江区域的80多个开发园区重新规划布局，严把产业准入和环境准入门槛，严格控制单位能耗高的工业项目转入，陆续否决污染、环境风险高的项目100多个，涉及投资300多亿元。

转移不是简单的复制，而是技术升级创新的过程。“环保措施、投资强度、容积率、建筑系数等，均达到或超过国家规定的标准，生产工艺与刚投产的上海焦化1号工程和开工建设的4号工程基本相同，部分工艺甚至更加先进。”目前一期基本建成的华谊无为煤基多联产基地项目，将建成国家级煤化工循环经济示范基地。如今，示范区内县区级省级园区入园投资强度由每亩80万元提高到了120万元，市管省级开发区投资强度由每亩100万元提高到120万元。工业园区土地集约节约利用成果评价率达99.24%，工业项目土地闲置面积处置率达95%，示范区投资强度提高的工业园区占全省86%以上。

城镇化与工业化齐头并进
双轮驱动“皖江龙”展翼腾飞

皖江城市带承接产业转移示范区，正构建以合肥、芜湖为核心，以安庆、池州、铜陵、芜湖、马鞍山等6个沿江城市为轴线，以滁州和宣城为“两翼”的产业空间格局，城镇化与工业化双轮驱动。

合肥、芜湖是承接产业转移的核心区域。2011年，通过撤并，合肥面积扩大了40%，人口与GDP也与南京、武汉比肩。合肥城市圈内的六安市，专门规划成立六安市承接产业转移示范园区，一个重要功能定位是“合肥六安区域一体化发展的示范区”。江北的无为县等并入芜湖，推动芜湖跨江联动发展，推进芜湖马鞍山、芜湖宣城一体化，将芜湖全力打造成省域次中心城市，建设为全国重要的先进制造业基地、综合交通枢纽、区域性经济文化旅游中心、现代物流中心、创新型城市和长江流域具有重要影响的现代化大城市。

融入长三角，连接中西部。示范区在积极承接产业转移的同时，着力推进城镇化，驱动城镇化与工业化实现同频共振。位于铜陵和池州中间的江南产业集中区着力推进与两市的一体化建设。“不仅是产业的集聚地，更是滨江新城区。”担负完善皖江城镇布局使命的江北、江南产业集中区基础设施建设全面展开，全力推进产业招商，短短两年已有63户企业登记落户，注册资本30亿元，圣来光电、冶金导卫装备等10多个项目开工建设，总投资70多亿元。

定位合肥与南京之间新型区域中心城市的滁州市，如今“大滁城”建设如火如荼，在拓展城市建设发展空间的同时，科学布局优势产业，与上海、南京等地合作共建的26个园区已开工建设或建成使用。通过打造家电信息、硅（玻璃）、盐化工、农副产品精深加工、装备制造、新能源（新材料）六大支柱产业，全市已形成滁州、来安、全椒的大滁城中心城市群和家电信息产业基地，定远、凤阳、明光的资源精深加工区和天长的先进制造业基地等三大区域经济板块。

（2012年1月17日《人民日报》头版头条，与何聪合作）

脚步量出民心

——安徽开展五级书记带头大走访活动综述

最偏远的地方，也不会被忘记；最细小的琐事，也不会被忽视。困难人家、偏远乡村、繁忙厂矿……访民情、汇民智、释民惑、解民忧、惠民生，安徽各地活跃着党员干部走访的身影。

2011年9月中旬，安徽省委部署开展“五级书记带头大走访”活动，省、市、县、乡、村五级党组织书记带头进农村、进企业、进社区、进学校，问需问计问民生。活动开展半年来，安徽各级党员干部纷纷深入基层，与群众同吃同住同劳动。在走访中共商“兴皖富民”大业，倾听老百姓所思、所想、所盼，在“零距离”接触、面对面交流中，党和群众的血肉联系愈加密切。

访民不扰民，走访不走秀

2011年9月15日，安徽省召开群众工作电视电话会议，对“五级书记带头大走访”进行全面部署。

“对群众反映要句句有回复、件件有着落，严防作秀走过场。能解决的问题，尽快解决；暂时不能解决、又必须要解决的问题，列出计划，告之于民，逐步解决；不能解决或一时难以解决的，要做好解释工作，取得群众理解。”安徽省委要求，要把那些矛盾多、条件差、困难大的地方，把那些工作推不开的地方，把那些领导干部长期走不到的地方，作为走访的重点和联系点。省委还特别对轻车简从等做出硬性规定，杜绝形式主义和铺张排场，确保访民不扰民，走访不走秀。

省委领导率先垂范。按照省委部署，省领导纷纷到田间地头、厂矿企业，特别是深入到条件艰苦、问题较多、困难较大的地方，和群众一起摸爬滚打，解决实际问题，为全省广大党员干部深入开展大走访做出表率。省委、省政府领导同志共走访农户264户，梳理问题142个，涉及农村基础设施建设、农村公共服务、农村金融服务体系滞后、创业融资难、失地农民养老保险等方面内容，有关问题正在抓紧研究解决。

忽如春风来，处处气象新。从省到市，从县到乡，各级党组织书记和领导班子成员到基层走访，用实际行动自觉践行群众路线。滁州市83岁的抗美援朝老战士王金宝老人感慨地说："这是党的优良传统作风又回来了啊！"

走访范围越广泛，了解民意越全面；下沉基层越深入，分析问题越透彻。阜南县朱寨镇推行"五访九问"，五访是指晚上走访农忙户、随机查问农闲户、反复关心上访户、预约结对帮扶户、重点支持贫困户；九问即问政策是否暖心，政府是否关心，服务是否贴心，出行是否方便，居住是否安心，教育是否满意，医疗就诊是否满意，饮食是否放心，生活是否舒心。

"征迁户、困难户、信访户、隔阂户、老党员、老干部、老模范和农村致富带头人等必访。"滁州市介绍，滁州市组织1291个工作组，按照每个工作组走访不少于100户要求，深入281个社区、1010个建制村进行大走访活动，实现村居全覆盖。"谁走访、谁联系、谁包保、谁负责"，各工作组与走访的社区（村）长期共建，探索建立"四包三推一联系"机制。即：包社区民意收集、包政策法规宣传、包信访个案化解、包困难群众帮扶，推进社区维稳平台建设、推进惠民政策落实、推进社区（村）和谐创建，共同做到社区（村）建设有人抓、民生保障有人问、困难群众有人帮、矛盾纠纷有人管。目前，滁州各级党组织已经走访14万户，走访群众1万多户，慰问困难群众4000多户。

联系群众见真情，为民谋利出实招

"我家买了几年的空调今年才用上，过了一个温暖的春节，看了一个'正版'的春节晚会。这可是大走访带来的好年货！"2月7日，霍山县诸佛庵镇大岭村支部书记韩邦言高兴地说。春节前，大岭村的电网经过增容改造升级，村民能正常用电了。

“一到关键时刻，电就不给力，掉链子。买的空调、冰箱天热天冷都不管用，只能当摆设。看电视，春节晚会只能看个缩小版，只有屏幕一半大……”省委主要领导在大岭村走访时，群众如是反映。经过调研发现，全省像大岭村这样小水电自供电网所存在的电力不足、电压不稳问题，涉及6个山区县36个乡镇、60万山区群众。多年来，水电供区农网建设和改造标准低，用电同价不同质，急需增容改造。

“必须理顺供电体制，水电供电营业区移交省电力公司，实施省水电供区电网改造，让群众早日用上安全电、放心电，改善群众生产生活条件。”2011年12月27日，安徽省政府召开专题会议，研究水电供区农网改造。春节前，安徽省电力公司先行在大岭村开展了电网改造，让群众用上了放心电。省政府要求，2012年底前其他地区改造任务全部完成。

“这不仅是服务群众的一项民心工程，也是推动当地经济社会建设发展的基础工程。”安徽省常务副省长说，“只有找准经济社会建设与服务群众的结合点，才能通过走访最大程度提升群众幸福指数。”

大走访活动中，广大党员干部怀着一腔真情，走村入户，访贫问苦，谱写出一曲曲为民之歌。黄山市重点走访在沪、杭等地的流动党员，深入了解他们生活情况，帮助解决务工、创业等方面困难。合肥市把行政区划调整中的相关利益群体作为走访对象，多次到巢湖市、庐江县走访调研，并出台政策支持巢湖、庐江发展。铜陵市把大走访活动与争创全国社会治安综合治理优秀城市“三连冠”相结合，要求把走访联系点建成党建和服务群众的示范点。

干部思想受触动，服务群众长本领

2011年12月31日，阜阳市委书记宋卫平再次来到会龙乡会龙村。他此行的目的就是落实上次走访时群众关心的会龙村到朱寨村的道路修复和蔬菜大棚政策保险问题。目前，已筹措40多万元资金基本解决“会朱路”修建问题。对于蔬菜大棚政策保险问题，保险公司正在调研论证中。

近年来，东至县张溪镇杨畈村部分村民种植烟叶，收入可观，但受排水渠淤泥沉积造成的水患影响，目前种植面积仅有260亩。大走访活动开展以来，池州市金融办主要负责人多次率队深入杨畈村调研后，建议对排涝工程整体布局合理设计，并统一规划烟叶种植面积，实现规模效益提升。

随着越来越多的党员干部走进群众、贴近群众、融入群众，大走访转变作风的成效初显，党员干部为群众办实事越来越多，服务群众的观念也越来越强，干群之间的感情越来越深厚。

在毛坦厂镇东石笋村走访时，六安市市长张韶春了解到该村连通舒城的道路路况差，对群众出行和当地发展影响较大，就与同行的镇村干部一起研究解决办法。“大走访活动，就是要倾听民声，问访民情，了解民意，增强我们服务百姓的本领，从而拿出更有针对性、可操作性的措施，让农村发展得更快，让百姓生活更好。”张韶春说。

基层的所见所闻，让不少干部的思想深受触动。淮北市烈山区委常委、组织部部长马建国连续两周天天在基层走访。他在走访日记中写道：“亲历亲受群众所思所盼所忧，我感到需要做的事情太多了。”“只有和群众零距离接触，才能真正深入了解群众，知道我们有什么制度需要完善，哪些措施需要强化，怎样帮助解决基层和群众的困难。要从一点一滴做起，不做空洞的‘雷声大’宣传，多办具体的‘雨点小’实事。”

“群众的困难就是我们的困难，群众的忧愁就是我们的忧愁；群众需要什么，我们就办什么。”大走访活动开展以来，安徽各级党组织和广大党员干部主动到矛盾较集中、问题较复杂、历史遗留问题较多的地方，到条件艰苦、群众不富裕、工作难开展的地方，了解群众所思、所想，集中更多力量解决一大批老百姓交通、饮水、上学等问题。安徽省委副秘书长、省委督查室主任张杰介绍，据不完全统计，目前，市、县、乡、村领导班子成员深入基层走访，共收集梳理各类问题6万多件，已初步解决近4万件。

（2012年2月12日《人民日报》头版头条，与何聪合作）

宣城："龙头"昂起促增收

安徽省宣城市所辖宁国市南山办事处农民周新生腿有残疾，今年没出远门，靠养鸭8个多月赚了1.7万多元，到年底还可再赚几千元。鸭多、肥多、粮多，稻子堆满仓，周新生乐呵呵地对记者说："多亏了太阳禽业公司这个'龙头'供鸭苗、供饲料，保防疫、保收购，我家养鸭增收才有了保障。要不然，今年'非典'加旱灾，收入可真难有指望！"

宣城市委分管副书记对记者说，龙头企业是农业产业化的"推进器"，是农民增收的"保险柜"，是带动优质粮油和优质特色农产品生产的"引擎"，抓住了龙头企业，就找到了搞活农村经济的"金钥匙"。今年以来，虽遭非典和旱灾影响，上半年全市农民人均现金收入仍增长15.6%，预计全年农民人均纯收入将达2500元左右，人均增收100多元。

调整布局建基地

宣城地处皖东南。这里特有的江南山区小气候，孕育了大量优质粮油棉，更孕育了丰富的特色农产品，有市场叫好的优质杂交稻和"双低"油菜，还有上海人喜欢的宁国山核桃，杭州人爱吃的宣州小香菇，日本人爱用的广德竹家具，泾县宣纸、绩溪蚕丝、旌德苎麻等，都是国内外的抢手货。但在过去，这些"宝贝"藏在深山人未识，农民守着金碗却过不上富日子。

"山区农民增收之路在哪里？宣城应该怎么办？"宣城市委、市政府在贯彻"三个代表"重要思想的实践中，通过深入调研，确立了保证优质粮油生产、发展山区特色农业、培育龙头企业、增加农民收入的新思路，把农民增收的突破口选在产业结构调整上，着重将“多”的做优，“优”的做大，形成主导产业，打牢产业化基础。

通过调整区域特色农产品布局，宣城逐步建起了200多万亩优质粳稻和优质油菜基地，300多万亩山区笋、竹两用基地，以及山核桃、茶叶、蚕桑、苎麻生产等基地。同时组织发展无公害、绿色农产品和有机食品，全市国家和省级粮油及名特优农产品发展到60多个，获质量认证的各类农产品生产面积达19万多亩，名列全省前茅。通过规划引导、政策驱动、资金扶持、抓点示范，逐步形成了优质粮油、经济林果、畜禽养殖、特种水产、特色经济作物等主导产业，其产值目前已占全市农业总产值的60%以上。

培育基地更要培育市场。在市场建设上，宣城市年年都有大投入，全市已有各类农副产品市场200多个，农民经纪人2万多人。与浙江山相连、地挨边的宁国市，盯住沪杭大市场，突出发展具有山区特色的名特稀优生态食品，分片建起了12个大型农副产品批发市场，8000多名经纪人活跃于市场与农户之间，山里仁公司、兴农公司、詹氏食品加工厂等一批颇具实力的龙头企业不断发展壮大，逐步形成了“山上建基地、山下搞加工、山外拓市场”的发展格局。宁国市副市长余宏汉说，去年宁国农民人均纯收入增加到2600多元，今年可达2900元，其中83%来自农业产业化。

“龙头”引领新天地

走进拥有上亿元资产的和威农业开发股份有限公司，记者与公司总裁余弟和促膝而谈。余弟和今年41岁，已在市场中摸爬滚打了18年。当初和威公司与农户签订合同发展规模养鸡时，用的是你养我收的经营模式，结果农民养鸡不少却赚不到钱，公司还落下了不少死账坏账。县政府及时组织专家帮助他总结经验教训，摸索出一套按市场规律运作的办法，即由公司负责种鸡、饲料供应，保证收购销售成品鸡，农民只管养鸡这个中间环节，信用至上，风险共担，大大激发了农民的责任心和养鸡热情，万只规模户每年稳拿上万元，5000多家农户逐步走上富裕路，公司更得到了长足发展。

太阳禽业公司利用当地饲料资源，在政府支持下着力开发科技含量高、市场竞争力强的新品种。公司董事长吴启有介绍说，以前企业是小打小闹，一直难以壮大，自从政府支持从英国引进新品种樱桃谷鸭父母代种鸭后才迈开了大步。最近公司投资1290万元，与英国一家公司合作开发樱桃谷鸭曾祖代，进行肉鸭安全保障体系建设，赢得了更为广阔的国内外市场，确保了养鸭户进一步增加收入。

宣城市还在禽业标准化养殖上下功夫，大力推进和威、太阳禽业产品安全质量体系建设，引领五星集团、华卫公司做好标准化肉鸡育种养殖。全市年家禽饲养量已达1.2亿多只，生产销售苗禽1.5亿只，其家禽标准化生产最近被定为全国家禽业的养殖标准。禽业发展更促进了粮食生产，肥多了，地壮了，优质粮、优质油生产稳步上升，今年优质粮油面积增加50多万亩，品种优质化率比往年高出近10个百分点，农民增收有了新亮点，农村呈现统筹协调发展新局面。

为了使优质粮油和茶叶、山核桃、山野菜等山区特色农产品打入国内外大市场，宣城市重点培育“山里仁”食品等一批龙头商贸公司，将产品打入了上海联华、好又多、易初莲花、太平洋百货等大型超市，同时进军沃尔玛、家乐福、麦德龙等十多家国际知名零售企业。山里仁公司引进国外先进的食品加工设备，与省内外高校建立了合作开发中心，通过了产品HAC-CP体系质量关键点控制认证，使公司产品拿到了国际市场通行证。

在稳定发展优质粮油面积的基础上，宣城市经济果林快速发展，残次林更新改造带来竹木废弃料增加。针对这一情况，2001年市里引进绿源人造板项目，去年生产10万平方米中密度板，利用林木残次废弃材料15万吨，企业创利800多万元，农民增收3000多万元。接着，宁国金山实业与中国恒天集团签订了投资4.7亿元的竹纤维项目，年消耗竹子原料20万吨，产值5亿元，在竹产业延伸上迈出可喜一步。

目前，宣城市已有年产值超千万元的龙头企业47家，年销售额达30多亿元。龙头企业真正成了引领农民抵御市场风险、确保增收致富的“航空母舰”。

政府帮扶扬“龙头”

为了使农业产业化龙头企业充满生机和活力，宣城市开展了“强龙建设工程”，落实招商引龙头、改革育龙头、政策扶龙头的一系列举措，引导龙头企业以国内外市场为导向、以产业化经营为重点，不断拓展发展空间。不久前，市委、市政府出台进一步加快农业和农村经济结构调整的意见，强调发展壮大农业产业化龙头企业和中介组织，加大农业招商引资力度，推进农业产业化经营。市委书记方宁用6个字概括了政府扶持龙头企业发展壮大的要诀，那就是“引导、服务、激励”。

五星集团总裁毛传平讲起企业几次遭到重创、越挫越强的经历，至今难抑心中激动。今年“非典”之后，市委、市政府领导几次到企业鼓劲，帮助企业分析市场走势。“非典”期间，公司为农户承担损失500多万元，非典之后市场反弹，很快补回损失，还得到了更快的发展。他还说到几年前一场大水冲掉了五星集团种鸡场，灾后市领导立即带着财政、金融部门上门慰问，提供资金支持，帮助企业重建种鸡场，同时引导企业发展饲料粮生产基地，确保公司和农户发展后劲。

在郎溪县，记者了解到当地政府教育农民支持龙头企业的事。昌发油脂公司去年与农民签订了油菜籽购销合同，收获时市价上涨，外地商贩参与抢购，县委、县政府及时出面，教育农民信守合同，并帮助企业协调资金，确保了购销合同落实，更促进了油菜生产面积的不断扩大。今年全市油菜面积增加40多万亩，油菜籽总量比上年增长20%左右。

除了服务引导，宣城市还注重利用激励政策，培育企业家，增强龙头企业发展后劲。恩龙生态发展有限公司负责人李谢恩，因有育林的一技之长，被破格招干，任乡林业站长。后来，他辞去职务，种植千亩银杏园，并投资1000多万元发展生态旅游，同样得到了市里大力支持。为回报政府和社会，李谢恩高价租种山地，并吸纳了一批农民就地转移务工。

对获得省、市、县级龙头企业及农村致富带头人称号的集体和个人，特别是种粮和养殖大户，宣城市每年都要举行隆重的表彰奖励活动，还要召开现场观摩会，在县市区之间开展竞赛，形成相互竞争、相互促进的发展态势。目前，全市已培育出有一定影响力的农村致富带头人1200多名，不少人已挑起了龙头企业的大梁。

（2003年11月18日《人民日报》头版头条）

徽墨出新族

日前，记者来到安徽省旌德县胡开文墨厂，厂长梁深水介绍了他们生产的“八宝五胆药墨”，它是有奇特功效的“神墨”呢。

以墨入药始见于公元973年北宋《开宝本草》。明代李时珍《本草纲目》中说：“墨气味辛温无毒，主治止血，生肌肤，合金疮，治产后血晕，崩中，卒下血。醋磨服之。”可见古人早就知道墨不仅是“文房四宝”之一，也认识到墨可药用。

“并不是什么墨都可以入药的，只有松烟油墨和桐油墨才行。”梁厂长说，因为墨配料中有松木烧成的原料，外加干漆、紫草、郁金、熊胆、龙脑等药材，所以有止血活血、宣窍清热功效。原来“八宝五胆药墨”久已失传，不见完整配方。改革开放后的1984年，南京金陵饭店向墨厂提供信息说，东南亚商人多求药墨而不得，甚为遗憾。老厂长胡入忠（胡开文旁系第七代子孙）深感不安，乃查找资料，遍访皖南名医，反复调整配方。一年有余，药墨终于问世。它选用麝香、羚羊角、牛黄、冰片、珍珠、熊胆、蛇胆、牛胆、猪胆、青鱼胆等20多味名贵中药入墨，使疗效有加，且因墨能久存如金，使药效也保持久远，成品药墨外包金箔，故又称金墨。

记者来到弥漫着诱人的墨香、药香味的成品车间，只见一块块木板上摆着金光闪闪的“八宝五胆药墨”。梁深水说，现产品多以1.5克、3克、6克长条形为主，因不便使用，正开发微丸新剂型，内外服均方便。记者又问：书法效果如何？梁深水一笑：“那就大材小用了，书法墨20多元一公斤，药墨是它的10倍呀！”

（1994年3月4日《人民日报》）

财源就在脚下

——安徽泾县宣纸一条龙开发见闻

初春，纷纷扬扬一场大雪，弥漫了皖东南泾县的丘陵岗地。然而，走进当年新四军军部所在地云岭山区，但见座座燎草厂、青檀皮加工厂青烟袅袅，热火朝天。

以往，一到冬季就提着火炉满街串的山民们，如今都忙得团团转了。有的挑拣稻草，用石灰水浸泡，制成草坯，送到燎草厂，有的精选青檀枝条，蒸煮后取下檀皮，为宣纸生产厂备料。

泾县是宣纸的故乡，不光有独到的生产技艺，而且有丰富的资源，田里的稻草，溪边的青檀树，山岗上的杨桃藤，都是上等的宣纸原料、配料和药料。但以往小批量生产，形不成大生产气候，稻草、青檀枝条大都作烧柴，白白浪费了，人们守着财源仍受穷。

改革开放了，县里迫切需要开拓脱贫致富之路。此时，国内国际大市场也呼唤素称“纸中之王”的宣纸，泾县的决策者猛然警醒：财源就在脚下，何不充分利用本地资源，发展宣纸生产。然而，资源并不那么容易变成财源。在1985年前后，由于一哄而起办起了50多家小型宣纸厂，结果，群龙无首，无序竞争，高价抢购原料，低价倾销产品。三四年工夫，原料价上涨10倍左右，产品价却一跌再跌，不少厂因此垮台了。农民在原料大战中得利一时，但好景不长，同样受到了损害。

县领导又向山民、专家和市场问计。结论是：市场经济不是自生自灭的自然经济，政府的正确导向管理，是“画龙点睛”中不可或缺的一笔。

1992年，县里成立了以县宣纸厂和原宣纸公司为核心层，以县二厂、李园、汪六吉、金竹坑等6家宣纸厂为紧密层的宣纸集团公司。集团一头连着国内外大市场，一头连着各厂家和原料基地，从此，雄踞泾县城中的集团大厦，成了灼灼闪亮的“龙睛”。

在大厦的宣纸博物馆里，总经理侃侃而谈。他说：“集团成立后，宣纸发展从无序走向有序，内外销看好，价格上扬。去年，集团公司创利税1600多万元，占全县财政收入1/4。”

企业富了，县里又要求他们配合扶贫工程，去开发原料基地，与一些特困村协作，办起了一个个原料加工厂。这些厂又连着千家万户，形成宣纸开发一条龙。

元宵节那天，记者冒着雪雨，跑了一个又一个山村乡镇。在当年叶挺将军常常打靶的杨庄村，燎草厂的厂长杨河清，指着一口口热气直冒的大蒸锅说：“嘿，巧了！正是三年前的今天，省长来老区考察，拍板给咱上的扶贫厂呢。村里从此有了聚宝盆。每户加工草坯5000公斤上下，收入两三千元。送到厂里加工成燎草，年产值百万元以上，利税20多万元。李园宣纸厂跟咱厂签订了收购合同，加工的原料有出路，村民发财就有门路了！”

记者又来到小山全。这里现在是县宣纸厂和二厂扶持的原料基地。爬到山上，放眼四望，层层密林尽披银装，叮咚流水透着春意。副支书曹月林说，全村向沟壑裸岩要宝，种下万亩青檀，年产檀皮50多万公斤，人均收入上千元。

开发脚下财源，泾县丢掉了贫困帽。有几个数字极说明问题：全县仅檀皮、燎草、杨桃藤基地，就使农民增收1100多万元；乡镇造纸企业中，农民工资收入6800多万元。全县农民去年人均收入753元中，有1/3来自宣纸一条龙。

（1994年4月8日《人民日报》头版）

大局为重　人民至上

———安徽党员干部在抗洪抢险中实践“三个代表”重要思想纪实

大雨，特大暴雨；洪水，特大洪水。

进入7月，安徽八百里淮河全面吃紧，从淮北到淮南，不少地方突遇洪涝灾害。洪水无情，人民群众的生命财产受到严重威胁，抗洪抢险成了压倒一切的中心任务。关键时刻，安徽省动员各方面力量与洪涝灾害展开斗争，党员干部在困难面前充分发挥了模范带头作用，一个党员一面旗，齐心协力抗洪灾，在抗洪抢险救灾中谱写了一曲身体力行“三个代表”重要思想的壮歌。

“确保安全度汛，确保人民群众生命财产安全，以实际行动实践‘三个代表’重要思想”

人们不会忘记1991年，更不会忘记1998年，洪水曾使安徽经受了一次又一次大灾。而在今年的这场洪水中，很多地方又超过了前几次特大洪水之害，安徽人民正在承受着新的更加严峻的考验。

6月20日以来，安徽不断出现持续大范围强降雨过程，不少地方累计降雨量超过400毫米，与常年同期相比，安徽淮河流域降雨量偏多九成到1.7倍。同时受上游来水和区间强降雨影响，淮河干流水位迅猛上涨。7月2日上午，淮河王家坝水位超过警戒线，迅速向保证水位逼近，王家坝开闸泄洪在即。

“大局为重，人民至上，一旦需要，坚决服从命令，立即开闸泄蓄洪，同时提前安排好行蓄洪区群众转移，保证淮河上下游安全，更要保证沿淮群众安全。”安徽省委立即决定由分管省委副书记、副省长赶赴王家坝，现场指挥开闸泄洪。当天深夜，王家坝超过保证水位，国家防总命令3日凌晨开闸泄洪，蒙洼18万亩土地将变成一片汪洋，蓄洪区内15万群众中有近2万人要转移到安全地带。形势紧迫，省委书记王太华、省长王金山连夜向王家坝赶去。省委、省政府及省直各部门领导立即奔赴各包干地段。

蒙洼蓄洪，减轻了淮河下游的压力，但新的强降雨的到来，又增加了淮河洪水的压力。滁州、亳州、宿州连连出现强降雨，滁州18小时内降雨量达390毫米，是有记录以来从未发生过的大暴雨。淮河上游也不断有强降雨发生，淮河汛情仍在加剧。7月4日，安徽防汛抗旱指挥部宣布，安徽淮河进入紧急防汛期，省委、省政府号召沿淮民工全部上堤，省委组织部发出紧急通知，号召沿淮地区基层党组织和共产党员积极投入防汛抗洪和抢险救灾，真正发挥战斗堡垒和先锋模范带头作用，让党和政府放心，让人民群众满意。

“一个支部一堵墙，一个党员一面旗，关键时刻站得出，挺得住，成为大堤守护神”

关键时刻见精神。在抗洪抢险最危险的时候，安徽沿淮各地的共产党员和干部，在与洪水搏斗中筑成了铁的长城，真正做到了省委组织部所要求的那样：“一个支部就是一个堤坝，一个党员就是一面旗帜”，为群众树立了榜样。

唐垛湖6日炸坝行洪后，在抗洪抢险第一线，记者看到：所有的党员胸前都挂着鲜红的共产党员胸章。王岗镇副镇长钱丽平说，我们就是要让群众知道谁是共产党员，在抗洪抢险中像不像共产党员。6日上午10时，老行洪口发生塌方，5个佩戴鲜红胸章的党员和群众组成了人墙。汤湾村支书江威告诉记者，村里27名共产党员全在堤上，那些光着膀子拼命干的都是。

哪里是抗洪重点，哪里就有共产党员的身影。淮河大堤是防汛生命线，7月3日深夜，怀远县大河湾上口出现严重险情，常坟镇党委书记马连军连夜组织200多名党员、5000多名民工上堤抢险，整整奋战了三天两夜没合眼，终于排除了险情，加固了大堤。当淮河洪峰不断向蚌埠逼近时，蚌埠郊区卫东段6日出现管涌，卫东村委会主任张树德潜入坝底摸查漏点，指挥投放抢险石料。

正南淮堤是淮河中游重要的堤防，保护着38万亩耕地和20万人口，今年刚调任的正阳镇党委书记洪祖荣是位女同志，在淮河水位全线超警戒线后，她立即率民工开赴大堤，一直在现场调度指挥。迎河镇尚台村是正南淮堤最大险段，当淮河洪峰通过这里时，堤段上出现6处翻砂鼓水险情，新上任的村支书刘光仁和党员干部带领村民及时排险加固，日夜坚守。

淮南毛集实验区焦岗乡有8公里的淮河干堤，又有20多公里的湖堤，哪段大堤出现问题都会给整个淮河防汛带来严重威胁。7月6日淮河水位涨到26.06米，超过行洪水位1.46米，部分堤身下陷，形势十分危急。乡党委书记带头背石运砂，因疲劳过度晕倒在了堤坝上。醒来后，他一边在大堤上打吊针，一边指挥抗洪抢险。在最紧张的时候，毛集区3924名党员中就有3116名共产党员战斗在第一线。

“舍小家顾大家，是党员干部义不容辞的责任。在灾难突然降临时，党员干部成了群众的主心骨”

洪水冲倒了房屋，淹没了庄稼，但冲不垮万千群众筑成的堤坝，淹没不了党员干部闪耀的风采。

蒙洼蓄洪原定于3日中午12时实施，由于洪水来势太猛，上级命令提前到凌晨1时实施，灾民必须在2日20时全部转移完毕，时间整整提前了8个小时！此时此刻，时间就是生命，阜南县立即启动蓄洪预案，动员全县党员干部立即投入蓄洪区帮助群众转移安置，县对乡，乡对村，村对户，党员干部一个个来到群众家里，帮助转移，不让一个村民留在不安全地方。共产党员、副县长张华久来到曹集镇中郢村，他和乡村干部一起一户户跑，一户户问，一户户帮助搬迁。到晚上10点多了，他还不放心，又和党员干部一起拉网式排查，发现一位68岁的老人房门反锁着，人在屋里睡觉，他们就钻窗进去，硬把老人从床上拉起来，送到安全庄台上。

7月5日晚至6日夜，滁州市突降特大暴雨，琅琊区郑郢村积水达1米多深，很多农房进了水，群众急需转移。村支书赵革培立即召集村干部和党员，挨家挨户动员群众搬迁。夜深雨大，有些群众不愿意离家，党员干部们苦口婆心地劝说，终于将他们转移了出去。

凤阳县门台镇夹河滩村是淮河上少有的河洲地。7月3日，淮河水位超过警戒水位，上游来水迅猛，村里召开“两委”会，决定立即转移。党员干部兵分两路，一路组织船只转运，一路帮助群众搬迁。80多岁的涂维堂老人睡在床上说啥也不走，村支书涂士信一声令下，几个小伙子硬是连床带人一起搬到船上。现在村子已进水1米多深，有些房屋已经倒塌，但无一人伤亡。群众说，危难中看得出党员干部个个都是好样的，有了他们，俺们就有了主心骨！

“危急时候还看子弟兵，危急时候还看公安干警，他们是抗洪抢险中最能战斗的铁军”

同1991年、1998年抗洪抢险一样，今年在抗洪抢险最危险的时候，人民子弟兵和公安干警冲在前，打硬仗，打苦仗，显示出与人民群众的鱼水真情。

连日来，安徽省军区紧急动用官兵和民兵预备役人员25万多人，出动冲锋舟5500多艘，转移群众20多万人，抢运物资10多万吨，加固堤坝870多公里，排除险情400多处。

数字是官兵用汗水和着泥水创造出来的。7月3日凌晨1时，省军区接到王家坝开闸泄洪紧急通知后，连夜召开会议，迅速开设了省军区抗洪抢险基本指挥所和前方指挥所。省军区司令员王贺文、政委张金荣立即赶赴王家坝，指挥官兵和民兵预备役人员实施救灾转移群众。由于强降雨，阜阳、蚌埠、滁州、淮南、六安等地灾情十分严重，20多万群众被洪水围困，1000多个村庄被淹，津浦铁路滁州段和104国道等交通枢纽一度中断。各军分区闻“汛”而动，抢救遇险群众，抢运各类物资，加固堤坝，用血肉之身筑起坚固的大堤。

汛情就是命令。“我是党员，我先上！”这是战斗在淮河抗洪第一线的武警安徽省总队500多名共产党员在危险关头说得最多的一句话。7月6日，淮河大堤毛球窝段发生多处裂缝和漫堤，邱家湖圩区5000多群众生命安全危在旦夕，国家投资27亿元的临淮岗枢纽工程受到严重威胁。武警安徽总队总队长夏鹤带领500多名官兵抢堵缺口，加固堤坝，经过20多小时激战，排除了险情。关键时刻，500多名官兵组成了80多个“党员突击队”，受领最艰苦的任务。武警阜阳支队机动中队是支抗洪抢险“王牌军”，中队长汤志祥连日战斗，全身衣服几乎没干过，两次晕倒在大堤上，却从未下过一次火线。

让人感动的还有沿淮各地公安干警，他们无时不和群众拼在一起，干在一起。霍邱县公安局二级警督王培贤，1991年获全国公安系统抗洪抢险先进个人光荣称号，荣立一等功，这次又主动请缨，二次出征，帮助姜家湖群众转移，三天两夜没休息。王培贤患有严重的胃溃疡，每天只能啃点馒头，喝点凉水，吃点榨菜，胃病发作时就吞粒药，又投入战斗。蒙洼蓄洪时，王家坝、老观、郜台、曹集4个派出所的公安干警全部出动，配合当地政府将居住在低洼处的1.9万多名群众全部转移到安全地带。群众感动地说："想不到公安干警这么能干！"

"三个代表"重要思想的本质是立党为公、执政为民。在兴起学习贯彻"三个代表"重要思想的新高潮中，安徽各地党员干部在与自然灾害作斗争中，就是这样全心全意为人民利益着想，用实际行动实践"三个代表"重要思想。

（2003年7月9日《人民日报》头版头条，与何聪合作）

党的恩　人民情

一九八六年十二月二十九日上午十点二十分
事故突发——牵动万人心

深冬。太阳暖融融地照着大地。萧县老孤山脚下，天轮飞转，机器轰鸣，一车车乌黑发亮的煤炭，源源不断地运向煤场。老孤山煤矿一片热闹繁忙景象。

三十三岁的副矿长张胜玉，跟着早班工人来到井下。他安排老木工张彦军和青年小杨修理运输槽，又到掘进面察看了进尺情况。

突然，"轰"地一声巨响，巷壁坍塌，大水涌流，似从天降。

"透水了！"胡德勇抓起通往地面的电话，大声呼叫起来。没等他说完，大水一下冲走了电话机，他紧紧地抱住了顶柱。不远处，正蹲着工作的小杨和运输工老曹，一下被卷入水底。

"大家不要乱跑！"胜玉受过三个月的培训，懂得一些井下工作知识。他边喊边把十几个回采工拦在一起，奋力抵抗着快要倒塌的半边巷壁。

"透水了！"德勇的呼叫传到了调度室，矿党支部书记李志新急忙招呼人下井抢救，但是逃出矿井的人说："井底巷道已经灌满了水，不能进入了！"

井下还有二十五名矿工，生死不明！

人命关天，刻不容缓！

老李发疯似地摇起外线电话，求救的呼声传向四面八方。

皖北矿务局机电安装处处长苗文采率先赶到，淮北矿务局、皖北矿务局的局长、书记，省、地、县和有关部门领导也随即赶来。毛郢孜矿、袁庄矿、烈山矿、孟庄矿、沈庄矿派人送来了抢险营救物资和技术人员。

正在此地检查工作的宿县地委副书记和省煤炭厅副厅长，当即会同淮北矿务局副局长、皖北矿务局副局长和萧县县委副书记，组成抢险营救指挥部，采取果断措施，组织抢救。工程组的机电安装队调运水泵，立排积水；工程安装队选定位置，开钻打眼，尽快给井下送风；救护大队整装待命，准备下井抢救；医疗组组织药品和医疗器材，作好救护准备；保卫组的县公安干警马上进矿，维持秩序；后勤组由县委、县政府两家办公室联合办公，调集车辆，供应生活用品！

指挥长身披黄色军大衣，目光炯炯地扫视着大家说："我们现在只有一个目标：营救井下的矿工脱险！任何人不能延误时间！"

有力的指挥，使各路人马高速行动，大家共同的心声：救人！救人！救人！尽快把二十五名农民矿工救出地面！

"嘀铃铃——"沉默了十七个半小时的井下电话，忽然响了起来。从死亡的"地狱"中，传来了断断续续的微弱声音："人在一起……"

电话是张胜玉打上来的。

水势稍缓后，胜玉就召唤大家，手拉着手往上山区挪去。他要几个有经验的同志分头去寻找掘进面和运输巷的矿工，尽快清点出在井下的人数！

几个小时后，出去的人带回分散的人群，二十三名活着的人集中到了一起！"要告诉地面上，咱们还活着！"胜玉说。"我去找电话！"靳朝栋自告奋勇地去了。巷道破毁，水深涌大，他只好退了回来。又过了半天，杨志清带上三个人，朝下摸去，终于从十多米外的烂泥堆中扒出了电话机。

地下的电话扫除了积聚在人们脸上的阴云。啊！遇险的人活着！必须尽快营救！排水！排水！排水！

两个井口只能安装三台水泵，开足马力，每小时充其量抽水二百立方，何时能排除险情呢？

紧靠煤矿的老孤山上，数千名工人家属和附近的农民瞪大眼睛，注视着井口，他们多么希望奇迹出现：二十五名工人，马上从井下一个接一个地升到地面上来！

一九八六年十二月三十日晨六点三十分

海军行动——营救出援兵

一个又一个小时过去了！井下积水未见明显下降。总不能等死呀！胜玉和大伙慢慢运动到四叉门处。然而通往三号井的巷道被煤块、石头、烂泥堵住了，用脚踹不动，拿棍捣不通。扒！他们用锹挖，镐刨，手捞，累了，换人，再干！也不知经过了多长时间，去往三号井的巷道终于挖通。可是水涌到了棚顶，根本无法通过！

随着时间的推移，空气中的二氧化碳慢慢增多，氧气在减少。老木工张彦军张着大嘴喘不过气来，几个青年人沉不住气，憋得直哭。

“不要哭，上边会来搭救咱们的，肯定能救活咱们！”胜玉不断给大伙打气。停了停，他又说：“把领扣解开，把腰带松松，轻轻地呼气，会好一些的！”随后，他又示意朝栋摇动了电话：

“饿！渴！憋得厉害！”胜玉无力地重复着。

井下的声音尽管微弱不清，可字字都像钉子扎在井上人们的心头！

怎么办？只有潜水送氧、送食、送水！人们思索着。县委副书记嘴里念叨着：“潜水，潜水……谁来干？海军，对！向海军求援！”

“好！”指挥长斩钉截铁地说，“为了赢得时间，立即给省政府发电，请求向海军呼救！

十万火急的电报发往省委、省政府、省军区、南京军区、海军东海舰队！

东海舰队某部接到命令后，组成了由十四名指战员参加的抢险小分队，向机场奔去。

同一时间，空军某部也接到命令：派一直升飞机，运送潜水员到安徽省萧县老孤山！

一架“米8”直升机从某部机场起飞了。它载着人民解放军对人民的深情厚谊，飞过崇山峻岭，飞过滚滚长江，到达徐州机场。

早已等在机场的汽车，载上潜水员向着老孤山飞奔。潜水员一到现场，顾不得休息，忙着分析井下情况，下井救人。但是水深天冷，轻潜装具难以抵挡。二十分钟后，第一个潜水员回来了，他只潜进了七米，就冻得浑身发抖，力不能支。第二次下井的是潜水教练室主任刘荣泉，他身强力壮，经验丰富，不过也只潜进了九米，又被逼了回来。看来轻潜难以成功，必须换重潜装具。

海军要来营救的消息传到井下，遇险矿工们激动万分，绝望的眼神里涌满了感激的热泪。按照地面的指示，胜玉把矿灯集中过来，不断地晃动着，又吃力地敲打着运输带，给潜水员传递信号。

一个小时又一个小时过去了，严重的缺氧使矿工们头昏脑涨。他们仍然轮换着，慢慢地敲呀敲、晃呀晃！

轻潜失败，使井上人们的眉头又紧锁起来。东海舰队的同志更是焦急万分。他们向舰队作战室汇报，要求送重潜装具来。

消息传到北京，海军首长指示：北海舰队行动，选派十名潜水员，携带重潜装具，到青岛胶县机场待命；首长又向某部北京机场发出命令：派飞机把增援人员送达！三十一日上午九点许，增援人员带着重潜装具来到老孤山脚下。刘荣泉身着七十九公斤重的重潜装具，第三次下井。他带着巧克力、饮料，带着二百多米长的供风管，也带着生命的希望，一步步向矿井深处潜去，一步步向遇险人员靠近！

十多个小时过去了，仍不见海军亲人的影子，矿下的人又悲伤起来了。年轻勇敢的靳朝栋对胜玉说："矿长，我去探探路，也许能碰到潜水员！"胜玉知道他的水性，同意了，又派孙以平、尹建材与朝栋同路。靳朝栋摸索着游到前面，好半天才游出十几米远。正在这时，他听到水中有"哗啦哗啦"的声音，"啊！海军来了！"他拼命敲着矿柱。刘荣泉看到了他们，慢慢游来。朝栋一下抱住刘荣泉，眼泪扑簌簌掉下来……

第一次重潜成功，给营救工作赢得了时间。水泵在猛抽。水位在下降！

一九八七年一月一日零点许
水位又升——抢险受挫折

新年降临。不安的新年。

正当指挥部作出新年凌晨两点把遇险人救出的决定时，三号井潜水泵的电机却突然烧坏了。真是越渴越给盐吃！附近砖瓦厂的农民知道了，马上停止生产，把正用着的电机拆下迅速送了过来！

安装队员井上井下忙碌着，下井一身水，上来一身冰。他们顾不得严寒，争分夺秒地抢修着。谁能想到，潜水泵修好了，四号井的一台深水泵又出了故障，一台新泵拉过来。不好！地脚螺丝不配套，泵轴短了一百五十厘米。换别的泵，不行，型号太大。安装队员只好开车连夜跑到四公里外的毛郢孜矿去车制。

令人暴怒的低劣产品！它给抢险工作带来了多少麻烦！

随着时间的拖延，水位一分一寸地在复升！

"水又上涨了！"困在井下的矿工，看到水上升，惊慌地叫了起来。张胜玉强撑着去打电话，咋也打不通，是送话器坏了！

指挥部里，指挥长也急切指示："给井下通话，询问情况！"井下电话打不通。难道他们发生了意外？空气紧张得简直要爆炸了

"嘀铃铃——"宿县地委书记打来电话。他实在不放心啊！

"嘀铃铃——"省委、省政府办公室来电话指示：抓紧排水，尽快抢救遇险矿工上井。

"嘀铃铃——"海军总部电话，首长命令潜水指战员："人不脱险，我不撤退！"

"嘀铃铃——"煤炭部打来电话说，已安排徐州矿务局急送水泵。

"嘀铃铃——"淮北市委书记打来电话说，烈山镇的两台水泵即可送达。

"嘀铃铃——"

频频而来的电话，源源不断的物资。送来了多少温暖的情义！

北海舰队的潜水员刘定启，第四次深潜，送去了食品和电话。

水泵在猛抽。水位又下降。

"俺们冲出去吧！"井下矿工按捺不住了。

"不行！地面没通知，咱们不能盲动！"张胜玉说。没人能听得进去。

"我是矿长，你们得听我的！我是共产党员。有责任听从地面党组织的指挥！"胜玉毫不退让。

电话来到地面。李志新焦急地做着说服工作。话筒里传来一片争吵声。

水位没下降到理想位置。被困了七十个小时、身体极为虚弱的遇险者强行涉水，后果不堪设想！

副矿长杨士胜大叫着："原地不动！

县里领导苦劝着："千万稳住！

指挥长希望他们："好好配合营救！"

一九八七年一月一日上午九点十五分

果断措施——救护队显威

遇险矿工“稳定”了。指挥部的领导们却不安起来：必须设法进一步弄清井下水情，在可能的情况下，强行营救。

海军舰队指战员，着装待发，做好了水中强搭人桥，把遇险者托过水来的准备。

救护大队长张良清——一位敢下火海上刀山的猛将，两次冒险下井，测量水位，探明了另一条斜巷。这条小巷道，虽然仅能通过一人，但深水区只有两米长的距离，可以强涉！

指挥长等商量后决定：“就这么办，马上行动！”

张良清大队长站在井口旁，叫喊着：“绞车工、信号员，一切听我命令！”他又对身强力壮的救护队员作了详细安排，然后一挥手说：“下井！”

一个个救护队员下到井底。技术科长刘怀清带领四名队员，从斜巷钻过水去。一根细细的保险绳，由两边的队员扯着，将一个个遇险者拖过水来。

罐小人多，一次只能护送两三人。在一步即可跨出死亡的世界时，遇险的农民矿工们却争开了，不是争着自己上，而是争着让别人！刘怀清对大家说：“谁也别谦让，我叫谁上谁上！”他紧握电话，按照张大队长的指示行动着。

第一个装载着遇险矿工的提罐开始上升！

也就在这时，天气变得更为恶劣。北风怒吼，大雪狂舞，风雪抽打得人睁不开眼，喘不过气。指挥部的同志和闻讯赶来的有关领导全都围到矿井旁，一个个披着白雪，看上去恰似一座座“雪雕”。

提罐徐徐上升，医护人员等在井旁。一个个遇险矿工被提升到水面，转眼间被送到三十米外的临时急救室：擦身体，换衣服，量血压，灌糖水。然后，又一个个送上救护车。

在冰天雪地里待命了三天三夜的十辆救护车，猛地发动起来，一辆接一辆向着萧县人民医院稳稳驶去

三个、五个……二十个、二十二个、二十三个。

一九八六年十二月二十九日—一九八七年一月三日

不是尾声——灾中情义重

抢险营救工作并未结束。指挥部又召开了第八次紧急会议：一定要把没有找到的两名遇难者找到！

水泵在猛抽。水位在下降！

元旦夜十一点，水泵停了，电灯灭了——高压线路出了故障！供电局的电工冯家贵二话没说，背上登高板和备用线，戴上矿灯。向黑夜中冲去！他一步步查看着，双脚在雪里、水里艰难地挪动着。他索性脱去鞋袜，赤着脚往前赶。他一次又一次地攀上爬下，排除了一个又一个故障。县供电局局长带领十多人，也从线路的另一头查来。

电灯亮了，水泵又转动了。两名遇难矿工的遗体找到了。

这次事故是不幸的，然而在同自然灾害的斗争中，却涌现出了数不胜数的可歌可泣的人和事。

县委大院里的十五号电话机，是抢险营救中的后方“热线”，一名副书记和一名副县长，带着两个办公室的同志日夜坚守。县委办公室主任没顾得去参加儿子的婚礼，政府办公室主任没去照顾正患急性肠炎的妻子。

邮电部门四天中及时接转了五百多个电话，雪大话音弱时，话务员还不厌其烦地一句句代传。

石油、运输、水利、百货公司等部门，也打破常规，一声需要，就可把物资及时送到。

灾中见深情，情义重如山，说不完，道不尽：县招待所的工作人员，多次为第一线的抢险人员送去了热水、馒头和棉被，民政人员送去了一件件御寒的棉衣；官桥镇的农民送来了一千多个鸡蛋；白土村、董店村的数百户人家送来了三千多张热腾腾的烙饼。

不少单位和群众给脱险的农民矿工送来了慰问信和慰问品。幼儿园的孩子们也赶到病房，送来了祝福的花束，一声“叔叔好！”喊得矿工们泪流满面。

雪后天晴，脱险的矿工们与家人们见面了。几天几夜的离别，分明是一场生离死别！乍见亲人面，感情的闸门再也关不住了。他们千遍万遍地倾诉着党的恩，人民的情。

（1987年1月11日《安徽日报》头版头条，与刘步全、张浩、李鹏合作）

安徽:工业化锻造发展脊梁

素有“金山药岭名茶地、竹海桑园水电乡”之誉的安徽省霍山县，近年来通过实施工业富县战略，由大别山革命老区的贫困县一跃成为远近闻名的工业强县。如今，霍山县的第二产业占GDP的比重超过55%，工业对县财政的贡献率超过60%，全县财力和农民收入大幅度提高。

霍山的变化是安徽工业化进程中的一个缩影。放眼江淮大地，安徽省委、省政府认真学习贯彻“三个代表”重要思想，紧紧“咬”住工业发展不放松，使全省工业有了重大突破，近5年来工业总产值以年均16.7%的高速度攀升，对经济增长贡献率已达43%以上。今年，在遭受“非典”和洪涝灾害的重创下，上半年全省国内生产总值仍增长9.5%，财政收入增长30.69%，为近6年来的最高增幅。省发展计划委员会主任朱先发感慨地说：“当前安徽经济的活力，就在于全力锻造工业化这一发展的脊梁！”

解“三低”症结,挺工业脊梁

安徽作为农业大省、资源大省，一直面临着财力不足、百姓不富的尴尬。比较沿海发达地区，审视本省发展实际，安徽的决策层认为，工业化、城镇化、外向度的“三低”症结，是安徽经济加快发展的最大障碍。他们不断探索着发展的突破口。从呼应浦东、迎接辐射，到借江出海、抢占先机，通过一次次思想解放大讨论，一次次对机遇和挑战的分析，安徽人看准了：工业“腿短”是最大的弱项，要以工业化带动城镇化，提高经济外向度。安徽要崛起，就得挺起工业的脊梁！

繁昌县于20世纪70年代兴办国有“五小”企业，80年代大办乡镇企业，两次掀起兴办工业的高潮，因此也一度繁荣昌盛。但在市场经济大潮中，这些企业由于机制不活、效益低下等问题，难以适应激烈的市场竞争，到了1999年，全县17户重点国有工业企业资产负债率高达87.5%，繁昌经济随之低迷。然而繁昌抓工业强县的劲头并没有放松，他们针对实际推进企业改革改制，激活了工业企业。记者了解到，率先完成改制的16户工业企业2002年实现利税6000多万元，比改制前的1999年增长了6倍多，使繁昌重新回到了发展的快车道。

酥梨产量占全省80%以上的砀山县，近年来梨产量高了，可农民的收入降低了，县财政也减弱了。这“一高一低一弱”的现象，引起县委、县政府领导的深思，如何解症结、觅出路？县里提出引入工业理念办农业、以龙头企业带动农产品深加工的发展思路。今年初，砀山引进全省农业化龙头企业丰原集团，投资1亿多元兴建浓缩梨汁厂，还要建七八千吨的大冷藏库。浙江、江苏几十家3万吨以上的罐头厂也随之进入砀山。“以后水果不光好销了，还会有个好价钱。”砀山县县长张存秀告诉记者：“就是一斤增加一分钱，农民也能增收3000万元。”

走进古有“炉火照天地，红星乱紫烟”之誉的铜都铜陵，可以强烈地感受到，铜陵人走出了计划经济时代的“铜单一”结构，正在构筑建材、冶金、纺织工业新优势，同时用高新技术改造传统的铜产业。他们较早地从资本市场寻找资金构建铜业板块，铜都铜业、铜峰电子、三佳模具、精达铜材4家上市公司共募集资金近20亿元。大量资金的注入和高新技术的应用，优化升级了铜产业内部结构，提高了产品附加值和市场竞争力，使铜陵的铜产业实现了质的飞跃，铜及相关产业对全市GDP的贡献率达到70%以上，带动了全市经济快速发展。

安徽省委书记王太华说：“不加快发展工业，安徽就没有出路！没有工业的强大，就不会有安徽经济的腾飞。”党的十六大召开之后，安徽在全省范围深入开展了“解放思想、实事求是、优化环境、加快发展”大讨论。在此基础上，一个走新型工业化道路的发展蓝图已经绘就：未来几年里，安徽将加快建设加工制造业基地、原材料能源产业基地、高新技术产业基地以及农产品加工等8大基地，在工业发展上寻求新突破。

“求木之长者，必先固其本”

“求木之长者，必先固其本。”丰原集团的前身是濒临破产的蚌埠柠檬酸厂。近年来，这家企业通过连续3次大规模的技术改造，尤其是由玉米粉直接发酵生产柠檬酸，使生产成本陡降30%，企业枯木逢春。随之，丰原又投入巨资研发乳酸膜分离技术，解决了洁净生产问题。目前总投资16亿元的燃料酒精等一系列项目进展顺利。年加工700万吨玉米的能力，不仅带动了安徽农业产业化加快发展，而且使丰原集团一跃成为亚洲最大的柠檬酸生产和出口基地。

6年前钢材价格逐月下滑，马鞍山钢铁公司挖潜增产，哪知产量增了18万吨，利润却减少6000万元，产品还多次被用户拒之门外。痛定思痛，马钢决定研发“拳头产品”打开国内外市场。他们投资数十亿元，上马具有世界先进水平的H型钢生产线；投资22亿元，完成了铁水预处理、炉外精炼等工程及30多项“短平快”技改项目。技改成果铸就新优势，2002年马钢销售收入首次突破100亿元大关。在马钢技术中心，记者了解到，马钢新产品开发项目正成倍增长，投资52亿元的薄板项目、投资3亿元的车轮项目等总投资超过100亿元的一大批项目正在紧锣密鼓地实施。

“抓大”的同时，安徽不忘“活小”，将大企业、大集团发展战略同推进中小工业企业的壮大有机结合起来，对数量占99%的中小企业，实施“强专、扩精、优特、拓新”战略，培育壮大一批工业“小龙”，促进县域经济发展。全国百强县市之一的宁国，走的就是“专精特新”的工业发展之路。近年来，在山沟沟里成长出被誉为“亚洲钢球大王”的凤形集团等规模工业企业59家，形成橡胶汽车零部件、耐磨球、水泥、化肥、农产品加工六大优势产业，其中橡胶汽车密封件、耐磨球、灯具电容器分别占全国市场份额的15%、10%和80%。

目前，安徽全省156家国家和省级企业中心已成为企业技术进步的平台。去年，安徽全部工业增加值达1290.5亿元，新产品产值达239.3亿元。今年以来，全省技术改造投资继续保持高速增长态势，到7月末，已累计完成技术改造投资160多亿元，同比增长92.7%。

“欲流之远者，必浚其泉源”

发展工业，振兴经济，离不开优良环境和优质服务。安徽从完善法制和规范行政审批入手，创造有利于企业竞相发展的环境。从2000年底开始，安徽清理行政审批事项2568项，取消省级行政审批事项527项；清理地方法规、规章和政策措施，废止1701件，修改380件，从而在政策、体制和法制环境上为企业发展“畅路提速”。

合肥市专门成立外企办公室和投诉中心，制定出台一系列服务企业的政策，并实行联系企业负责制，落实专门人员为企业服务，每年对行政机关为企业的服务进行测评。投资环境的不断改善，使合肥以国家级高新技术产业开发区等为龙头的四区三县特色工业园区发展加快，最近一年来，就有100多亿元的资金注入，100多家企业入驻。

日前记者在芜湖市马塘区政府看到，6层办公楼上，“安徽双鹤药业有限公司”的绿色大字分外抢眼。原来在一个偶然的机会，马塘区区长孙再平遇到急着租房拓业的双鹤公司老板李道月，为解双鹤燃眉之急，区里把一处办公楼层借给双鹤，并让双鹤在楼顶上做起了广告。心诚招得凤凰来。现在双鹤一个新的生产基地正在马塘酝酿上马。浙江诸暨弹簧厂老板听说“双鹤借房”的事后，很是感动，也拍板在马塘区投资建设一个汽车配件厂。短短一年多时间，马塘区已进驻52家企业，引资5亿多元。

“欲流之远者，必浚其泉源。承东启西的安徽，抢抓机遇谋发展，大开放是主战略，招商引资是重中之重。”安徽省省长王金山如此反复强调。非典疫情过后，安徽立刻召开了招商引资表彰动员大会，最近又召开了强化政务服务中心功能、推进全省招商引资工作会议，以招商引资带动新型工业化发展。省委、省政府还作出重大决策，要在大企业整体招商、股权招商上迈开大步。到2007年，全省所有重点骨干企业将以各种形式同国内外大企业展开合作，引进资金、技术和管理，形成带动力，成为“大脊梁”。

（2003年9月22日《人民日报》头版头条，与何聪合作）

灾后五年看安徽

祖祖辈辈生活在淮河岸边老龙窝村的何长灯老汉，至今忘不了5年前那场大水灾，更忘不了大水中江泽民总书记视察灾区，看望他一家的情景。前不久，老汉情不自禁地给总书记写信，报告5年来的新变化：草房倒了建瓦房，老龙窝变成了花果园，全家就要达到小康了。

其实，何老汉家的变化只是安徽灾后大发展的一个缩影。

1991年，洪水肆虐，安徽省4600万亩良田被淹没，4400万人受灾，50多万人无家可归，直接经济损失达275亿元，西方有人惊呼："安徽完了！"

然而，安徽人民从废墟上站起来，励精图治，重建家园，取得了一个又一个值得骄傲的成就：基础设施建设突飞猛进，轻工大省声名远播，农业连年丰收。灾后5年，全省国内生产总值年均增长14.1%，增幅居全国前列，不仅迅速医治了灾害的创伤，而且提前6年实现国内生产总值翻两番的目标，成为安徽历史上经济和社会事业发展最快、综合实力增强最显著、人民得到实惠最多的时期之一。一向多灾、贫困的安徽，赫然成为世人刮目相看的"黑马"。

倒了草房盖瓦房，倒了平房盖楼房。短短的几年里，安徽农民住房焕然一新，整齐有序的农民新居遍布江淮大地。今年7月，在联合国第二次人类居住环境大会上，"安徽灾后恢复"在90个国家推荐的600多个项目中脱颖而出，获"改善人类居住环境杰出奖"，被誉为"抗灾与发展的典范"。

这是安徽的荣誉，更是对共产党领导下的中华人民共和国的凝聚力和创造力的赞誉。

江淮儿女是怎样创造奇迹的呢？

大灾不可怕，精神不能垮。

洪水冲醒了安徽人:解放思想换思路,敢变洪害为机遇

沿淮最低洼处的凤台县，1991年被特大洪水整个儿泡了：“一线长堤，两面皆水，一堤灾民，四处凄凉。”

但是，县委、县政府没有垮，各级党员、干部没有倒。当时，县长对亲临灾区视察的江总书记说：“大水不可怕，精神不能垮，有党和政府的关怀，全国人民的支持，大灾之年还要办大事，大灾之后更要大发展。”毛集镇中心村支书还编了一首顺口溜：“大灾之年不泄气，不能等着吃救济，抗灾补救夺丰收，齐心协力抓经济。”

“说得好！”面对奋战在抗洪抢险第一线的广大干部群众、人民解放军指战员和武警官兵，江总书记勉励大家要发扬党的思想政治工作的优势，发扬社会主义制度优越性，振奋精神，加强领导，团结协作，战胜灾害。安徽省委、省政府不折不扣地贯彻江总书记的指示精神，带领全省人民夺取抗洪斗争的全面胜利，保证了大灾之年不饿死人，不冻死人，不发生瘟疫流行，抗灾和灾后恢复秩序井然。当时，百废待兴，百业待举。而畏难情绪，等、靠、要思想，严重地阻碍着抗灾自救。省委、省政府给大家算了一笔账，国家支持加上中外各界援助，较之损失，可谓“杯水车薪”。使广大干部、群众认识到，要恢复、要发展，只有自力更生，艰苦奋斗，靠自己的骨头长肉。

1992年初，邓小平同志视察南方重要讲话的发表，给安徽灾后恢复与发展注入了强大的思想动力。解放思想，更新观念，成为当务之急。一场打破畏难怕上、无所作为、小富即安等落后观念的思想大解放在各地展开。铜陵掀起“醒来吧，铜陵”大讨论；芜湖号召不当小市民、建设新江城；合肥强调增强省会意识，建设大、美、快、强的现代化大城市；沿淮6县提出向贫困挑战，早日“摘（贫困）帽加（小康）冕”。

安徽人没有被洪水吓倒，反而被冲醒了头脑，旋即行动起来。到山东莒县挂职学习的凤台县县长，学习归来后提出新思路：“一看邮电二看路，三看项目四看住，环境不好留不住（外商）。”他带领全县人民一件件地干，一项项地上，凡干不好的、上不去的就免官！被洪水冲刷得几乎“上无片

瓦、下无立足之地”的合肥市三河镇、巢湖市环城乡湖光村、六安市十里桥等地，响亮地提出“洪水是灾害，也是机遇，淹掉一个旧乡村，建设一个新天地”，轰轰烈烈地拉开了大建设、大发展的序幕。

宁愿苦干不苦熬，干就干出点样子来。

安徽人从废墟上拔出穷根，经济发展进入“快车道”

有这样一件趣事：饱受洪涝之苦的颍上县润河流域农民，在治水上经历了一波三折的历程。1984年前，润河流域的治理，曾列为省重点工程，每方土4角钱，他们不愿干。熬了两年后，每方土涨价到6角多，挖了两三公里又不干了。直到1991年的“关门淹”，人家丰收到手，他们颗粒无收，这才醒悟过来：宁愿苦干不苦熬！于是，颍上县润河段数万民工拼上了。在没有一分钱报酬的情况下，苦干一年挖了17公里新河沟，完成150多万土方，打圩建塘，修渠造田，今年虽遇洪涝却无灾象。

“宁愿苦干不苦熬”，喊出了全省人民的心声。在党中央、国务院关心下，安徽掀起第二次治淮高潮。

5年来，按照“蓄泄兼筹”的治淮方针，实施了淮干整治、开挖怀洪新河、入江水道高邮湖大堤加固等6大项30多个子项目工程，目前，已完成治淮投入近20亿元。长江堤防加固和农田水利兴修也达到了前所未有的规模，淮河、长江防洪标准过低的局面得到明显改善。治水为了致富。安徽在大灾后的第三年就提出小康县、小康乡（镇）、小康村、小康户的具体标准，其中强调灾民建房要与小集镇建设和康居工程结合，并作为一项重要任务列入各级干部目标考核责任制中。

当年成了“水中孤城”的寿县，以一城（县城）两镇（建制镇、标准镇）为重点，推进农村城镇化、工业化和现代化，全县已建起68个小集镇和70多个较规范的市场。昔日杂乱无章的“骑路集”和星星点点的小村庄，正被一个个现代化集镇和康居工程区所取代。全省初具规模的集镇星罗棋布，年成交额超亿元的农村市场达20多个，百万农民进入城镇经商办企业，农村城镇化的程度正在迅速提高。省建设部门的同志告诉记者，农民康居工程取得丰硕成果，原定到2000年全省农村砖木钢筋混合结构住房达到80%，现提前5年完成。

改变形象的根本还在于增强实力。大灾之后，安徽结合省情，提出大力发展乡镇企业。几年来，这根弦越绷越紧，到去年底全省乡镇企业营业收入已突破3000亿元，连续4年保持60%的增速。一批超亿元的企业冒出了黄土地，一批驰名产品享誉海内外。

为了树立新的形象，安徽还做了许多事，比如呼应浦东开发，安徽率先在上海建起37层的裕安大厦；依托大京九，安徽开发皖西北，上马大机场、大电厂、高速公路和合九铁路等；扩建黄山机场，修筑进山高速公路，把黄山与世界拉得更近。安徽人还一改沉稳自守的性格，接连不断地走出去，到上海、北京、香港等地，到美国、日本、加拿大等国家举行招商会，推销自己，引进外资，历史地担当起振兴的重任。

科教兴省重治愚，外向拉动练自身。

安徽把眼光聚集于科技和教育，聚集于可持续发展上

凤阳出了个“大包干”，带来中国农村一场革命；凤阳还出了个全国种粮大户陈兴汉，承包开发荒湖地200多亩，年产粮食上百万公斤。陈兴汉的成功在于对科技、人才的重视，他从县农业部门聘请了高级农艺师，不断采用新技术、新机械、新品种，在兔子不拉屎的荒湖里创造出辉煌。市场经济需要的是科学支撑起来的经营集约化。行蓄洪区的人口、面积都占全省1/3的霍邱县，属于国家级的贫困县，过去是伸手要粮吃，吃得人懒湖荒，河滩地只长杞柳不长庄稼。偏偏姜家辉、潘同春两个能人看上了满河湾的杞柳条子，依照市场需求，重金招揽人才，编织出绚丽的柳条工艺世界，创办了两个杞柳开发公司，使成千上万个农家大院成了他们的加工车间，让农民“编起了新房，编来了新娘，编出了小康”。

人们似乎一夜间明白了一个浅显的道理，穷与愚穿着连裆裤，人的素质的提高才是创造一切的资本。1991年的大水灾，给安徽教育事业带来的损失是惨重的，但也更加刺激起全省人民空前的助学兴教热情。采访中，记者随处可以听到当年群众大办教育时掏出的心窝窝话：“把最安全的地方让给孩子，把最美丽的地方让给学校”“先建校园，再建家园”……在不长的时间内，他们终于实现了“大水冲走破校舍，重新建起新校园”的誓言。据统计，1991年大水后全省修建大、中、小学新校舍总面积487万平方米，

总投入21.13亿元，其中地方自筹14.95亿元。

在古城寿县流传着一个动人的故事，县委副书记李乔80多岁的老父李铎，是上海的一名退休工人，一辈子省吃俭用，积蓄了上万元。去年老人家病逝前，提出将存款捐给寿县灾区办教育。于是，这满含着老工人心血的万元积蓄，千里迢迢地送到了寿县最偏远的广岩乡。广岩的党员干部群众感动了，自发地集资3万元，加上县教委特拨的1万元，设立了李铎助学基金，重点资助家境贫寒的孩子上学。老工人的义举感动了寿县人民，不长时间内带动起11个乡镇成立了助学基金会。

重开发，重科技，重教育，更重环境，安徽人在大水之后弄清楚了许多深层次的问题。不久前，全省制订了新的发展战略："科教兴省，外向带动，可持续发展"，从而把安徽置于历史的新的起跑线上。全省实施了"碧水蓝天"工程，下令关闭了沿淮757家污染严重的中小型造纸厂。蒙城县摆脱过去的狭隘观念，主动请来豫皖两省沿涡河流域的12个县（市）人大代表，共发《治涡宣言》，要留碧水给子孙。过去被称为"老灾窝"的颍上县，将水害变成了水利。这个县的小张庄，经过多年的环境建设，已成为"全球500佳"。八里河乡将大片大片的湖洼地改造成方方正正的稻田和精养鱼塘，每年仅水产收入就四五百万元。

随着采访的深入，记者时常陷入沉思：安徽在灾后短短的5年中发生如此大的变化，靠的是什么？与方方面面交谈，越来越觉得有一种精神让人鼓舞着、兴奋着。走进省委大院，办公大楼上高悬着一块巨大的霓虹灯，蓝底白字赫然跳动着"黄山松精神"五个大字。安徽人爱自己的黄山，更爱生长在峭岩之上顶风傲雪、顽强生长的黄山松，把黄山松作为社会主义精神文明建设中所倡导的一种精神境界的象征，与弘扬抗洪抢险精神相结合，浓缩凝练出催人奋起的几句话："顶风傲雪的自强精神，坚韧不拔的拼搏精神，众木成林的团结精神，百折不挠的进取精神，广迎四海的开放精神，全心全意的奉献精神。"回首5年看安徽，江淮人民不正是凭着这种"黄山松精神"，经受了洪水的洗礼，战胜了自然灾害，建设起一个更加可爱的新安徽嘛！有了这种精神，什么样的人间奇迹不能创造呢?!

（1996年12月7日《人民日报》头版头条，与王启明、柳晓森合作）

夯实农村发展基础

——安徽选派优秀年轻党员干部到村任职工作巡礼

【编者的话】 安徽省委在学习贯彻“三个代表”重要思想的实践中，选派优秀年轻党员干部到贫困村、后进村任职，既充实了农村基层党组织力量，开阔了新时期农村发展思路，又培养锻炼了一大批年轻党员干部。这是在新形势下加强农村基层组织建设，加快农村全面建设小康社会步伐的一项基础工程。实践证明，加强和改进党的建设，必须把党的农村基层组织建设摆在更加重要的位置来抓，切实做好夯实基础的工作。

11月9日，安徽省委召开全省选派优秀年轻党员干部到贫困村、后进村任职动员大会，决定明年选派6000名年轻党员干部到村任职。这是继2001年7月选派首批3000名干部到村任职之后，安徽省委采取的又一重大举动。

第一批选派的干部到基层任职已经两年多了，他们到底干得怎样？最近，在合肥、六安、安庆、淮南市的几个县、区进行采访，在山区，在平原，一条条新修的村级道路，一座座春意盎然的冬暖大棚，一张张心平气顺的纯朴笑脸，一个个成熟自信的年轻身影，一句句信赖感激的真情话语，无不透露着选派干部到村任职工作给农村基层带来的新的生机。

“基础不牢，地动山摇。”安徽省委书记王太华说，实践证明，选派干部到村任职是推进全面建设小康社会伟大事业的基础性工作，是一举多得的大事。

“上访村”变成先进村，村干部成了“主心骨”

走进肥东县邵桥村杨爱华家温暖如春的钢架日光大棚，看到的是硕果累累的青椒、西红柿。杨爱华今年养了30多头猪，盖起了3个温室大棚，租种了7亩优质粮田，粮多，钱多，他家成了村里响当当的富裕户。

“这多亏了上边派下的好书记。”杨爱华指着一旁的村支书童庆春说。

几位村民围拢过来，他们说，以前谁不知道邵桥是出了名的“上访村”，1989年到1999年的10年间，村支委和村委会很不健全，市、县工作组为此多次进驻邵桥村。

邵桥村“十年无‘两委’”的现象，让安徽省委领导想到了深层次的问题。王太华说，全省70%的人口在农村，相对贫困、后进村5000多个，全面建设小康社会的基础性工作应该怎么做，这是必须从根本上考虑解决的大问题。几番调研，几番商讨，省委决定从2001年起，有计划地从机关和事业单位选派优秀年轻党员干部到贫困村、后进村担任党支部书记，每批3年，6年两批9000名优秀年轻党员干部进村任职。

童庆春就是首批3000名中的一员。刚从部队转业的小童，推迟了婚期，一头钻进邵桥村，挨家挨户拉家常。300户人家走遍，26个会议开过，小童明白了老百姓最希望的就是尽快配齐能干事的村班子，为群众办实事。47岁的退伍军人邵友香是种田能手，种田养殖加大棚，每年收入二三万，小童动员他出任村干部，带领群众发家致富。杨爱华不光自家能致富，还热心助人，在小童教育引导下，他已向党组织递交了入党申请书。老实肯干的杨昌国被选上村委会主任，人缘不错的杨昌翠成了村妇联主任……很快，一批能致富、有觉悟的年轻人聚集在村支部和村委会周围。党员干部拧成一股绳，带头发展高效农业，人均收入年年大增，“上访村”变成了先进村。

六安市裕安区张湾村5年里换了7任村支书，村“两委”人员多达9人。干部人多，心却不齐，两个班子，三套马车，开会坐不到一起来。班子乱，财务乱，治安乱，群众心更乱，“乱得像张湾”成了人们的口头禅。39岁的张远东被选派担任张湾村党支部书记后，搞村务公开，刹歪风邪气，抓计划生育和殡葬改革，件件硬碰硬。如今，张湾“两委”干部少了，干实事多了，风正气顺，群众致富奔小康的心劲足了，要求入党的多了，以往拖着不交的农业税，现在一两天就完成了。

事业成败，关键在党，关键在人。省委明确要求选派干部的几项任务是“加强组织、发展经济、富裕农民、维护稳定、锻炼干部”，而加强村级组织建设，是首要任务。在省选派办了解到，两年多来，全省3000个选派村已有2922个村物色了村党组织继任书记人选，有了高素质的“领头羊”。选派村新发展党员6800多名，培养入党积极分子1.5万多人，党组织的凝聚力和战斗力进一步提高。

贫困村有了新家底，致富路上迈新步

留下一个好班子，带出一支好队伍，更要理出一个好的发展思路，这是选派干部们的又一个重要使命。

刚经过今夏淮河大洪水灾害的淮南市凤台县酒东村，一片片废墟上很快发展起了养鸡、养鸭业和双孢菇食用菌生产，给全村带来勃勃生机。36岁的村民李克文说，酒东村老百姓有福气，摊上了个有本事的村支书刘传耀，人随和，有点子，净想着让酒东村快快富起来。

刘传耀原在凤台县蔬菜办任主任，市场信息多，基层情况熟，进村就抓发展“重头戏”。他说刚进村时，看到沿路几十户上百间的土房子，有的屋顶漏着天，有的墙壁靠棍顶，心里一阵阵难受，暗下决心3年中要让酒东村草房变瓦房。当年大旱，其他地方种不上大蒜，他投入资金买蒜种，一下种了几十亩，每亩收入上千元。老百姓看在眼里喜在心上，都说“下派干部有本事”。刘传耀却说，哪是咱们有本事，分明是省里有远见，早早地给咱们提供了启动资金。

刘传耀说的启动资金，就是省里给每位选派干部进村时带的集体经济发展专项资金。考虑到选派干部任职的贫困、后进村，大多基础比较薄弱，发展的难度较大，为了让选派干部能尽快带动村级经济起飞，省里为每位选派干部安排了发展集体经济专项资金4万元，另外每位还有5000元的办公经费。全省整个下来要拿出四五亿元，这对财力较为薄弱的安徽来说是需要些魄力的。省长王金山说：“这个钱该花！咱不光要给贫困村送去明白人，更要送上启动资金。”

选派干部们还动脑筋，想办法，运用市场手段，用活用好启动资金，起到了“四两拨千斤”的作用。两年多来，全省各选派村共引资、融资2.48亿元，实施发展项目4200多个，3000个村集体平均增收1.9万元，选派村农民去年人均纯收入增加198元，高出全省平均水平一倍多。

实践中长才智，对“三农”有了真感情

今年27岁的亢冬，是选派干部中最年轻的一位，也是从家门到校门又进机关门的“三门干部”。他说到长丰县十井村任职，并不是自愿要求来的，没想到进村不久就觉得来晚啦。

十井村因为过去方圆十里才有一口井而得名。地处江淮丘陵陵脊的十井村因缺水而贫穷，因路孬而没门路。亢冬四处跑资金，动员群众拉石子，苦干几个月修起了七八里长的砂石路，又打出了10多眼深水井，挖成了40多口当家塘，解决了村里吃水、行路两大难题。接着又引进高效农业新技术，动员群众发展优质粮、优质菜。亢冬建大棚摔伤了，村民们提着鸡蛋、水果来看他，感动得他泪水掉到了碗里。他说，老百姓最通情达理，当干部没理由不为他们着想。

在安庆市中级人民法院工作的法官光彩，是自己要求到村任职的。她说，讲老实话，因为农村生活太苦，自己怕过，也后悔过，但随着一件件群众热切关注的事情办成了，老百姓打心底涌出感激之情。光彩所到的枞阳县将军村，山深路遥，人苦村穷，要办的事情真不少。光彩一趟趟出去跑资金，铺平了通往外界的幸福路，翻新了将军小学校，办起了山野菜加工厂，把法律知识教给外出打工的人。如今再有几个月她就要离开将军村了，村里71岁的老党员孙昌明说：“光支书刚来时，村民喝的是‘硫黄水’，走的是‘跳舞路’，住的是破草房，现在喝卫生水，走平坦路，住新瓦房，这都是她带着大伙干的啊！”

在安徽各选派村，像亢冬、光彩这样对事业执着追求，对百姓有感情的干部不计其数，90%的选派干部先后受到各种表彰和奖励，只有72名不适合者被撤换。

为了这批干部的健康成长，省委、省政府和各基层组织都付出了极大心血。省里建立了选派工作联席会议，省委常委、组织部部长朱成林任召

集人，党政有关部门领导参加。每个进村任职干部要先培训后上岗，进村后都有市、县、乡镇领导定点联系，任职干部的原单位也同时把选派村作为联系点，村里工作搞得好坏，与所联系的单位及有关领导的工作实绩挂钩。省里规定，每年对进村任职干部进行年度考核，3年任期结束后进行任期考核，对表现突出、实绩显著、群众公认的干部，明确优先提拔使用。

不久前，安徽省委副书记王明方在旌德县主持召开了到村任职干部座谈会，大家畅谈在农村的亲身感受，普遍感到通过与群众朝夕相处，逐步了解了农村，熟悉了农业，加深了对农民的感情，积累了做群众工作的经验，可谓是“三年驻村、终身受益”。王明方深有感触地说，可以相信，大批年轻干部到村任职锻炼，将进一步促进农村形成全面建设小康社会的富有活力的基础力量。

（2003年12月7日《人民日报》报眼）

绿了山　肥了田　富了民

——安徽科教兴农奔小康剪影

曾因邻里之争，发誓不理刘景轩的老犟筋刘怀长，去年春打工“砸锅”回村，竟悄悄弄点酒菜，让孩子叫来了农民致富讲师团的刘景轩，求他暗授科学种田经，结果当年翻盖了瓦房，买了牛。

在安徽，记者裹着秋风，跑了七个地市十六个县区，无论皖南山区、江淮丘陵，还是淮北平原，随处可闻科教兴农新鲜事，可见科学种田丰收景。11月18日，记者回省城又接省统计部门通报：农业全面丰收，主要农副产品创历史最高水平，农业总产值比上年增长13.2%，高于全国平均增长水平，农民人均纯收入千元以上。

老百姓说得好：科教如魔，上山山绿，入田田肥，用好这法宝，就能富民奔小康！

用科技武装的农民是现代化农业的“长二捆”

刚到宁国县，就听说“抢土上山”的故事。原来，仙霞镇多年“吃”山乏术，“仙”气跑光。现在镇上办起农民文化技术学校，请浙江、山东和本省的农业专家传授早笋技术，使本来清明前后出土的“雷笋”，经覆盖增温栽培，提前到春节上市，价格增长10倍多。农民欢欣鼓舞，挖河土上山，栽竹育笋，一时“仙霞土贵”。如今，座座山岭，翠波团团，小楼点点，云蒸霞蔚，“仙”气复来。今年全镇村村可以达小康！

全国重点贫困县金寨，以前山多人多文化少，历届县委、县政府治穷不忘治愚，先后创办30多所农业职业学校，全县13万农户，有11万户学会了蚕桑技术，桑园满山坡。县里茧丝绸工业随之兴起，成为一大经济支柱。县委书记张有德说：“‘要想富，少生孩子多栽树’，我们叫了多年，但要高效快富，还得转变增长方式，少生孩子多育人，少栽杂树多育果林。”

据了解，金寨人口出生率已下降到13.5‰，森林覆盖率上升到64.1%，非文盲率达95.6%，获各类技术职称的农民有五六千人，除蚕桑茧丝绸外，又形成了板栗、银杏、山核桃开发系列。

可见，科教兴农，唯提高农民素质为要。采访途中，记者见到省委书记卢荣景，他常跑基层，对科教兴农有着特殊情感。他说：“农业要现代化，没有现代化的农民不行。用科学文化知识装备的农民，才是农业腾飞的‘长二捆’!”

然而，五年前的安徽，还是个文盲大省，500万文盲大军与现代化农民相距何等遥远！怎么办？一批致力于陶行知研究的安徽人，开始探寻农科教之路。当第一所农村职业中学在休宁县深山里诞生时，卢荣景在这里召开了全省性的科教兴农座谈会。他拿陶行知的话激励大家：“农业没有教育就失去了促进的媒介”“要教人生利”；“叫荒山成材，叫瘠地长五谷”，就得“农业与科技携手”!

正是凭着这股不甘落后的拼劲，全省五年扫盲320多万人，青壮年文盲率下降到7%。全省90%的乡镇办起了农民文化技术学校，创办农村职中200多所，在校生10万多，这些人再不是上不了学拿不到证才当农民，而是读了书拿了证才进农门。全省还多层次开展新技术成果和实用技术培训，受益农户达600多万，新技术使用面积已达90%，产生经济效益50多亿元。“长二捆”正推动农业大省向农业强省迈进!

科技加服务，是农民致富的“登天梯”

把牛“吹”到总理面前的阜阳人，科学养牛可不是一天的工夫了。这个人口1300多万的全国第一大地区，靠抓黄牛改良、秸秆开发、疫病防治的技术组装、配套服务，达到了粮多、草多、牛多、肥多、有机质多，真正是地力壮，五谷丰。

地区农牧渔业局副局长程东阳告诉记者，为了发展黄牛生产，全区从地区黄牛改良中心，到县市改良站、乡镇冷配点，三级网络，配套成龙；疫病防治，分片承包；饲料配置，分级把关，统一购进青贮、氨化秸秆饲料加工机械，构建了25万个共50多万立方米的青贮、氨化池。全区各地还办牛市，上屠宰，搞加工，指导农民用牛粪生产鲜菇。这种产前、产中、产后的全程服务，刺激了农民养牛积极性。到头来，黄牛越卖越多，越宰越旺，今年饲养量为400多万头，人均养牛收入300多元。

在阜阳任过多年地委书记的省委常委、副省长，谈起社会化服务体系建设情有独钟："农业要向规模集约化发展，就得强化服务，'长二捆'离不开'助推器'呀！"

安徽在"大包干"后不几年，就注意到了这一问题，滁州市率先探索解决一家一户不能办、办不了、办不好的事的新途径，供销、粮油、食品几大国营公司搭桥织网活流通，专业农协等民间服务组织各施才能，70多条"公司+农户"的"龙形经济链"活跃四方，流通、市场、基地相互促动，全市逐步形成了近百个区域性商品基地，其中万亩以上规模的20个。

"三师上阵"，也是安徽以送科技上门、促科教兴农的一招妙棋。全省8900多名高、中、初级农艺师，走出办公室，上山下乡，科技承包，点燃起7800多处高产示范的星星之火。一年下来，1174万亩的示范单产，以高于平均水平50公斤的成绩，证明了科技威力。

在海拔1150米的霍山县青枫岭村，记者见到了"三师上阵"的新业绩：高级农艺师江席胜，带着良种、精肥和技术进山，推广水稻旱育稀植，实施县里的"温饱工程"，使原来"青枫岭上常'青封'（稻秧青而不出穗），十年栽禾九年空"的高寒冷浸田大创奇迹：单产由百把公斤猛增到四五百公斤。祖祖辈辈背木材下山，挑粮食上岭的山里人，终于扔掉了扁担，吃上了自种的优质米，还有余粮养牛喂猪，有精力兴果育林。

"真抓科技，比抓什么都可靠"

一握住他们粗大有力的手，记者的心就猛地热起来：这两位淮北汉子，保准是干农业的好手！

乡长宋振风笑吟吟地说："不鼓捣农业弄啥？咱邵营乡处在老河套里，招不来商，引不了资，只有土坷垃里刨金子！"党委书记刘克良接口道：

"俺给你算算，就能明白，真抓科技，比抓什么都可靠!"

两人去年跑到省城，请专家，搞论证，整出了个多熟高效农业模式：麦套豌豆和菜，接茬棉花加花生，一年四熟。书记、乡长全铆上了地墒沟，抓技术培训，整地打畦，育苗移栽，配方施肥，统防统治，脸晒得紫铜似的。秋后一算账，一个惊喜：2.1万亩的"双千元田"成功了，总产值4795.66万元，比上年全乡6万亩产值还高一大截。全乡人均纯收入增加800元！明年要扩大到4万亩呢！

科教兴农更贵在领导谋略和实干精神，这在安徽已形成共识。去年全省在动员一切力量、加大农业投入的同时，又注重科技进步，全方位实施小麦、油菜、棉花高产优质攻关，水稻旱育稀植和黄牛系列开发五项农业牵动性科技项目，从省到地市县乡村，一呼百应。界首市瞄准"吨粮田"，良种良法，一统到底，产量全省夺魁；灵璧县领导和农技干部绑在一块攻高产，小麦平均单产"破天荒"跃过300公斤。据统计，通过高产攻关，今年午季小麦、油菜两项就增加产值17亿元。水稻旱育稀植面积从几十万亩发展到700万亩，一项技术增粮2亿多公斤。

（1995年12月3日《人民日报》头版头条）

引导农民唱主角

——安徽省宿州市畜牧养殖见闻与思考

【编者按】这篇记述安徽宿州市养殖业发展过程的报道，给人们一个重要启示：引导农民进入市场，一定要遵循科学规律。如果不从实际出发，单凭良好的主观愿望，保姆式地“喂养”，给钱给物“垒大户”，一是给不起，二是即使人为地垒起来，也难免塌台。婆婆式地下禁令更不行。正确的办法是像高明的教练那样，引导农民把眼光盯着市场，因时因地制宜地发展生产，在这个前提下，给予必要的扶持和帮助，就可产生“共振效应”。

安徽省宿州市几届政府一个调门抓养殖，畜牧产值已达3亿多元，占农业总产值的30%，连续三年跻身于全国畜牧工作先进行列。

成就的花环是迷人的，但编织花环的过程并非寻常。从计划经济到市场经济，如何让农民唱好主角？作为政府部门，思路不同，方法不同，效果则殊异。

辛辛苦苦“垒”大户 十之八九成泡影

“大包干”后的几年，粮食连年增产。按照“粮多猪多，猪多肥多，肥多粮多钱就多”的思路，政府有关部门决定扶持一批养猪百头以上的专业大户，贷款、仔猪、饲料，全包了。

结果，轰轰烈烈干了二三年，贷款300多万元，“垒”起的157个大户大都垮了台，至今还有100多万元的债窟窿补不上。

谷岭子村的张朝瑞，是为数不多的坚持下来的专业户之一。他满肚辛酸地告诉记者："上边让你做典型，就捧着抱着。干不下去了，就撒手不管了，硬逼着还贷。"他含泪出走，南下北上学养殖致富经，慢慢悟出：想发财，一要技术，二要盯着市场转。于是，他搞起猪、鸡、鱼生态养殖，这才反亏为盈，年年收入三五万元，不仅还清了15万元的债，还积累了10多万元的家底儿，圆了"大户"梦。

发展"大户"，不能忽略价值导向，不能光靠行政手段"垒"。当张朝瑞迈上致富之路时，政府应如何审视自己的行为呢？

一纸通告实可叹 网开一面发羊财

近几年，羊肉串风卷大街小巷。羊价扎了翅膀似的往上涨，老百姓跃跃欲试发羊财。可西寺坡乡政府倒贴出通告：断羊！

时间是1989年春。原因：羊啃树！有干部说，政府要绿化，农民就不能养羊。两年下来，树栽了多少说不清，全乡小山羊却从5万只下降到23只。

难道就没有更好的出路？记者走访了解集乡党委书记张荣民，他说："山不能不绿化，但也不能等树长大了再养羊。"乡里因势利导，留出牧场，辟出放羊路，又筹资100万元，买母山羊近万只，到年底已有羊约4万只，全乡人均一头羊。放着羊财不发，老百姓难以接受。其实，羊价上扬，诱惑难挡，就是下了"断羊令"的西寺坡乡，仍有人偷养，有的还摸索着种草养羊呢。去年初，西寺坡乡宣布，解除禁令。如今已养羊1万多只。

大户形成大气候 鸡协鸭协起作用

不管你承认与否，农民被引入市场之后，适应性有时来得更快。与当年垒起来的大户不同的是，群众动起来了，自个儿要上档次，上规模，去占领市场，赚大钱，发大财。

养鸡专业乡杨庄有位青年叫杨守平，去年养罗曼种鸡1000多只，入秋在家开了个"订鸡会"：为大户集中供鸡苗，1只鸡预付2角，育雏防疫后出售，一月内有疫，死鸡全赔。大户与大户配合默契，一次订合同16万只，小杨盈利10多万元。

现在全乡养鸡200只以上的500户，500只以上的100多户，千只以上的10多户。

于是，大户们自发办起了农民养鸡协会。乡政府变保姆式扶持为教练式引导，每年请专家来授课，发布信息，配合协会，分析行情，研究疫情。

政府行为与群众需求和谐了。这一点在梅庵养鸭潮中更突出。4年前，政府请浙江养鸭大王来示范棚养蛋鸭。农民眼见为实，兴起养鸭热。镇上适时成立养鸭协会，由一名副镇长任会长。鸭协专办一家一户鸭农不好办的事。去年300多家共养鸭45万只，今年可达80万只。

（1993年7月9日《人民日报》头版头条）

科学种田出“黄金”

安徽界首市1992年创办“吨粮田建设指挥部”，小麦、棉花单产连续两年居全省第一，累计增加粮食1.35亿公斤

在安徽省界首乡村，相信科学的人越来越多，创造的奇迹也越来越多。颍南曹寺村人紧靠城市不弃农，原因是科学种田能出“黄金”。记者看到，村里家家置个大粪桶，天天有人跑到城里拉人粪尿，没劳力的还会花钱一桶一桶地买。地养肥了，他们又搞棉花、马铃薯、西瓜间作套种。作物是一色的杂交品种，一色的地膜覆盖，一色的虫情测报、药物化控。近几年棉花单产不断往上翻筋斗。专家惊叹不已，算算土地效益更是惊人。老百姓编了顺口溜：“三种三收地膜盖，每亩能收三千块，良种良法真不赖，奔小康数俺跑得快！”

省委书记卢荣景曾要求界首市在“首”字上做文章。如今，界首人不但实现了工、贸、财“撑杆跳”，农业也像雨后春笋，“吱吱溜溜”冒了尖。小麦、棉花单产连续两年为全省第一，玉米、山芋单产破省最高纪录，油菜、棉花为华东乃至全国重要的制种繁育基地，全市综合经济实力由前年的全省第31位上升到去年的第9位。

市长陶克贵乐陶陶地告诉我，是科学帮了界首农业的忙。界首市小，人口密度却为全省之首，人均耕地不足一亩。责任制曾使界首农业大发展，但1985年后，由于轻农思想上升，农业生产严重滑坡，到1991年，粮食跌至人均不足400公斤，低于全国、全省平均水平，农民人均收入也仅为400元左右。严峻的事实令人警醒，界首在调研论证之后，深感强农稳农、狠抓粮食，乃为富民裕市上策，因此提出主攻单产，增加总量，在“八五”

期间建成吨粮市。市政府成立了科技兴农领导小组，聘请14位省内外农业专家为顾问，1992年创办了吨粮田建设指挥部，去年又组建了优质棉、蔬菜、畜牧等5个开发办公室。市连续多年设重奖，搭起高产擂台。

“吨粮田建设指挥部”不是聋子的耳朵，从良种引进推广，到播期播量、土地培肥、田间管理、收获评优，一环扣一环，环环有“指令”，环环有培训，户户有“明白纸”。去年全市小麦平均单产315公斤，今年达352公斤，比全省平均水平高出100公斤。主攻两年，粮食总产连登2.5亿、3亿公斤两个台阶，两年累计增加粮食1.35亿公斤。夏收后，“指挥部”士气更高，又在忙着赶印玉米过千斤栽培“明白纸”。

界首的头头脑脑还贵在不搞“口头农业”，从市委、市政府到乡、镇、村，各级干部层层抓示范田、指挥田、丰产片。今年干部们抓的丰产片有20万亩，高产示范、指挥田10万亩，每块地都是插标定界，造册登记，有档可查。值得称道的还有科技集团承包，集团头头就是分管农业的副市长张东信。从1992年起，集团13人承包曹寺村棉花丰产技术，到目前，全市已有147名科技人员加盟集团，各种农作物承包面积达42万亩，其中棉花最高单产已达皮棉192公斤。

当然，与之相适应的是不断加大土地投入。市政府紧腰带，筹外资，以工补农，鼓励农民参与，几年中竟以上亿元的资金用于改善农业生产条件。据了解，界首的有效灌溉面积已占总耕地一半以上，机耕机播面积达98%，机收机脱面积也在百分之八九十，各种作物良种繁育体系健全，品种更新由原来的几年、十几年一次，到现在的一二年一次。

穿行在界首平原上，所到之处，扑面而来的是令人心醉的丰收景象，听到的是令人振奋的丰收喜讯，而更使你激动不已的还是科学种田所显示的无穷魅力。在张忙村所在的邴集乡，乡党委书记杨进声说：“乡里已把张忙的‘周麦9号’优系全留下啦，每户装袋送粮站代储，袋里装上户主姓名，秋种各村以粮换种，这给明年小麦高产岂不又加了道保险吗?”

（1995年7月29日《人民日报》头版头条）

有什么样的导向引领，就会诞生什么样的发展模式

安徽高扬科学考评指挥棒

每年夏季，抗旱与抗洪往往在安徽不同地区同时上演。被长江、淮河等水系分成皖北、江淮之间、江南三大板块的江淮大地，气候差异明显，地形地貌变化巨大，南北、东西文化差异大，地区间发展阶段明显不同，呈现较大的不平衡。

如何指挥协调全省一盘棋，实现经济社会的又好又快发展？安徽省委省政府调研发现：安徽可以用作建设用地开发的土地7万多平方公里，已开发1.62万平方公里，开发强度11.57%，远高于日本，与德国相当，但单位土地面积的产出远低于他们，欠发达的局面没有根本改变。

“不能盲目无序开发，要有保有压，因地制宜，分类考核，最大限度发挥各地优势，走各具特色的区域发展之路。”省委书记张宝顺强调。

没有科学的考核体系，就难以实现真正的科学发展

经过调研，今年，安徽省委省政府决定实施省辖市政绩考核新体系，改变过去“一把尺子量到底”的状况。根据全省区域发展的总体战略与国家主题功能区规划定位，结合全省区域发展的基础、条件及各地资源禀赋差异，将各市分为4类进行考核：一类市为合肥、马鞍山、芜湖、铜陵市；二类市为淮北、蚌埠、淮南、滁州、宣城、池州、安庆等市；三类市为亳州、宿州、阜阳、六安市；四类市为黄山市。

考核指标体系由经济发展、发展方式转变、资源和环境保护、民生改善和社会建设4大类别构成，细化为35个具体指标，分别设置不同权重，

最终加权汇总，计算综合分值，发挥对区域发展的导向作用。同时，对各市的目标管理考核，节能、环境保护、企业离退休人员基本养老金按时足额发放、计划生育、社会治安综合治理、安全生产、重大食品药品安全事故等7项指标未完成责任目标，或发生重大事故等，实行“一票否决”。

2007年以来，安徽省委、省政府多次调整市政府目标管理考核办法，突出资源环境和人民生活等方面指标的考核；2008年，围绕加快转变经济发展方式，针对全省61个县研究制定了县域分三类考核办法。目前，安徽正在修订完善县域分类考核办法，进一步突出结构调整、保护资源环境和改善民生等导向，更好地引导各地走各具特色的科学发展之路。

城镇居民可支配收入、农民人均纯收入、财政民生支出、教育发展、养老和医疗等社会保障成为考核的重点。自2007年起，安徽在全国率先实施12项重点民生工程，并逐步扩大到33项。4年来，财政累计投入853亿元，惠及全省6000多万城乡居民。

鲜明的考核导向，体现着安徽追求科学发展的战略思维，引导安徽步入可持续健康快速发展的轨道。今年上半年，安徽工业、投资、财政、外贸、城镇居民收入等主要指标增幅都高于全国平均水平，呈现出速度较快、效益提高、结构优化、民生改善的良好势头，自主创新和结构调整步伐加快。安徽省经信委综合处处长石象斌说：“今年上半年，装备制造业、高新技术产业的增长分别达到了26.9%和28.1%，双双高于规模以上工业增长；六大高耗能行业增长15.3%，低于同期规模以上工业增长，这‘两高一低’表明了安徽工业转型升级取得了初步的成果。”

不以GDP论英雄

安徽在此次调整指标体系中，变化最大的是体现经济发展速度的指标。地区生产总值和财政收入两大指标权重降低最为明显。2010年，全省各市统一指标体系中，100分的总分中，GDP增幅、财政收入两项分值均为14分。而在2011年的四类体系中，四类城市的GDP权重仅为3分，二、三类城市为8分，一类城市为6分；财政收入指标降为4分；固定资产投资也由原来的6分降为2分。

“权重的变化体现了我们的发展由注重速度全面转向注重质量，不完全以GDP论英雄，突出强调区域分工、生态文明建设、结构调整、经济转型和民生改善与社会建设。”安徽省委常委、秘书长、常务副省长说。安徽把皖南山区作为长三角的生态屏障，大别山区作为中原地区的生态屏障来保护；把巢湖作为淮河流域生态平衡、水资源的调蓄场所来规划建设，建设“江淮粮仓”。如今，大别山区的霍山、金寨等县，皖南山区的石台县都被规划为限制开发区；弱化对黄山市经济发展的考核，不考核工业化率指标，重点考核资源环境类指标，兼顾结构调整，提高服务业增加值和旅游业发展、单位GDP能耗降低、主要污染物减排等指标权重。

在“指挥棒”的引领下，安徽各地纷纷加大传统产业的升级改造、新兴产业的培育和发展力度，大力发展服务业和现代农业；各市对县区的考评也都相应做了科学调整。合肥今年的重大工业投资项目中，战略性新兴产业项目占近70%，上半年，新开工项目34项，引进晶澳太阳能项目等高新技术企业（项目）25家，初步确立了新型平板显示、新能源汽车、公共安全等三大产业在全国的领先优势；钢城马鞍山将铁基新材料产业作为发展战略性新兴产业的首位产业培育；铜陵做足“铜文章”，以矿山、冶炼、加工、化工为子体系，编织起具有循环经济特征的产业集群。

保护就要“护到位”，开发更要“讲效益”

“不发展最不科学，要发展必须科学。”安徽省发展和改革委员会主任沈卫国说，如何破解加快发展与转型发展双重课题，实现最优最美的发展，形成错位竞争的生动格局，是安徽此次转变考核方式的目的所在。

一个个区域发展战略先后在安徽酝酿出台、落地生根。皖江城市带承接产业转移示范区上升为国家战略，设立合肥芜湖蚌埠自主创新综合改革试验区，打造合肥经济圈，高起点规划皖南国际旅游示范区，出台政策文件加快沿淮和皖北地区、大别山革命老区又好又快发展。

安徽各地纷纷实施城镇化与工业化双轮驱动，认真研究本地环境保护与开发开放的关系，积极探索又好又快发展路径。宣城市目前与无锡等地合作共建园区，推动产业集群整体转移，打造面向长三角地区的新型制造业基地；同时，还启动创建国家生态市和环保模范城市活动。安庆突出打造纺织服装、机械和装备制造等千亿产业，推进华茂国际纺织工业城等项目建设。宿州瞄准制鞋产业大力引资，专门出台关于加快制鞋产业基地建设的意见，目前基地已入驻百丽、康奈等44家企业项目，达产后可实现销售收入300亿元，可解决近8万人就业。

有中部崛起、皖江城市带承接产业转移的国家战略机遇，又有合肥经济圈、加快皖北及沿淮地区、大别山革命老区又好又快发展政策机遇，革命老区六安被形容为“五福临门”。六安谋划了一系列项目，建设优质农副产品生产加工基地，全面提升钢铁及其制品、汽车零部件等主导产业。

“保护就要‘护到位’，开发更要‘讲效益’。”池州市委书记童怀伟说，池州开发坚持以新兴产业为发展方向，选择环境污染小、经济效益高的项目。依托丰富的硅、铜深加工产品，池州酝酿把电子信息产业作为首位产业培育，打造国内一流的集成电路产业集聚区。在山区腹地大力发展旅游业和特色生态农业，打响九华山金字招牌。

“我们清醒地认识到黄山的保护是第一位的，新的考核体系引导我们更下功夫去守护好这些资源、环境。”黄山市委书记说，如今，黄山启动总投资400多亿元实施新安江水源保护工程、绿色质量提升行动，投资60亿元实行百村千幢工程，保护古民居。

创新、发展；保护、转型！有什么样的考评、什么样的导向引领，就会诞生什么样的发展模式。在安徽，从淮北到江南，从皖东到皖西，无论是山区森林还是平原粮仓，无论是承接产业转移示范区建设，还是自主创新试验区的摸索，在新的“指挥棒”下，到处奏响科学发展的最强音。

（2011年9月20日《人民日报》头版头条，与何聪合作）

"小盆景"做成"大风景"

——合肥自主创新推进产业升级

保增长，合肥见实，2008年至今年6月，GDP增幅16%以上。

调结构，合肥见优，GDP中一半来自新型工业，有1/4来自高新技术产业。

"在国际金融危机冲击面前，合肥实现又好又快发展，是坚持科学发展，以自主创新支撑、引领新型工业化的结果。"安徽省委常委、合肥市委书记孙金龙的话意味深长。

"盆景"多了，也是"风景"

面对不期而遇的国际金融危机，合肥企业一样经历了风霜雨雪。

"去年冬季，真是寒气逼人，企业首次亏损。今年开春日渐回暖，目前销售收入已过亿元。公司刚签下意大利的4000万元的光伏并网逆变器订单。"近日，曾是合肥工业大学教师的阳光电源有限公司董事长曹仁贤介绍说，公司掌握将太阳能、风能产生的电源稳压、变压并与传统电网相对接的并网逆变的核心技术，从1997年以8万元资本由孵化器起步，凭借技术优势发展迅速，并在危机中率先回暖。

与阳光电源公司紧邻的合肥工大高科信息技术公司、金星机电科技公司同样逆势上扬，今年前8个月的产值已经超过去年全年水平。"有人把我们这样高科技小企业比喻成小'盆景'，其实经济寒风袭来时，逆势飘红的小'盆景'多了，一样会成为大'风景'。"曹仁贤说。

如今，合肥500多家高新技术企业中，产值过亿元的就有90家。今年上半年，全市高新技术产业总产值629.5亿元，占规模以上工业总产值比重达50.2%，成为保增长的亮丽风景。

通过自主创新，合肥市在语音合成系统、汽车与工程机械、纳米材料等领域，崛起了科大讯飞信息科技股份公司等一批在国内乃至国际上具有领先水平的自主创新企业，并占据行业龙头地位。合肥市科技局副局长陈伟介绍，今年上半年规模以上企业增加新产品55项，实现产值122亿元。

苗圃“阳光灿烂”，企业“连跑带跳”

“我们的快速发展，与政府的激励和支持是分不开的。”不少已上规模的高新技术企业老总感慨不已，他们说合肥是块肥沃的苗圃，高新技术一经萌发，就有助你迅速成长的“阳光和营养”。3年来，1.8亿元有偿使用的“创新基金”支持合肥52户高新技术企业，推动这批初具规模的企业“连跑带跳”，2008年实现销售收入66亿元，同比增长32%。更为可贵的是，3年来，合肥累计投入近46亿元兑现各种政策，支持以自主创新支撑和引领的新型工业发展，使全市工业总产值在2006年突破1000亿元后，仅用2年时间就翻了一番，去年跨上2000亿元大台阶。

“我们把自主创新作为城市的灵魂培育。创业，有补助；创新，有奖励。”合肥市市长吴存荣说。2004年合肥成为国家科技创新型试点城市后，启动了示范区建设，加大产学研合作的体制机制创新。市委、市政府连续制定出台一系列政策措施，建立起财政支持新型工业和自主创新的较为完善的政策体系，建设起“创新要素超市”等一系列服务自主创新的载体，为自主创新营造了充满活力、充满阳光的体制环境。

合肥还在全国率先启动“创新型企业培育计划”，按照创新型企业成长路线图，对不同发展阶段的创新型企业“量身打造”。目前，已选择工大高科等200家企业纳入培育范围。今年，合肥市在财政预算中安排了11亿元专项资金，鼓励和引导企业加大自主创新力度，首先推动这批创新企业迅速成长为各类产业中自主创新的领头羊。

育新苗更要栽大树，墙外花开入城来

“我第一次来合肥，感觉这里就像科技企业生长的苗圃，不仅有丰富的科教资源和人才资源，更有一批充满活力的高科技企业。”捷敏电子有限公司副总裁彭安凭着这一点，成功说服了投资方。不到2个月时间，各个层面的考察不过3次，公司就决定投资合肥，目标是建立起电源管理半导体产业城。

合肥有着令人瞩目的科技人才资源，不断优化的创新环境更像磁铁般吸引着海内外高新技术企业。在招商引资中，合肥特别看重有核心技术的企业，旨在让更多的高新技术企业“大树进城”，认为只有参天大树多了，才能撑起森林大风景。

今年的合肥，枝繁叶茂的高新企业“大树”纷纷“进城”。4月13日，总投资175亿元的合肥京东方液晶平板显示器六代线项目奠基；8月18日，总投资114亿元的中盐合肥化工基地项目在循环工业园开工建设……

9月4日，记者走进京东方六代线项目工地，看到一派火热的建设场景。“工地上每天至少有4000多工人，有时超万人在施工。在这里，将投入160亿元的固定资产，诞生我国内地第一条液晶平板显示器六代线。”公司总经理刘晓东描绘着喜人蓝图。这个被合肥视作“弯道超越”加速器的项目，已集聚起一批与之相配套的高科技企业。此前，8月28日，包括法国液化空气集团、日本住友化学株式会社、法国威立雅水务集团等3家世界500强企业在内的13个平板显示产业配套项目，在合肥新站综合开发试验区集中签约。新站区管委会主任李武好预测，六代线项目明年四季度投产达产后，年销售收入可望超过120亿元，同时吸引上下游产业新增投资300多亿元。

近年来，合肥不断优化环境，着力培育自主创新的“大森林”，先后引进神州数码、易能公司等一批高科技企业。今年上半年，已有17家高新技术企业在合肥落户，总投资近10亿元。

去年末颁布的《合肥市自主创新综合配套改革实施方案》提出，到2012年，全市高新技术企业达到1000家，高新技术产业增加值突破900亿元，年均增长30%以上，占地区生产总值比重30%以上。

（2009年10月22日《人民日报》头版头条，与何聪合作）

荣事达的哲学大视野

【编者按】常言道："市场如战场"。这话虽不能说是真理，却反映出二者有很多相似或相通之处。在战场上要克敌制胜，不能不讲谋略；在市场上要稳操胜券，也不能不讲谋略。而高明的谋略，也离不开马克思主义哲学的指导。

在长期的中国革命战争中，毛泽东同志不但领导我们战胜强敌，取得了一个又一个伟大的胜利，而且写下了《实践论》《矛盾论》《中国革命战争的战略问题》等一系列光辉的哲学著作，成为指导我们革命和建设的强大思想武器。

今天，我们发展社会主义市场经济，建设有中国特色的社会主义，同样离不开马克思主义的哲学。时代呼唤哲学，哲学推动改革。荣事达集团的领导者重视运用唯物辩证法分析和解决企业发展中的各种矛盾，取得了可喜的成果。更多的企业也这样办，那么就必将在神州大地出现一个经济繁荣与哲学繁荣并举的欣欣向荣的新局面！

哲学，一旦为群众所掌握，就会产生巨大的物质力量。来到安徽合肥荣事达集团公司，所见所闻，更令记者体味出哲学这一锐利武器的深刻内涵。

创牌仅仅三年，"荣事达"就成了神州大地上的驰名品牌。去年全国洗衣机产量下降近14%，荣事达产量却达127.7万台，比上年增长53%，产销量、销售额、市场占有率均居全国同行业第一。这一下一上的哲学奥妙何在？

从生产洗衣机算起，荣事达也只有10多年历史，其间经历了多次脱胎换骨的磨难，但利税和总资产却节节上升，至今已分别相当于初期的116倍和343倍。一个当年不起眼的集体小厂，成了拥有4个全资企业、3个合资企业、家底10.5亿元的大型企业集团。这从弱到强中又蕴含着哪些哲理？

春寒料峭中，荣事达公司门口排满等货的汽车；只有四五百平方米的仓库，竟然空了好几年；元旦、春节休假时，公司又提出大干45天；这冷中热、小而空、闲里忙的种种矛盾关节点又是什么呢？

有趣的是，荣事达一直协办着大型期刊《哲学大视野》，这个由荣事达人创意的名称，道出了他们生存和发展的哲学思辨。

供大于求中同样隐藏着发展机遇
不断以高科技含量产品抢占市场

在荣事达，总经理陈荣珍常常提醒大家："太阳只有一个，照在地球各处不同；市场也只有一个，谁能争抢得多，谁才能活得更好！"

对此话的有力印证是，全国洗衣机市场竞争日趋激烈，短短几年我国已发展为世界洗衣机生产大国，出现了供大于求的现象。

荣事达人相信竞争是市场经济的共性，但竞争中又隐藏着发展的机遇。即是说，在总量上供求矛盾突出，竞争激烈，但在需求的品种、质量上又有发展的前景。他们认为，在竞争中抢占市场，要靠新品种、高质量、低成本。这种动态的产品运作将是永无止境的。

如果说，荣事达的"高质量、多品种"是抢占市场之矛的话，那么，注重新产品开发能力的研究与发展方面的投入，则是抓住了"利矛之器"。为着魂牵梦萦的市场占有率，荣事达不惜"十年磨一剑"。"七五"中荣事达抓住机遇上规模，随后就把重点转到了加大企业研究与开发上，当时的口号是"站稳身子练内功，吃好洗衣机这碗饭"。在1991年上报的企业"八五"规划中，荣事达没有增加生产项目，却上报了被称为"工业之母"的大型塑料模具中心。

与此同时，荣事达又上马两个检测中心、两个计算机工作站和四个研究所，总投资几年中就达1亿多元，给企业备足了后劲，上紧了发条。其中，塑料模具中心和洗衣机环境试验中心，目前在全国同行业内独一无二。有了环境试验中心，即使"秀才不出门"，也可知洗衣机在世界各个角落适应性的参考数据；有了大型塑料模具中心，上马新产品就不再受国外加工进口模具的种种制约，开发周期由原来的十几个月缩短为不到半年；加上计算机辅助设计和开模制造，每年都有五六个新潮产品问世。去年，大圆弧、流线型的新产品“大容量”洗衣机一上市，就深受国内外消费者青睐，年产量一下达到60多万台，人们惊呼荣事达创了奇迹！

企业研究和开发的真正动力在人。荣事达注重先进技术引进，更注重人的开发，各中心和研究所都配备了很强的科技力量，这些人不仅与国内各大专院校研究部门广泛合作，还到国外深造。正是这种持续不断的投入，才使荣事达在洗衣机市场眼花缭乱的品种、价格竞争中，一步步稳扎稳打，不断以高科技含量的产品取胜。

1%和100%终成为奇妙等式

“零缺陷管理”视消费者为真正“上帝”

企业追求的最基本目标是争创知名品牌，并以此为支点，撬动整个市场。荣事达人认为要达到这一目标，仅靠引进是不够的，还必须想办法激活集团的每个细胞，以壮企业肌体。陈荣珍说，引进再先进的技术都是国外相对落后的，更何况还有许多富有“中国特色”的东西是引不进来的。就是说，创造真正先进的东西，还必须有更为先进的意识才行。

荣事达最早抓住的研究与开发投入，使企业具有国内一流的开发能力，同时，注重培养全体员工的产品质量意识。“零缺陷生产”在全公司已实行了好几年。人人都知道，只要有0.1%不合格的产品，对消费者都是100%的缺陷。所以为了“零缺陷”目标，公司规定“唯一等品”出厂，下道工序就是上道工序的“上帝”，为了消费者这位真正的“上帝”，生产中的“上帝”都要以整体优质判决一切。荣事达结合国内外先进指标，规定了几十项产品内控标准，其中已有21项高于日本规定的标准，12项高于国际电工协会规定的标准，5项高于国家标准。

与“零缺陷生产”相配套，在经营服务活动中，荣事达又提出“零缺陷服务”，使“一切为了消费者”融化在每个员工脑海中。产品出世前，研究人员把洗衣机的安全性加大到不识字的人也能万无一失地使用，设计洗净比和对电压波动的适应性，都是从国情出发，为城乡大多数用户着想。每有新产品问世，首先站柜推销的是设计人员，目的是面向消费者直接吸纳改进意见，更利于追求完美和卓越，而产品销出后，“终身陪嫁”的是售后服务部技术人员，用户一个电话，他们马上上门服务。

“零缺陷”成为企业创牌中的必要保证，并逐步渗透到企业的各个方面，形成了独创的“零缺陷管理”理论。为防决策失误，荣事达依循“零缺陷”原则，制定出9条程序，既有民主又有集中，力求趋向科学化；财务上以成本为最高标准，理财软硬件渐次导入“零缺陷管理”；荣事达更把人的管理视为企业之核心，全方位的激励机制和教育培训网络，使全公司上上下下5000人顺应于现代化大企业的管理规范之中。

荣事达人正是这样，循着相对之轨迹，在振兴民族工业的感召下，追求完美，追求卓越，不断驶向高层次的“绝对”之彼岸。

高峰不是顶峰,发展不是成功
在不断否定自我中螺旋式上升

可以说，荣事达10多年的奋斗都是为了创造出自己的品牌。为了一圆名牌梦，荣事达进行了卓有成效的资本营运，遵循了一条不断否定自我的前进之路。

改革之初，合肥瞄上新兴的家电产业，让原属于手工业的新新机具厂转产洗衣机。可是，敲敲打打的“百花”不香，百姓不认，库存达6万多台。1986年，陈荣珍调来任厂长，几番调研，确定上马双桶洗衣机。年底，他们引进了日本三洋公司先进的技术设备，并立即投入安装、调试、生产。

为使先进产品早日走入市场，陈荣珍又决定自砸老牌，巧借上海名牌，以“合肥水仙”闯四方。到1992年，合肥洗衣机总厂连续四年利税居全国同行业之首。

名牌就是财富，但借牌终非长久之计。不甘人后的陈荣珍又果断决策：利用合作协议到期的时机，告别所借之牌，推出自己的品牌“荣事达”。从1993年春节起，全公司逐鹿中原，进军上海，北上京城，南下闽粤，一举创牌成功，又荣获全国最畅销产品“金桥奖”四连冠，成为中国消费者协会推荐商品。

砸牌、借牌、创牌，荣事达依据市场规律，于否定之否定中获取新生，螺旋式走出了兴旺发达新途径。

砸牌、借牌、创牌，荣事达于发展、完善自己的辩证过程中，实际进行着的是有形和无形资本的巧妙运作。名牌是价值连城的无形资本，其背后又是以有形资本运作为靠山的。公司党委副书记王炳辉说了举债引进一例。1986年，厂里贷款2700万元，使企业脱胎换骨，并迅速上规模、上水平，在短短几年中，获得高额利润，不但还了债务，而且创了名牌。

知名品牌的创立，无形中又提高了企业的商业信誉和融资能力，促进了有形资本运作。到了1993年，凭着良好的企业形象，陈荣珍自信地作出“卖掉一些‘旧家具’，置办‘新家产’”的决策，先是出卖部分股权成立了荣事达（集团）股份有限公司，再将出售股权所得的部分股金，与日本三洋电机株式会社等成立中日合资合肥三洋洗衣机有限公司。短短两年中，公司资本翻了两番，实现了2变4，4变8的几何级数扩张，资产负债率下降到40%以下。更令人欣喜的是合肥三洋公司所产人工智能模糊控制全自动洗衣机，又以全新的国际水准，将荣事达定位于市场的更高坐标上。

“高峰不是顶峰，发展不是成功。”采访结束时，善于冷静思索的陈荣珍，又向记者道出这句富有辩证法的妙语。荣事达“九五”的发展战略是“站稳身子，伸出双拳”。站稳身子，就是继续做好洗衣机产品，逐年提高市场占有率，20世纪末达到20%左右。伸出双拳，是发展新的家电产品，实现多品种扩张，使荣事达成为生产系列家电产品的大型企业集团。目标远，措施实，在市场经济中有了这种科学世界观和方法论的良好结合，相信荣事达在振兴民族工业中，定会一步步创造出更为辉煌的业绩。

（1996年3月28日《人民日报》头版头条，与王启明合作）

开拓农民增收新渠道

——山西发展特色农业巡礼

【编者按】 时下在农村，常听到这样的慨叹：农民不好当了，土地不好种了，不知种啥能发财，不知咋种多赚钱。农民的困惑和忧虑，正是政府要研究解决的。调整农村产业结构迫在眉睫，寻求增收途径势在必行。山西省吃透省情选准路，以发展特色农业为突破口，引导农民调结构，闯市场，奔富路，取得了成效。山西的经验和做法值得学习和借鉴。

谷雨刚过，山西沁县檀山皇小米基地有限公司就请来周围几个县的羊群给“卧地”。羊倌管饭，羊管食，额外还要付小费，为的是让羊群卧好地，利用新鲜羊粪羊尿，确保“檀山皇”独特的品质和“油性”，使秋后的小米更赚钱。

除了金灿灿的小米，还有北方人爱吃的牛羊肉，南方人喜欢的莔子白，享誉海内外的核桃、大红枣……这两年，山西人发现，除了老祖宗留下的汾酒、老陈醋，独特环境下生产的、富有浓郁“山西味”的众多农副产品，也越来越为市场所青睐。

阳春三月，记者在三晋大地上，接连跑了六七个市地的10多个县市，行程2500多公里，探寻农民增收的秘诀，看到的是一出出正在上演的发展特色农业的好戏。

比优势，寻潜力，选准产业路

提起山西，人们自然会想到那首脍炙人口的《人说山西好风光》。可是不知从什么时候起，这首好歌却让山西人越来越感到尴尬。自然资源的过量开采，生态环境的无情破坏，使黄土高原成了贫困荒凉的代名词。

难道山西只有煤、醋和酒？难道山西再没有其他的优势和潜力？越来越多的人在思索，在寻觅。人们看上了那七沟八梁一面坡，看上了那冷暖分明的好气候，看上了神农后裔留下的品种繁多的名特农产品。

富有基层工作经验的副省长范堆相说得有理：用市场的眼光看问题，劣势往往变优势。山西素有“小杂粮王国”之称，红枣、核桃等干鲜果在全国名列前茅，高原寒冷气候正好生产南方夏季急需的茄果类、根茎类和结球类蔬菜，丰富的草坡地养育着市场看好的草食畜。这些都是山西的独到之处，特色所在。特色就是优势，就是潜力。

省委、省政府认准了这一点，决策越趋科学合理。从80年代中后期的“玉米战略”，到90年代中后期的“经济林强省”“小杂粮大战略”，去年又明确提出大力发展小杂粮、干鲜果、草食畜和反季节蔬菜四大主导产业，发展特色农业的新思路日见清晰。去年底，省政府组织1万多名干部下乡调查，对1万多个乡村、5万多农户的调查分析发现，发展四大主导产业初显威力，农民当年因此人均增收近百元，接近农民总增收部分的一半。

今年初，全省“两会”把发展特色农业列为今年和“十五”期间实施的八大重点工程之首。省委书记田成平、省长刘振华说得好，认准的事就要扑下身子抓落实，只有把特色农业做大做强了，才能确保农民得实惠。

举龙头，创品牌，敲开市场门

特色农业需要市场的支撑，需要龙头企业的引导。山西在发展特色农业中，特别强调市场、龙头、品牌效应。

全省惟一半农半牧的右玉县，“以粮为纲”时越折腾越荒。近年来，县里按市场规律办事，选准以养羊为主的畜牧业为主导产业，建起了占地80亩的集活畜交易、屠宰、皮毛肉加工、贮藏、运输、销售为一体的玉羊大市场，“玉羊”牌羊肉成了北京、天津、山东等地最受欢迎的纯天然无污染绿色食品。

“有了大市场，销售有保障。”玉羊公司经理王继斌告诉记者，“去年玉羊市场交易活羊20万只，每斤高于其他地方二三角钱，大大刺激了群众养羊积极性。”县畜牧局为此变得门庭若市，老百姓要品种羊的，要退耕种草的，天天挤破了门。去年全县退耕还草10万亩，今明两年还要再退耕还草20万亩，养羊50万只，仅此一项，人均收入要达到1000多元。全县林草覆盖率已达40%多，生态环境大大改善。

山阴古城乳业集团经过16年的拼搏，已形成年产2万吨乳制品、消化10万吨鲜奶的规模，成了连接3个乡2万多奶牛户的大龙头。朴实而又精明的集团董事长乔九崇说得形象：企业一头连着农户，一头连着市场，成了农户进入市场的桥梁和纽带。

山西还特别注重打响自己的农产品品牌，各地都像给娇宝宝起名一样，千方百计给本地特色农产品起名注册，许多特色农产品取得了“绿色食品”称号。像“玉羊”牌羊肉、“古城”牌乳制品、“檀山皇”小米、“寿绿”牌茴子白蔬菜、“天娇”牌骏枣、“丰滋”牌核桃等等，都是绿色加特色食品。长治市去年请专家对上千个特色农产品进行论证，有81个产品取得了“绿色食品”证书。

目前，全省特色农产品的龙头企业已发展到1000多家。

抓科技，强服务，巧挣特色钱

5年前带头拿出土地，支持村里连片种植了千亩骏枣、千亩梨枣的村干部耿俊，如今被交城县大辛村的乡亲们夸为最有眼光的人。因为去年骏枣、梨枣大丰收，全村枣收入人均达到了千元以上。但当县科委主任刘娅卿带我们走进老耿家时，老耿挥着大手对刘娅卿说：“真要夸的是你们这些搞科技的大财神。”

骏枣参加过法国巴黎万国博览会，闻名国内外。抓住这一品牌优势，县里号召规模种植，发展了3万亩。为了让农民大发特色财，县里组织林科所及有关专家20多名，开展万亩集团承包，把骏枣早熟、密植、丰产技术送到田间地头，使因为个大素有“八个一尺”的骏枣达到了“六个一尺”，品质更加优良，色泽愈加鲜艳，市场更加抢手，去年鲜果进京卖到40元1公斤。

同样出名的汾阳核桃，由于当地政府积极培训农民技术员队伍，进行丰产栽培研究，取得了3年结果、5年丰产的重大突破，打破了“桃三杏四梨五年，想吃核桃十几年”的老话。去年汾阳市核桃发展到27万亩，总产1200万公斤，出口创汇达80多万美元，农民人均增收300多元。

特色农业工程需要企业带动，品牌宣传，科技投入，更需要政府的全方位服务。山西省为了发展特色农业，上上下下齐动员，围绕特色建班子、配干部，一个产业一套规划，一套政策，一个队伍，一抓到底。

寿阳县原盛产玉米，1999年遇到了粮多滞销胀库难题，县里提出调整产业结构，发展以茴子白为主的特色蔬菜。产前县里组织了百村万人技术大培训，产中开展了广告大宣传，产后又拉开了营销大会战。一次全国茴子白营销座谈会，订出蔬菜1亿公斤；机关干部“走出官场，进入市场”，一场“干部百日卖菜比赛”，销出1.2亿公斤。到头来，4亿公斤茴子白全部变成人民币。平头镇副镇长杨海军为了多卖菜，3个多月里跑了六七个大城市，行程2万公里，卖菜250多万公斤，成了干部卖菜状元。他说：“跑市场多了，离老百姓就更近了。实实在在为农民办点事，才是‘三个代表’的最好体现。”

有这么一种思想境界，有这么一种实干精神，有这么一种清晰的发展思路，山西的特色农业一定会闯出一片新天地。

（2001年5月19日《人民日报》头版头条）

建设“两江”上游生态屏障

——贵州向“石漠化”宣战

【编者的话】黔山治，黔水清。贵州有旖旎的风光，也有发展的难题。黔山重重，十分版图山占其九。山，是贵州发展的主要难题，也是贵州发展的潜力所在。围绕山做文章，向生态要效益，是贵州人民投身西部大开发的豪情壮志，是自身发展的需要，也是在对全局作出贡献。

可能不是每个人都清楚贵州对长江、珠江的重要性。黔水滔滔，汇入长江、珠江中。贵州有65.7%的国土面积属长江流域，有34.3%的国土面积属珠江流域，这里是“两江”上游的生态屏障。这个屏障是绿树葱茏，还是“石漠化”，不仅关乎贵州，而且事关整个“两江”流域。

现在，贵州人民正在以啃硬骨头的精神建设“两江”生态屏障，喝着长江、珠江水长大的人，广大“两江”流域的地区和人民，要关心、支持他们的这一壮举。上游不再“流血”，下游才免遭祸殃。

3月18日，贵州省遵义县的三合镇在热火村召开村民动员大会，传达全省退耕还林还草试点会议精神。当晚，作为试点村镇之一的热火、互合和三合村召开村民大会。第二天一大早，村民就热火朝天地上山拉线测点、挖坑填肥，几天工夫栽下了千亩枇杷树。

穿行在贵州的高山大川里，记者时常为高原群众抢抓时代机遇、积极投入西部大开发的热情所感染。

“热情源于忧患，不如此就难以生存，长江、珠江上游的生态屏障就难以建成。”省林业厅厅长杨铁如是说。他介绍，地处长江、珠江流域的面积各占贵州省国土总面积的65.7%和34.3%，由于森林过度砍伐，毁林毁草和陡坡开荒，全省水土流失面积7.67万平方公里，占土地总面积的43.5%。境内乌江每年泥沙量达1.4亿吨，其中直接进入三峡库区的达1.1亿吨；珠江流域的南北盘江和红水河每年流入珠江的泥沙量也有3369万吨。上游在“流血”，下游更遭罪。贵州岩溶面积大，抗侵蚀能力弱，“石漠化”面积达12.8万平方公里，占土地总面积的73%，且以每年508平方公里的速度增加。

来到贵州才会真切地感受到，由于缺土少水，石漠化比沙漠化还要顽固可怕，特殊的喀斯特地貌成了贵州开发西部、建设“两江”生态屏障中最难啃的“硬骨头”。

贵州人并不畏难。最早向石漠化更向命运挑战的是普定县人民。人称“生态书记”的县委书记张义刚，在普定已工作了30多个年头。他告诉记者，1958年到1978年的20年间，普定平均每年新增石漠化面积达8300亩，速度之快为全省之最。照此下去，50年后的普定就将从中国绿色地图上消失。县委、县政府从80年代初就考虑生态农业体系建设，先治理128平方公里的蒙铺河流域，再引进长江中上游防护林工程，又启动了岩溶生态重建工程，目前全县森林覆盖率已由治理初期的7.4%上升到21.7%。西部大开发给普定带来新契机，普定已列入“全国重点生态县”“退耕还林重点县”等试点行列。

不仅是普定，整个贵州都动起来了。各地要求加入退耕还林还草试点的信函雪片般飞到林业厅厅长杨铁的案头，有的县市林业局局长因没有要到项目而被书记、县长训哭了。今年的省人大、政协会议对西部开发的议案、提案增加到68件。省委、省政府加大“两江”生态屏障建设力度，将长江上游64个县全部纳入天然林保护范围，并积极争取珠江生态保护和建设项目，力争通过10年左右的努力，实现全省25度以上的坡耕地基本退耕还林还草，水土流失治理面积达2.8万平方公里以上，森林覆盖率提高到38%。

如今，贵州退耕还林还草注重生态效益、经济效益和社会效益的结合。遵义县选择林种时，县林业局原准备大种梨树，农民却说近年梨子市场趋于饱和，不如选市场看好，又是常绿阔叶的枇杷，县里尊重群众意愿。记者在三合镇试点片看到，一座座从前种满油菜、小麦的山头上，从坡底到坡顶全栽上了枇杷树。老百姓笑逐颜开，热情很高，还欢迎记者三四年后再来看看，到时候尝尝最大最甜的枇杷。

在珠江上游的北盘江大峡谷南岸，满目怪石嶙峋的山坡上，黔西南布依族苗族自治州贞丰县兴北顶坛片区一片葱绿，花椒树婆娑多姿，枝叶间是密密的小椒果。镇党委书记郑各明介绍，这个片区95%的面积是岩山，剩下的5%也是石旮旯地，大的顶多能摆几张席，小的只能放下一个碗，全是跑水、跑土、跑肥的“三跑地”。近些年，当地大种花椒，几年工夫发展到2万多亩。如今，“顶坛牌”青皮大花椒名扬四方，亩效益3000多元，以前被贫穷吓跑的几十户人家纷纷迁回故里。

“西部开发”，这声音在贵州的崇山峻岭里回响。地处长江上游的赤水市又为西部开发探索着新模式，他们走以竹为主的林业产业化之路，富了民，绿了山，清了水。全市有林面积达170多万亩，其中竹海达50万亩，竹林成了支柱性产业。在西部大开发中，贵州省号召各地学普定，学贞丰，学遵义，也学赤水新模式。有典型引路，有拼搏精神，在西部大开发的春风吹拂下，贵州山清水秀的“两江”生态屏障蓝图，一定会成为现实。

（2000年5月13日《人民日报》头版头条，与胡跃平 、孙海涛合作）

特　写

TE XIE

大寨播绿忙

3月17日，黄土高原上仍是春寒料峭，而太行山里的山西大寨却是一片春意盎然，人们紧张地忙碌着，或拉水上山，或挖掘土坑，栽下一株株树苗，给虎头山、狼窝掌播下片片新绿。

山坡上，大寨村党总支书记郭凤莲与记者边走边说："眼下正是植树造林的好时光，大寨人早已闲不住了，过了年天天在山上田里挖坑栽树，一心要把大寨建成新的生态经济区。"

这时，一阵号子声在山脚下响起，十几个人抬着一棵歪脖松艰难地走上山来，把它轻轻地放进早已挖好的大树坑里。50多岁的村民赵老虎指挥着大伙浇水培土，拍拍巴掌又要往山下跑。记者拦住他，问他累不累，老人说："累是累点，可看着大寨一天天绿起来，心里挺舒坦的。"他说自己在山上搞绿化已有八九年了，这两年干得比以往更起劲。

来到狼窝掌，又是一片新气象。顶着花头巾、穿着皮夹克的姑娘、小伙干得很卖力，贾新文、贾春生跑前跑后地拿树苗，史爱珍、贾小妮一桶一桶地忙着浇水。

郭凤莲告诉记者，大寨村一直牢记周恩来总理当年植树造林、绿化荒山的教诲，早已把虎头山打扮得绿树成荫、花果飘香。这两年国家号召退耕还林，大寨抓住机遇，开始在海绵田上做文章，已经种下400多亩干果林。今年将加快绿化步伐，昨天又从省园林设计院苗木公司订下了1.5万株桧柏、国槐、沙地柏，还有美国红提葡萄、仁用杏，一次投资19万多元。

记者了解到，从改天换地到改革开放，大寨正在寻求一条生态旅游的新路子，去年一、二、三产业收入猛增到9000多万元，其中旅游收入已达700多万元。

（2002年3月21日《人民日报》要闻版）

铜陵夜市正红火

夏夜，当华灯初上时，安徽省铜陵市的夜市，已在暑热稍退中红火起来。主要街道两旁，五彩缤纷的服装，琳琅满目的小商品，香气横溢的小吃摊，用清凉饮料伴和着卡拉OK的露天音乐茶座，以热烈和祥和的气氛，吸引着来来往往的游客。

商品经济中充满了竞争。同乐酒楼是国营企业，面对个体小吃摊的兴起，他们坐不住了，在门前摆起八仙桌，下水饺、卖卤菜，营业势头看好。连邮电局职工，也走上街头摆起书摊。

长江路口的一个露天音乐茶座里，一位小伙子说：凭我的收入，上不起高档歌舞厅。这里一元钱点首歌，花钱不多买了痛快，比闷在家里惬意多啦。一位摊主说，全市露天音乐茶座20多家，是青年人纳凉消闲的好去处，丰富了群众文化生活。

女青年王素华和男朋友，都是亏损企业下岗工人。夜市兴起后，俩人经营起服装，殷勤待客、薄利多销。我们问她能赚多少，姑娘大方地一笑："凑合呗！"徜徉在人流、灯海之中，我们觉得许多快意掠过心头。

（1992年8月19日《人民日报》要闻版，与刘朝粹合作）

铜为媒

“我爱上了铜都，真想嫁到这块宝地来！”语惊四座。尔后她补充一句：“如果没结婚的话。”满堂大笑。

10月7日开幕的安徽省铜陵市青铜文化博览会上，年轻貌美的香港老板杨女士，风趣地对参加博览会洽谈经贸项目的伙伴们说。

这座由青铜历史和文化铸就的城市，正急切地向世界“推销”自己：6月在京举办新闻发布会，7月赴港招商，现在青铜文化博览会又拉开了序幕。

这次博览会期间还举行了亚洲文明暨中国青铜文化国际学术研讨会，来自美、日、德等11个国家和地区及中国近百位专家学者出席会议。全国200多件铜工艺品，在这儿参加首届“铜都杯”中国当代铜工艺品大奖赛。

铜陵人忘不了“以铜为媒”办好科技经贸。科技成果交易会，国内外经济技术商贸洽谈会，地方工业品展销会，还有人才市场、中国铜产品市场，以及刚创办的商业一条街等，一个比一个精彩，让人流连忘返。

铜陵人借会兴城。新建了座座花坛，增辟了街头草地。5座具有古铜色彩的多功能公共汽车候车亭婷婷而立……

“没有知名度的城市是没有生命力的，我们就是要尽快地让世界了解铜陵，让铜陵走向世界。”代市长对我们说。

正是这种开放紧迫感，使铜陵变得更快更美，使博览会如火如荼。难怪中外客商云集古铜都，盛赞铜陵人；难怪邹家华副总理欣然题词：“八宝之地，希望之城”。

（1992年10月10日是《人民日报》要闻版，与魏宜泰合作）

帮助灾民选新址

【编者的话】 灾后重建家园是当务之急。但重建工作要有科学的态度，审慎地考虑，目光应放远一点。安徽省宿松县在组织灾民再造新村过程中，注意选址，统一规划，避开低洼地，不占良田。他们的这些做法受到群众欢迎。

8月31日，一吃过早饭，安徽省宿松县委书记王宜斌就急匆匆地往张畈村赶去，人们已记不清他是第几次去张畈了。如今，灾区重建的大事迫在眉睫，更令他心急如焚！

皖江防汛重在安庆，安庆防汛险在宿松。在宿松同马大堤不断吃紧之时，7月22日深夜，一场百年不遇的特大洪水突然袭击了张畈村，几十分钟内，全村514座房屋轰然倒塌，警惕性很高的村干部救出了所有的村民，但农民600多万元的家当已荡然无存。

受灾的当天，王宜斌和其他县乡干部就赶到现场，搭庵棚，发食品，送衣送药。以后他又来过多次，最让他揪心的是，地处低洼的张畈村几十年来不断遭灾，冲了建，建成冲，吃尽了洪水的苦头。他说："再不能让老百姓受折腾了，必须考虑选择安全地，再造新村。"

走进村里，不少灾民已下田间抢修水毁工程，补插稻秧，打药施肥。几个村干部来了，大家再商安置灾民问题。年轻的村支书张建平对王宜斌说："您上次安排调查迁移的事，全村作了民意测验，有75%的群众愿意。""只要大多数同意就行，选在哪里呢？"王宜斌问。"公路边。"张建平指了指不远处的一片稻田。"那不行！"王宜斌当即反对，"村里良田本来就不多，建新村再占掉几十亩，老百姓还吃饭吗？”

村干部面面相觑，不知如何是好。王宜斌带着大家上了公路，来到一公里外的一块土岗。“就选在这里怎样？离公路近，又不占良田，有利生产，又有利于生活。”“好是好，可地是别村的啊！”“地由乡里负责调换，一亩好田可换好几亩岗地嘛。”乡长曾传采当即拍了胸脯。王宜斌却说，光拍胸脯还不行，还要多想些筹建措施，要统一规划，统一施工，统一供应建筑材料，保质保量保工期，为发展新农村打下基础。

说话间，又有几位农民围拢过来，王宜斌坐下来，与他们共话重建大事。村民们说，新村址选得好，就是钱难弄。为了再建新房，不少人准备水退后就外出打工挣钱。王宜斌说：“这很好，建房款当然以自筹为主，政府再补一点，亲戚朋友借一点，新房会早日住上的。”说得村民脸上露出了笑容。

临走时，他又反复交代乡村干部，一定要尽快动手，争取早日建成新村，给沿江几个移民村做出个样子来。

（1998年9月6日《人民日报》四版头条）

“好好想想入党为什么”

2月16日至17日，在安徽省委中心组理论学习会议上，进行了保持共产党员先进性教育专题讨论。省委书记郭金龙开宗明义说道：“保持共产党员先进性，事关党的生死存亡和执政地位的巩固提高，事关中国特色社会主义事业兴衰成败，事关安徽能否奋力崛起。通过学习，各级党组织和广大党员干部都要好好想想入党为什么？入党干什么？”

“安徽是农业大省，农民群众利益应该时刻顶在头上。”副省长徐立全首先发言。他认为坚强的党性是以群众观念为基础的，共产党人所做的一切都是为人民服务，安徽农村仍要将治穷、治病、治乱放在重中之重的地位，让农民群众早日过上富足安康的日子。

省政协主席方兆祥和省委副书记、省纪委书记杨多良发言说，入党不是为了个人升迁，不是为个人和小集团谋利益，要时刻记得自己所做的一切都要符合广大人民群众的利益，这是考验党性强不强的试金石。省委副书记张平说：“为群众谋利益要落实到具体工作上，就是抢抓机遇、乘势而上、奋力崛起，就是努力塑造安徽人干事创业、开拓进取、诚实守信的良好形象。”

“由金龙同志这个题目我想到了一件事。”省委常委、合肥市委书记车俊接过话题说，春节期间，他去看望一位70多岁早已退位的村支书，没想到老人正在修路工地上做义务监督员，问老人为什么这样做？老人的回答很简单：“我当当监督员是应该的，谁让咱是共产党员哩！”

“‘谁让咱是共产党员哩！’这话说得好！”省长王金山说，“保持共产党员先进性，就是要保持坚强的党性，就是要想到奉献，时刻把群众利益放在第一位。”

“不保持共产党员先进性，没有坚定的理想信念、牢固的宗旨意识、严格的纪律观念和强烈的进取精神，就难以取得群众的信任和支持。”省委副书记王明方说。

为了使这次学习会更有成效，省委要求每个中心组成员认真自学，同时联系实际，写出体会文章。郭金龙最后说，中心组学习讨论非常认真，但这只是个开头，关键要在搞好领导班子和领导干部自身学习教育的基础上，带动全省先进性教育活动深入开展，促进全省各项工作再创新局面。

（2005年2月13日《人民日报》）

“幸福长临”

大年三十。安徽省肥东县县长临村一派喜气洋洋的景象。上午9时，安徽省委书记郭金龙和省委常委、合肥市委书记孙金龙等一行走进村里，给农民送上春联，向乡亲们拜年、祝福。

在村民奚道财家，郭金龙看到厅堂上贴着几张醒目的奖状，认真观看后，对奚道财夫妇说：“这是你们女儿的奖状吧？”夫妇俩赶紧拉过一旁的女儿奚丽。郭金龙高兴地说：“好，年年都是三好学生，有出息！”然后送上一个小红包，嘱咐奚丽好好学习，长大要为祖国做贡献。

“我们希望上级政策不要变，要越来越好。”“我们希望村里能修上水泥路。”在走访的过程中，一些农民提了些建议。郭金龙对县、乡干部说：“这些想法很好，党和政府就是要处处为百姓办实事，要一件一件抓落实。”

“郭书记，你远道而来，能不能给我家写一副春联啊？”走进村民周晓芳家，主人提出这样的请求。“那就献丑了！”郭金龙说。他细心折叠好主人拿来的大红纸，饱蘸浓墨，一气呵成，浓浓深情跃然纸上：“人勤春早百业兴旺，风调雨顺五谷丰登”，横批：“幸福长临”。

郭金龙指着春联说：“农业生产人勤春早，风调雨顺，五谷丰登，都是几千年来广大农民的期盼。但是，建设社会主义新农村光靠传统农业不行，要发展副业，百业兴旺，农民才能发家致富。”他指着横批又说，这“幸福长临，不光长临‘长临村’，还要长临全县、全省人民啊！”人群中顿时响起一片欢快的掌声和笑声。

（2007年2月21日《人民日报》）

“监督就是支持”

“监督就是支持。”这是安徽省新任省长王金山在2月12日下午举行的接受新闻监督恳谈会上所讲的话。王金山说：“正确实施有效的新闻监督，是我们了解社情民意的有效途径，政府工作不光要接受法律监督、群众监督，更要接受新闻舆论监督。”

王金山强调，接受新闻舆论监督，首先要转变观念。各级政府要以高度的自觉性，树立监督就是支持的观念。我们的新闻媒体是党的喉舌，是人民的喉舌，也是各级政府了解社情民意、接受群众监督的重要渠道和桥梁。通过新闻监督可以反映广大人民群众的呼声，发现我们工作中的不足，纠正我们工作中的问题，促进我们把工作做得更好。

在讲了新闻舆论监督工作重要性之后，王金山又就如何开展和接受新闻舆论监督讲了几点看法。他说，首先要建立稳定、畅通的联系渠道。今后，省政府将以座谈会、文件交流等多种形式，及时向新闻单位通报政府的工作重点和重大举措，认真听取新闻界对政府的决策和各项工作的意见和建议。其次，省政府也有决心从自身做起，加快政府职能转变，少开会，讲短话，使大家有更多的时间和空间，多宣传经济工作本身，多宣传一线和基层的同志。

王金山最后说，新闻舆论工作也要以大局为重，先提醒，多通气，同时要讲策略。他还要求大家顾全大局，讲究效果，总之一句话，为了党和人民的事业，共同努力把安徽的事情办好。

参加恳谈会的有《人民日报》驻安徽记者站、新华社安徽分社、中央电台驻安徽记者站以及安徽省新闻媒体和香港驻皖媒体的负责人。

（2003年2月13日《人民日报》）

“让民警们领奖”

1月16日，对合肥市民来说是个不寻常的星期天。省博物馆前的广场中央，整齐地摆放着货车、摩托车、自行车、高级小轿车，还有彩电、珠宝、录像机……合肥市公安局追缴赃款赃物返还大会正在这里进行。

年轻的公安局局长崔亚东大声地向如潮涌来的人群说：“今天返还的各类物品400多件，价值约300万元。”人们激动起来，响起一阵掌声。

返还物品中，最显眼的是一部崭新的红色“子弹头”进口面包车，它是被犯罪分子从中国机械工业第五安装公司骗走后又被干警追回的。公司经理庞广文兴奋得两颊通红，一把将两位破案的民警拉到“子弹头”前，说：“你们辛苦了，让我们合个影吧！”

澳门商人卓春芳今天特地赶来认领失窃的近8万元的仿古珠宝玉器。他告诉我们，这些珠宝是在蚌埠失去的，又出乎意料地在合肥重新得到，真是同胞之情价更高啊！

合钢初轧厂陈万刚和妻子汪惠妹带着孩子赶来了。他们抱起被窃8天的54厘米夏普彩电。这是他们多年的积蓄呀！惠妹眼里噙着泪说：“我们都不相信还能再找回来，现在失而复得，真比买新的那会儿还高兴呢。”

这时，人群中又出现另一番场景：失主们不约而同地抬着精致的匾额和锦旗，要送给主席台上的领导。干部们纷纷推让着。市委副书记车俊灵机一动，大声喊道：“这是群众的最高奖励，让民警们领奖，他们战斗在第一线，他们才受之无愧哪！”

掌声中，场外的民警被一个个请上了台……

（1994年1月22日《人民日报》，与新华社记者郭庆华合作）

言　论

YAN LUN

美好乡村，要让群众“心里美”

要想想看，建设新农村是你住，还是农民住？是为了参观，还是让农民住着舒适？老百姓不同意上楼，不同意要那些花里胡哨的东西，你硬要做，不光不能给补助、给评奖，还要批评、要问责。

去年9月，安徽省委、省政府从建设美好安徽、全面建成小康社会的战略高度，以中心村建设为龙头，规划建设586个重点示范村，一批环境优美、设施配套、产业兴旺的美好乡村基本建成，明年还将完成全省1710个中心村的其余部分。下一步，是如何推进、怎样考核验收，总的原则是坚持实事求是、量力而行、积极作为、有序推进，同时还要强调：群众满意。

有序推进是以量力而行、实事求是为前提的。美好乡村的建设指标是指导性的，不是硬性要求，具体建设数量、建设周期由各地自行申报。考核重点在群众满意度上，而不是重在催进度、搞评比，不要搞得鸡飞狗跳。许多事情一单纯追求进度就会出现简单化，为群众办事急不得，群众不动，干部硬动肯定会是蛮干，出力不讨好。所以要把进度搞上去，第一位的是提高群众满意度。

如何提高群众满意度？规划要长远，布点要科学。重点建设的中心村应该成为未来农村人口的永久居住点，要考虑城镇化进程加快的因素，不能几年后再变成新一轮的“城中村”或“空壳村”，刚建好几年就再拆再建，老百姓看你瞎折腾，肯定不满意。

美好乡村重点在“好”字上，重点在垃圾污水处理、安全饮水、村庄道路、电力通信、绿化建设，确保农民住上安全房、喝上干净水、走上平坦路，不能两眼盯住大门楼、大广场，种草种花什么的，光求美而不实用，老百姓肯定不能接受。农村还要除草呢，你却要种草，还种什么名贵草，浇水施肥，娇贵得不得了，那是败家子，群众能不反感？还有中心村的配置问题，提出的要求只是指导性的，要不要每个中心村都建小学、幼儿园、农贸市场、公交车站、邮政所、金融网站等项目，得根据实际需要，由老百姓自主决定，省里不作考核。

美好乡村要让群众打心里感到美才行。要把尊重农民意愿贯穿建设的全过程，绝不能替农民做主、代农民决策，坚决杜绝强迫征用土地、强迫农民上楼、强迫拆迁农民房屋等错误做法，美好乡村建设本来是为老百姓办好事，结果办成了花钱挨骂的蠢事，老百姓不领情，那就是执政水平不高的表现。要想想看，建设新农村是你住，还是农民住？是为了参观，还是让农民住着舒适？老百姓不同意上楼，不同意要那些花里胡哨的东西，你硬要做，不光不能给补助、给评奖，还要批评、要问责。

总之一句话，美好乡村建设好事要办好。要注重实效，因地制宜，以旧村改造为主、集中新建为辅。从农民最期盼、最需要的地方做起，落实原貌整治、彰显乡村特色、发掘历史文化内涵，真正建设一批一村一景、各具魅力、群众赞许的美好村庄。

——安徽省委书记张宝顺日前在全省美好乡村建设推进会上说

（2013年11月6日《人民日报》“声音”，刘杰整理）

清洁乡村　坚持才有改变

山西泽州东四义村一把扫帚扫了60多年，“小扫天天有，大扫三六九，早起十分钟，扫完再上工”，硬是把一个昔日的“瘟疫村”，扫成了“健康村”。安徽宣城市实施农村清洁工程，财政拿钱，县乡统管，村有清洁工，乡有垃圾处理站，一年左右时间就改变了垃圾围村的窘状。甘肃示范推进田园、家园、水源清洁优化，让污染少了，家园美了。

从沿海到边疆，从东部到西部，无论发达地区，还是贫困山区，新农村建设标准也许有所不同，但清洁干净是必不可少的基本标准。楼房建得高又大，家家都有现代化设施，而村村垃圾遍地，水脏气臭，那样的乡村再富裕也称不上美好。

清洁乡村看起来是小事，做起来是难事，做好了要本事。实践证明看似小事的乡村清洁，没有常抓不懈的毅力，没有一定的投入机制，没有运转协调的专业队伍，肯定是做不好的。让乡村清洁，请下真功夫，拿出真本事。

（2013年4月28日《人民日报》“今日谈”）

“向下”就是向民心

一位领导干部常去看望一位老人，为老人修房垫路，老人坐着公交车，拎了一篮子鸡蛋来看他，怕打扰他休息，硬等了一中午。这是安徽芜湖全面开展“机关联系基层、干部联系群众”中的一个小故事，令人感动，更发人深思。

古人云：“轻则失根。”许多干部下基层，一经结交“穷亲戚”，不浮了，不躁了，世界观随之发生大变化，说话做事务实了，做人的根基也扎实了。但在工作中，很多机关和干部缺乏眼睛向下的决心和动力。这就需要建立制度，逼着机关向下转，逼着干部向下看。

安徽芜湖建立“双联系”制度，要求所有干部进村入户，访贫问苦，即是拧紧“向下”的螺丝钉，把机关干部“拧”在服务群众工作上。在群众路线教育实践活动中，促使干部到基层去，到群众中去，听百姓提意见，为百姓办实事，用制度保证常态化，不是一阵子，而是一辈子，党群干群就有鱼水情，党同人民的关系就会牢不可破。

（2013年8月4日《人民日报》“今日谈”）

要做群众工作，先护群众利益

决不能简单地以为了群众的长远利益为借口，损害群众的现实利益；决不能随意地以符合大多数群众的利益为借口，损害部分群众的具体利益。

能不能做好群众工作，关键看我们心里是否装着群众。领导干部一定要自觉深入基层，深入群众，体察民情，了解民意，为人民群众多办实事、多解难题，以实际行动增进群众对党和政府的信任。要防止交通便捷了、离群众反而远了，科技发达了，与群众的联系沟通反而少了。

这次省委全会通过了关于加强和改进新形势下群众工作的若干意见，要认真贯彻执行。广大党员干部要自觉以沈浩为榜样，全心全意地为人民服务，努力成为人民群众离不开的好党员、好干部。

要做好群众工作，必须切实维护群众利益，着力解决群众反映强烈的突出问题。当前，大量的矛盾纠纷以及一些群体性事件之所以发生，说到底还是因为群众利益没有得到维护，甚至受到损害。我们的干部必须始终牢记，发展的目的是为了群众。在推进发展过程中，必须始终注意维护好群众的利益，协调好各方面利益关系。决不能简单地以为了群众的长远利益为借口，损害群众的现实利益；决不能随意地以符合大多数群众的利益为借口，损害部分群众的具体利益。

这里，我特别强调一下征地拆迁的问题，这是社会关注度高、牵涉群众利益多的一个热点，由此引发的问题比较多。当前，我省正处于工业化城镇化加速推进时期，征地拆迁的任务很重，这就需要我们正确处理好加快发展与维护群众利益的关系。要增强法治观念，凡是涉及群众利益的重大决策、政策调整都必须广泛征求群众意见，充分考虑不同群众的利益和承受能力，任何决策、任何工作都要确保群众利益得到切实维护。

群众工作重心在基层。从目前情况看，绝大多数侵害群众利益的问题发生在基层，绝大多数矛盾纠纷产生于基层，预防和解决问题也必须依靠基层。各级党委、政府要心里装着群众，处处为着群众，高度重视基层，加强对基层群众工作的领导和指导，深入研究基层群众工作中存在的共性问题，及时采取改进措施。

——安徽省委书记张宝顺11月19日在省委八届十三次全会上说

（2011年11月22日《人民日报》“声音”，刘杰整理）

多些“泥土味” 力戒“官僚气”

我们党纯洁与否，在群众眼里，就是看党员的一言一行，就是看身边党员干部的作风和做派，从这个意义上讲，作风纯洁是保持党的纯洁性的关键之举，是密切联系群众、优化政治生态的固本之道。

用双脚丈量民情，用心灵感受民生，用行动排解民忧。在“大走访”活动中，广大党员干部走村串户，访贫问苦，受到群众交口称赞，很多群众发自肺腑地说“当年干部的好作风又回来了”，这既是一种褒奖，更是一份期望。我们要把群众褒奖化为工作动力，把人民期望视作肩头责任，牢固树立群众观点，认真贯彻群众路线，始终与人民群众同呼吸、共命运、心连心。

省委推进走访活动常态化、制度化，就是要求党员干部带着深厚感情真“走”实“访”，经常深入到艰苦偏远的地方去，深入到矛盾多、困难大的地方去，深入到工作推不开的地方去，把群众当成自家父母、兄弟姐妹，在同吃同住中体验百姓酸甜苦辣，在促膝交流中掌握工作利弊得失，在朝夕相处中增进与群众的感情。

我们党纯洁与否，在群众眼里，就是看党员的一言一行，就是看身边党员干部的作风和做派，从这个意义上讲，作风纯洁是保持党的纯洁性的关键之举，是密切联系群众、优化政治生态的固本之道。

要力戒官僚主义。现在有些干部，官不大架子不小，下基层前呼后拥，对群众颐指气使，群众对此意见很大。作为领导干部，地位不是炫耀的资本，权力不是摆谱的工具。党的好干部焦裕禄同志，经常钻草庵、进牛棚体察民情，双脚踏遍了兰考大地；杨善洲同志大部分时间都在乡下跑，一辈子爱和群众一起劳动，与人民群众打成一片，这些才是共产党员应有的风范。各级领导干部都要以他们为榜样，谦虚低调，不事张扬，多些“泥土味”，力戒“官僚气”，尤其是在深入基层调研走访时，一定要轻车简从，不搞层层陪同，不搞迎来送往，不干扰基层正常工作，不增加基层群众负担。

要力戒形式主义。要胸怀全局，放眼长远，树立“功成不必在我任期”的境界，坚决不搞劳民伤财的政绩工程和形象工程。要敢于负责，勇于担当，特别是对棘手问题和复杂局面，要敢于触及，敢于动真，敢于碰硬，紧抓不放，一抓到底。要解放思想，开拓创新，创造性地开展工作，努力干出对得起人民、经得起检验、无愧于历史的实绩。

要力戒享乐主义。牢记“两个务必”，严守廉政准则，做到功利面前保持清醒，诱惑面前沉着淡定，得失面前乐观从容。尤其要把好亲情关、友情关，不被人情和面子所累，更不能因私情废公事、拿原则做交易，决不让腐败之门从身边打开，永葆共产党人的政治本色和高风亮节。

——安徽省委书记张宝顺日前在全省“五级书记带头大走访”活动总结大会上说

（2012年4月12日《人民日报》“声音”，刘杰、何聪整理）

为啥丰收还发愁?

秋收时节，没有什么比丰收更让农民高兴了。但在江南一个生姜生产大县，丰收的农民面对丰收的生姜却笑不起来。为啥？去年生姜四元多一公斤还抢手，今年一公斤一元还销不掉。生姜不叫“丰收”，只能叫“丰产”，丰产不丰收，农民能笑起来吗?

听听农民咋说吧：“以前种的少，提篮叫卖也就行了，现在一种就是几亩、十几亩、几十亩，没人帮助找市场，丰产之后愁销售，岂能不泪往肚里流?”“生姜是鲜货，不搞好保鲜、冷藏、深加工，收下来一时卖不出去就要烂掉，丰产也是空欢喜。”

农民增收是大事。要增收就要靠市场。但对农民而言，走进市场，不仅要有一个过程，而且需要政府的组织和帮助。对政府来说，驾驭市场也有一个过程，也有许多难处，但毕竟比农民要方便得多。如何让农民“丰产又丰收”，需要政府多帮忙。

（2006年11月14日《人民日报》“今日谈”）

搞团结不能只靠下文提要求

政协委员是政协工作的主体。充分发挥人民政协大团结大联合的作用，必须依靠委员、团结委员。在任何时候、任何情况下，把委员团结得好、把委员作用发挥得好，我们的大团结大联合才能更加紧密。

团结是关系事业兴衰成败的大事。安徽当前发展的良好局面就是建立在团结基础上的，过去是这样，今天是这样，明天同样也是这样。人民政协作为大团结大联合的组织，对联系群众、团结各界具有不可替代的作用，责任重大，使命光荣。

政协委员是政协工作的主体。充分发挥人民政协大团结大联合的作用，必须依靠委员、团结委员。在任何时候、任何情况下，把委员团结得好、把委员作用发挥得好，我们的大团结大联合才能更加紧密。

做政协工作搞好团结靠什么？要靠真诚，靠掏心窝子！我过去长期在党委、政府工作，画圈、点头都可以拿意见、定事情。到了政协我觉得最大的不同是，搞团结不能靠行使权力，也不能只靠下文件提要求，而要靠真诚、靠平等、靠沟通、靠协商，靠满腔热情地关心委员、服务委员。

真诚服务不是光说说就算数的，要实实在在地去做。要思其所想、察其所需，努力完善服务委员包括历届老委员的机制，帮助解决实际问题，切实让委员感受到政协大家庭的温暖。要坚持多沟通、多协商，求大同、存小异、纳诤言，引导委员深入研究改革发展稳定的重大问题，把履行职能的着力点集中到促进发展的目标任务上来，最大限度地发挥委员的聪明才智。要通过举办委员培训班、组织专题报告会和辅导讲座等形式，加强委员学习，不断丰富知识内涵、提高知识层次、增强综合素质，积极为委员履职奠定良好基础。要在搞好经常性活动的基础上，研究制定发挥专委会基础作用和界别纽带作用的制度和机制，把委员更加充分地组织到政协工作和活动中来，共同致力于安徽经济社会建设和发展。

“知屋漏者在宇下，知政失者在草野。”我们政协委员来自社会的方方面面，要着眼于搞好大团结大联合，深入调研考察加强“预警”，利用各种工作活动积极“化淤”，注意理顺情绪防止“梗阻”，努力促进实现最广泛、最牢固的团结。

——安徽省政协主席王明方日前率省政协老委员考察滁州时说

（2011年10月28日《人民日报》“声音”，刘杰整理）

科教兴农的魅力

先说两个事例。今年夏季，安徽省界首市小麦因去年更换了良种而获得空前丰收：全市平均亩产达351公斤，比全省平均水平高出100公斤。然而，该市邴集乡个别农民因不相信科学种田，仍种自留的老品种，结果是每亩少收150公斤。安徽省定远县几年前出现“私奔”风潮，五六年中竟有上千对农村青年男女“私奔”成婚，其中，文盲占70%～80%。定远县从此事中认真总结教训，除了大张旗鼓地进行普法教育外，还加大了教育投资，乡村办文化扫盲班，使青年脱盲率达98%。法律知识和文化水平提高的一个结果是，去年这个县结婚登记率也达到98%。

再说几个比例。科技对农业的贡献率又称科技含量，经济发达的美国、日本、英国等国家为70%～80%，我国为35%，而安徽则为30%。就安徽而言，省农业厅负责人介绍说，现在年产250亿公斤粮食中，有75亿公斤是靠科技增产的，也就是说科技含量每提高一个百分点，就可增产2.5亿公斤粮。另有资料表明：如果全国农业科技成果推广率由目前的30%～40%，提高到50%，则可增产粮食200亿～250亿公斤。把“如果”变为现实靠什么？靠提高农村劳动力的文化素质。连产品说明书都认不得的人，怎么可能成为科技尖子呢？再有，农民的文化水平不光与爱情婚姻有关，而且与致富速度成正比，90%以上的有文化的农民率先致富就是一个很好的证明。

上述两个事例和几个比例，无不说明科教兴农之魅力。

遗憾的是，很多地方还未认识到科学文化对于农村建设的重要性。这些地方的领导片面地认为，科学文化教育是慢功，是苦功，是上辈栽树下辈乘凉的事。因此，他们不愿去做这“傻事”，而是热衷于上“立竿见影”

的项目，做轰轰烈烈的表面文章。

经济发展、社会进步在很大程度上取决于劳动者自身素质的提高。文盲充斥的国家很难实现现代化；不注重科学进步的民族，很难自立于世界民族之林。视民众进步为大业者，是不会忽视科学文化教育的。当然，这项事业确实不是一朝一夕就能见成效的，急功近利只会贻害后代，目光短浅干不成大事。凡立足于国家、地方的长远发展者，均应踏踏实实铺好教育基石。

当然，注重科学文化教育仅仅解决认识问题还不行。“口头农业”不足取，“口头教育”也不会奏效。“注重”就要投入，虽然有困难，但办法总比困难多。界首市设重奖激励科技进步，定远县再苦也不苦教育，都是很有眼光的举措。

（1995年10月16日《人民日报》“人民论坛”）

他山之石

TA SHAN ZHI SHI

从经营农业到建设城市　全面打造38个小城镇

新疆生产建设兵团实现历史性跨越

本报乌鲁木齐3月24日电　提起新疆生产建设兵团，人们首先会把它同戈壁农田联系到一起。现在，历经50年稼穑耕耘，兵团人已跨越垄亩，开始实现历史性创新——从经营农业转向建设城市。今年1月19日，兵团的五家渠、阿拉尔、图木舒克3座城市同时挂牌宣布建市。春节后，兵团的38个重点小城镇建设全面启动。6.5亿元前期建设资金已全部到位。

兵团建立伊始，绝大部分团场建在"水到头、路到头、电到头"的大沙漠边缘。几十年来，兵团人自力更生兴修水利，垦荒造田，植树造林，架桥修路，建起了机械化、规模化的现代大农业，建起了拥有11家上市公司的现代化工业和商贸流通业。2003年，兵团的二、三产业比例突破了60%，改变了过去"打坷垃""挖条田"单纯靠农业吃饭的局面。以前兵团人睡的地窝子，现在被鳞次栉比的楼房替代；以前兵团超过半数的连队喝的是涝坝水，现在接近90%的连队喝上了自来水。《草原之夜》中唱的克可达拉以前连发封信都困难，现今不但有了邮局，还有了图书馆、文化馆和体育场；全兵团广播电视的覆盖率达95%以上。

如今，兵团许多团场所在地的城镇基本要素已经具备。今年兵团审时度势加快小城镇建设，迈出了从农耕社会向现代社会的关键一步。兵团发展改革委员会主任陈献政说："38个小城镇如同照亮边远山乡的38束火炬，不仅可以使兵团发展跨上一个新的台阶，而且对加快新疆的现代化进程、促进社会稳定和边防巩固具有重要意义。"

记者从兵团建设局获悉：兵团的38个小城镇将按照"生态优良、功能配套、产业优势明显、辐射和带动能力强"的总体原则去进行建设。位于车排子垦区的123团以土地出让方式向社会招商引资，仅仅半个月时间，4栋商贸楼、2个农贸市场、1座客运站等项目已落实。位于塔斯尔海垦区的89团广泛吸引各类投资者向团部小城镇集中，现已吸引了来自江苏、浙江的个体经营者投资100多万元来此建厂。眼下，尽管天山南北仍是冰天雪地，记者在采访时看到，各个团场建设小城镇的热情却如春潮涌动：农十师所在地北屯镇3条主要干道的拓宽工作已经全面展开；第72团场所在地肖尔布拉克镇，俨然一个大建设工地。记者夜宿团部招待所，夜深时仍听得推土机、打桩机“嗡嗡”“咚咚”响个不停……兵团的38个小城镇将于2005年底以前建成，届时兵团的城镇化水平将超过40%。

（2004年3月25日是《人民日报》头版头条，记者王慧敏）

一座几代人用血脉筋骨铸刻成的不朽丰碑——路

——山西省陵川县锡崖沟村艰苦奋斗三十年

【编者的话】 修路，修路，一代接一代地修，从1962年到1991年，前后30年，锡崖沟村人终于修了一条通往外部世界的路。他们不是在平原、丘陵地修路，不是用现代机械修路，而是在悬崖峭壁上用钢钎、榔头和双手凿开一个一个山洞，用鲜血和生命连接成一条路。锡崖沟几十年艰苦奋斗的历史，就是中国人民在中国共产党领导下奋发图强、排除万难建设自己伟大祖国的缩影。过去中国人民贫穷落伍，受人欺，而今迈步从头越。

锡崖沟修路的实践再次证明，只要党组织发挥强有力的战斗堡垒作用，只要共产党人身先士卒，吃苦在前，奋斗在前，就没有战胜不了的困难。锡崖沟险恶的自然条件并非普遍存在，但锡崖沟人自力更生、艰苦奋斗的精神和百折不挠的意志，却有着普遍的现实意义。迎接党的生日，最好的纪念就是发扬光大这种精神。

毛主席有一篇著名的讲话，题目叫《愚公移山》，讲的是夺取人民革命的胜利，要有“每天挖山不止”的精神。今天，我们要实现社会主义现代化，建设有中国特色的社会主义，就要像锡崖沟村的共产党人那样，艰苦奋斗，带领广大群众“每天挖山不止”，我们的目的一定能达到。

5月的阳光把满沟的梨树催发出一片嫩白，梨花的清香延绵不断醉人心扉，飘洒出大自然无尽的温柔和妩媚。

锡崖沟人无意理会这些，径直把我们带到两座坟前——

坟堆上的藤条已长到小臂粗，坟头还摆着没有被晒干的白面馍，年轻的党支部书记宋志龙说了句“怀跃叔，中央报纸来的记者看你来了”，就双膝跪下。几位老人拆开一包带锡纸的烟插在四周，“怀跃哥，放开吸吧，解解乏，好好歇着，噢……”

坟里的董怀跃是锡崖沟的老支书，碑上刻着：一九九一年农历十一月初三牺牲于凿路工地。

宋双保的墓碑前新插着几把山楂树枝，枝头刚刚绽放的花瓣上挂着晶莹剔透的“泪珠”。他编的那句顺口溜曾叫红了整条山沟，“打通洞，修好路，开着三轮嘣嘣嘣，城里的街上咱也遛一遛”，眼看着梦想成真，小宋却在山洞里再也没有出来……

一

在山西省陵川县的县志上曾有这样一段描述：东有马东岭之屏障，西有白桦山之阻隔，北有王莽岭之险峰，南有青峰巍之对峙。四山夹隙之地称曰锡崖沟，因地形险恶，绝路，沟人多自给自足，自生自灭。偶有壮侠之士舍命出入。

“壮侠”们出入的路，是指那条通向河南辉县上十八里乡的“蚂蚁梯”和“搭钩梯”。

那一年腊月，大胆的郎万林爬出山后，想让沟里人也过个“明晃晃的年”，好心的小伙子用一把党参换了30斤煤油往回背，哪知，在一个转弯处没站稳，连人带油照直掉进几十丈的深渊。

“当光棍当疯了”的林守义，好不容易从河南说下一个小媳妇，一步一挪地往回蹭，不知哪一脚没踩实，结果喜事办成了丧事。

二虎娘误把“六六六”粉当成榆皮面下了肚，汉子们心里干着急，脚下迈不开步，眼看着老人疼死在半路上；21岁的董秋忠患暴痢，也是这样死在了路上……

没有路，沟里盛产的黄梨和红果，只能一堆一堆地烂成泥作肥料；满山的名贵中药材，只能一把一把地当柴烧；一块块光洁闪亮的青石板只能大材小用垒了茅厕和鸡窝。

没有路，沟外沟内所有的公务联络，只能通过山顶和山底的高声对话和扔吊包裹来进行。

锡崖沟人就是这样，祖祖辈辈在四座大山锁着的牢笼里与世隔绝，远离文明。

二

1962年秋，陵川县委书记骑马两天前往锡崖沟村，他在陡峭的王莽岭顶盘旋了半日，竟无一处可落脚下山，那匹剽悍的骏马被眼前的险境当场吓死。这位县委书记百感交集，硬是从捉襟见肘的县财政挤出3000块钱，用绳子吊给锡崖沟人。牛皮纸包上用毛笔写了两个大字："修路!!"

村党支部书记董怀跃，把全村100来口人喊到麦场定下话。"共产党念着咱咧，用新崭崭的票子给咱铺路，咱说下啥也得给外面接上趟。"

世世代代做着出山梦的锡崖人，在那个年代又把本已辘辘的饥肠上刮下来的米面拿出来支援修路。

党支部副书记杨文亮率"开路队"直奔王莽岭下。5年时间一条仅能放下半只脚的羊肠小道勉强上了山顶。

当年，县食品公司捎话，优先收购锡崖沟的猪，全村人选出"最精干的把式"，哄着27头猪沿着这条路出山，结果没上了一里路，竟全掉下了沟。

锡崖人用心血营造的梦想，就这样无情地破灭了。

女人们又编出了一条条麻绳，男人们又打好一根根钢钎。1976年秋天，喘过气的锡崖人又一次向大自然宣战!

他们企图利用王莽岭西侧疏松的岩石结构撬开一条"官道"，然而，只进了一里多，王莽岭翻了脸，房子大的石头变得比钢钎还硬，堵得一步都挪不动。

1979年11月，熬了九天九夜的党支部决定，在庞大臃肿的王莽岭腹底钻一个五米宽的石洞直接冲出去!

111名青壮年举着浓红的鸡血酒，对着四方形的苍天发誓："洞不通，人不回。"

站在最前头的党支书董怀跃指着5名党员硬硬地甩了一句"遇到危险，要死先死咱"，就带着队伍直逼王莽岭。

然而，6年时间，山洞只掘进了105米。

按照这样的进度和山的厚度一估算，执着的锡崖人得出了他们最不愿意面对的结论，打通王莽岭起码要用80年时间。筋疲力尽的锡崖人如同看到一张绝情的死刑判决书，那一天夜晚，一向沉着稳重的董怀跃发疯似地满沟哭叫：“锡崖人完了！锡崖人完了！锡崖人真的完了！大山呀，老天呀！你对锡崖人究竟有多少仇，多少怨！让你爷这党支书怎么当！”

次日，董怀跃和杨文亮同时病倒在床，一个七个月不起，一个半年未动。

三

然而，压不死、堵不绝的子孙们，又前仆后继接过了前辈们的铁锤和钢钎。

1982年11月1日，以赵全纽、林小宝为“头羊”的党支部又撑起了修路的旗帜。他们响亮地提出了“愚公移山，汽车进山”的口号，董水成、赵软海、赵平银、朗成虎、董忠元等32名团员青年结队请愿参战。董福爱、董书平、董书军等人组成“父子兵排”，董三宝、朗二有为首组成了“光棍队”。

他们吸取了前人的经验教训，商定沿王莽岭边沿，依形就势，凿瓢皮洞，“之”字形伸进。

1984年秋，3公里的路盘旋到山腰后，被大面积的巨石区挡住了道，唯一办法只能是用棒钉和粗绳把人悬挂在半空中作业，这样，稍有闪失就会葬身深渊。进还是退？赵全纽、林小宝、赵软海、宋喜平、宋玉红、董书平等组成10人敢死队，他们高喊着“不见阎王不撒手，见了阎王抬起头”冲在最前头。

他们在空中整整吊了5个春秋，硬是钻通了4个洞道，凿开了3公里石路。

他们虽没人“见阎王”，却有2人被铁锤打断了手指，4人被石头砸断了臂，每一个人都是遍身伤痕。至今那峭壁上还依稀可见血淋淋的手印。

就在这一批人耗尽心血的紧要关头，3年前应征入伍的宋志龙回村了。

“接班，修路”！一句话，大伙举荐他当了党支书。

他带着锡崖沟的又一茬年轻人卷着铺盖，带上锅碗，索性住在了山洞里，直攻地形最险的老虎嘴。

那是多么壮怀激烈的450个日日夜夜——

口渴了，抓一把积雪，润润嘴唇；胃空了，啃两口干粮，喂喂肚子；烫热的钢钎烤烂了手心，揭起了皮，狠心撒上一把土，伴着泥的血顺钎一道一道往下流；指甲盖碰掉了，钻心地疼，撕烂衣服缠住继续干……

一年多的“山顶洞人”生活，他们头发长到了脖根；胡子盖住了喉头；脸庞消瘦得一层一层地起皮。眼前的山洞一寸一寸地延伸着，穿出了1445米的山腰。

60多岁的老支书董怀跃奋战在另外一个工地上，就在即将完工的一次爆破中，他推开身后的人排除哑炮，谁也没有料到，突然一声巨响，这位锡崖人心目中最权威的“共产党员”倒在了血泊中，力图前去拉他的宋双保也被恶石吞没。殷红殷红的鲜血顺坡而下染红了漫漫锡崖路……

四

1991年6月10日——祖祖辈辈锡崖人翘首渴盼的时刻。

823口人一早就堵在出山的洞口。微风细雨中，拄着杖的，躺在独轮车上的，被装在背篓里的，都静静地望着黑乎乎的山洞深处。

而山那端的董春安，从未像今天这样感到神圣和悲壮。这位出生于锡崖沟的外乡司机早就发过誓，要开跑锡崖沟的第一辆探险车，“哪怕粉身碎骨都值”。

他没想到，他的愿望真能实现。

8时整，他噙着泪水启动了那辆解放牌车，王莽岭一步一步在逼近。上山，拐弯，刹车，缓行，转眼，第一个隧洞出现了，打开车灯，呀！好宽敞。穿行而过又上了沿崖路，哇！好险，右轮下万丈深渊。他停下车，点燃了他早已烤了3天的鞭炮。第二个隧洞也过去了。过去了，又一个隧洞，过去了，又一段边崖路。那不，乡亲们出现了，羊肚白的毛巾挥舞着，铁锹、镢头上下抖动着。

响了，鞭炮响了，来啦，汽车来啦；通了，修了30年的路真通了！从来没有见过汽车的锡崖人顿时愣住了。那一刻，死一般的无声，突然不知谁“哇”地一声，全村老少竟抱在一起失声痛哭……

五

锡崖人，山一般的意志。

锡崖人，必将得到山一般的回报。

路通了，那满山湾的红果和黄梨，当年就换回了2万元的票子，那几米见方的青石板成了抢手货，山外的建筑工地派车一趟一趟地往出拉；陕西、河南人找上门订合同，包销这里的十几种药材；

路通了，村里成立了编织队，“那些枝枝条条，扎把扎把出山就是钱”，沟里有了养鱼专业户，“围个塘子，撒上苗子，不到尺长，就有人上门收”；

路通了，从来没听过人均收入这个词的沟里人，1992年也有了211元的开端。

当时，宋志龙伸直了四根指头对记者说：“明年你来，肯定能上这个数。”

一年后的今天，记者如约前往锡崖沟，半路上，我们碰见了正在采砂子的郎常江和郎常平兄弟俩，他们说，村里今年要盖一所学校，这可是件大事，家家户户都得出把力。

迎面过来一辆突突的三轮车，开车的是王绍君，他说，一年多时间，锡崖沟村已有了13部小三轮、3部大卡车。

来往的人多了，村里办了个“迎客饭店”，承包人是董新玉，“收入不少，一天能上十几块”。

锡崖沟不仅出现了个体户、专业户、承包人这些陌生而又新鲜的事，还引来了南方的投资者，准备开发已化验过的矿泉水。

宋志龙踌躇满志：“今年说啥也要搞个75千瓦的水力发电站，有了电，果品加工、石料加工就都跟上了。”

那15里漫长而又短暂的锡崖路，正在给锡崖人带来生机，带来文明，带来富裕，带来希望……

锡崖人以几代人的奋斗送走了一个沉重的世纪。

锡崖人以万重山的襟怀迎来了一个多姿的时代。

（1994年6月22日《人民日报》头版头条，记者安洋）

没地、没房、没保障，安徽阜阳市阜南县王家坝镇

300多漂泊渔民盼上岸

有关部门表示，渔民上岸安居工程具体政策正规划中

本报合肥1月26日电 淮河水上生活着一群渔民：破旧的电视机，一天十来斤鱼，孩子身上绑着的泡沫葫芦和绳索……这些构成了他们生活的全部。相比岸上农户“种粮有补贴、卖粮有保护价、有社会保障和养老保险”，内河边渔民生活艰难。

1月22日上午，记者来到安徽阜阳市阜南县王家坝镇的一个渡口，老渔民郭素珍引记者走上船，破旧的木板房里，除了一张床、几把凳子、一台老式电视机，几乎再没有别的家具。64岁的郭素珍说，自己从记事开始就一直生活在船上，“现在最想的就是能到岸上安家，做梦都想”。

随着每日打鱼数量的减少，郭素珍一家十几天都吃不上一顿肉，更让一家人着急的是孩子的教育问题，因为户口没落上，6岁的孩子至今一天学也没上。

“岸上没有房子，没有地，想去也没法生活。”

王家坝镇党委书记乔印生坦言，过去对于渔民关注得相对较少。初步统计，镇里这个群体目前大概有300多人，已有217人以非农业集体户的形式登记入户，统一登记在王家坝渔业队。“渔民登记入户之后，就开始要求宅基地、土地、廉租房，这些问题乡镇一级完全无能为力。”乔印生告诉记者，“渔民不符合廉租房条件，而现有土地也已经分田到户，按规定不能变化，也调整不出土地再供给渔民。”

对此，安徽省农委渔业局局长刘国友表示，目前渔民上岸安居工程的具体政策正在规划当中，出台时间不会太久。“安徽省铜陵市、芜湖市已经

早走一步，由地方政府专门规划用地建设住房，渔民以优惠价格购买，政府还会给予补贴。”

（2013年1月27日《人民日报》头版，记者钱伟）

没地、没房、没保障，安徽阜阳市阜南县王家坝镇 300多漂泊渔民何时能上岸？

孤独：王家坝沿淮一带渔民少有人了解

船上几乎没有外人来，与岸上住户也从没有说过话

1月22日上午，记者沿合淮阜高速再转颠簸破烂的公路，经过4个多小时的车程，终于来到了位于安徽阜阳市阜南县的王家坝镇。

提到王家坝，很多人并不陌生，为了淮河行洪，蒙洼地区许多人放弃了家园，王家坝精神至今仍感动着无数人。

然而，说到王家坝沿淮一带的渔民，却很少有人知道。

记者来到镇上的供电所，从负责人到办事的群众，没有人听说过这里有渔民，甚至许多群众还反问，“这河边上哪会有渔民生活呢？”

随后，记者又沿着淮河岸问了多户人家，同样没人知道这里有渔民活动。最后，经过一番摸索，记者终于发现了一个渡口，只见渡口边稀稀落落停着三四条船。

“老乡，这船是渔船吗？”记者问渡口边的一位老大爷。

“不知道啊，就经常看他们停在那里，也不知道是干啥的。”老大爷回答。

记者慢慢走近船只，船上很快传来阵阵狗叫声，一位老妇人走到船头。

“大娘，您这是渔船吗？”

“是啊，你是干啥的？”

“我是记者，想上船跟您聊聊天。”

老人没有再多问，就划着小船来到岸边，把记者接上了船。老人叫郭素珍，她说儿女出去打鱼，自己整天待在船上，就盼着能有个说话的人。听到有人来，根本没多想。

记者发现，这是两艘普通的水泥船，四周停着6条小船，小船上放着粘网等打鱼工具。

郭素珍引记者走进房间，破旧的木板房里，除了一张床、几把凳子、一台老式电视机，几乎再没有别的家具。而另一条船的厨房里，则只有一个灶台，小凳子上放着老人吃剩的咸菜。

“除了小儿子和儿媳妇，船上几乎没有外人来，岸上的住户也从来没有说过话。”郭素珍告诉记者，她的生活就在这两条船上，偶尔到镇上买点吃的，再也没有别的社交活动。

“到镇上或者县里部门办过啥事吗？见过镇上和县里的领导吗？”

“没有。没有去过，他们也没有来过。”

艰辛:渔民生活怎一个苦字了得

孩子6岁了,还没上过一天学。想吃肉,十几天吃不上一顿

记者拉把凳子坐下，老人的孙子立即扑到老人怀里，咿咿呀呀说些什么。

“小孙子多大了？”

“6岁了。”老人看到了记者惊讶的神情，解释道，“这孩子6岁了，还说不清楚话，主要就是没人教，见的人也少，到现在还没上过一天学。”

“为啥没上学？”

“孩子的户口没落上，岸上的学校不接收。”老人无奈地摇摇头，一脸怜惜地看着孙子。

记者看到，孩子的身上背着一个个圆形泡沫穿起的网兜，老人说，“船上的孩子太容易掉到河里，这叫‘泡沫葫芦’，像救生衣一样，能保命，小孙子已经掉了两回了，差点就没命。”

老人的孙女还在床上睡觉，腰上一根红色的带子直接绑在门框上。“这些年船上的人家都重视了，有人照看小孩，过去淹死的不在少数。”老人说着，倒杯水放在记者面前的凳子上，“咱吃的都是这浑浊的淮河水，用明矾放过，水就清一些，将就着喝。”

“您在船上待了多少年啦？”

“一辈子了，我今年64岁，从记事起就在船上生活。岸上没有房子，没有地，想去也没法生活呀！”老人摇摇头，指着隔壁船说，“俺老伴身体不好，每天都要吃药，没钱治。”

“打鱼能赚钱吗？”

“我年轻那时候一天能打到上百斤鱼，要是现在还有那么多，就能赚钱了。现在每天只能打到10斤鱼，只够糊口，根本落不上余钱。”郭素珍正说着，听到外面有小船靠上的声音。

“儿子和媳妇打鱼回来了，估计又没啥收获。”记者走出门外，老人的儿子钱红饶和媳妇袁艳伟正在收拾渔具。

“这两年淮河没涨水，很难打到鱼了，吃饭都快成问题了。”钱红饶说。

“孩子想吃肉，十几天也吃不上一顿，每天能吃上豆腐白菜就可以了。”袁艳伟接话。

“咱家算不错了，还娶了个岸上的媳妇儿。好多船上的孩子都娶不到媳妇儿，人家不愿意来，都要有房子才行。现在基本还是船上的女娃嫁船上的男孩儿。”郭素珍说。

正说着话，老人的孙子在妈妈袁艳伟的身前跪下，喊了一句：“皇上万岁！”

“电视又看多了吧！”袁艳伟轻轻打了下儿子，“现在孩子所有的娱乐就是电视，6岁了上不了学，全家人都着急，搁岸上都该上小学了。”

“孩子叫啥名字啊？”

“钱途。”袁艳伟说着，眼神却黯淡下来。或许她在想，孩子一直上不了学，一家人盼望的“前途”又在哪里呢？

期盼：上岸给块地能盖房子就行

县领导说，“你们是渔民，家就在船上，咋要上岸住呢”

对于郭素珍一样的渔民来说，最大的愿望是什么？

“儿子从小就问我，为啥咱不能到岸上生活？我不知道该怎么回答他。现在最想的就是能到岸上安家，做梦都想。”郭素珍站在船上，眼神痴痴地朝岸上看去。

根据郭素珍的指引，记者又走了几里路，在靠近赵郢的地方，见到了更多的船。

船上的一位老大爷听说是记者来了，连忙摆上跳板，引记者上船。“就想着能通过啥渠道反映反映咱渔民的愿望，就盼到你们记者来了。”老大爷叫刘强付，家里几辈子都是渔民。

“来到阜南县淮河边已有50多年了，后来兄弟子女嫁娶都在这边，就再也没有去过别的地方。”刘强付一边拨弄着火盆给记者已经浸湿的脚取暖，一边指着旁边的重孙说，“我家已经四代住在船上，已经不能再挤了，就瞅着能上岸去。”

刘强付是这河边不少渔民的“主心骨”，他已经多次到县里反映情况，希望政府能解决当地渔民上岸居住的问题。

“县里有领导告诉我说，你们是渔民，家就在船上，咋要上岸住呢？我不知道该回答什么。”老人似乎着急了，眼圈红了起来。

刘强付告诉记者，王家坝附近的渔民好多都已经在船上待了几十年，过去能打到鱼，还能采采砂，大家也不稀罕上岸。可现在鱼少了，砂子也不让采了，生活的问题就大了。

“我们家十几口人，要吃饭，还要修船、买油，靠打鱼根本解决不了问题。”刘强付说，“现在渔业部门每年会给几千元的柴油补贴，但在巨大的生活开支面前，根本不管事。”

记者了解到，生活在空隙地带的渔民很难享受到国家的低保、养老等优惠政策，用刘强付的话说，根本没人管，这也导致了大多渔民存在超生的情况，不少人家都有4个以上的孩子，不仅孩子落不了户口、上不了学，家里也越来越贫困。

“我们也没有特别高的要求，就想在岸上有块地，能种种田，盖间房子就行。”渔民说，虽然已经反映了多次，但一直都没有得到满意答复。

瓶颈：土地已分田到户，难调整出地给渔民

镇党委书记表示，对于渔民宅基地、廉租房等要求，乡镇一级完全无能为力

渔民上岸，难在哪里？

阜南县王家坝镇党委书记乔印生坦言，淮河上的渔民到处跑，所以过去对于这个群体关注得相对较少。

“初步统计，这个群体目前大概有300多人，他们中好多并不是当地人。”乔印生说，“上级部门接到渔民反映的情况之后，阜南县已经安排由县政法委、农委等部门协调解决渔民户口等问题。”

乔印生介绍，目前300多渔民已经有217人以非农业集体户的形式登记入户，统一登记在王家坝渔业队。而另外一些人由于不符合计划生育政策等原因，目前还在调查核实当中。

“渔民登记入户之后，就开始要求宅基地、土地、廉租房，这些问题乡镇一级完全无能为力。”乔印生告诉记者，“渔民不符合廉租房条件，而现有土地也已经分田到户，按规定不能变化，也调整不出土地再供给渔民。”

随后，记者联系了阜南县宣传部，给出的答案基本与王家坝镇一致。

那么，渔民上岸真就这么难吗？

记者从安徽省农委了解到，目前安徽省有两万多渔民，主要分布在沿江、沿淮一带。而在2012年8月，安徽省无为县农委等单位就组织对本地区困难渔民进行了调查摸底，最终核实500户困难渔民作为廉租房申请对象。

临别阜南时，记者拨通了安徽省农委渔业局局长刘国友的电话，他告诉记者一个好消息，目前，农业部、住建部等5部委已经集中对渔民上岸、转产转业等问题进行过调研，目前渔民上岸安居工程的具体政策正在规划当中，出台时间不会太久。

“目前，安徽省铜陵市、芜湖市已经早走一步，由地方政府专门规划用地建立住房，渔民以优惠价格购买，政府还会给予补贴。”刘国友说。

不久之后，钱途和他的亲人们或许可以实现这个盼了好多年的愿望，有个岸上的家，有个温暖的校园。然而，地方政府在面对此类关乎民生的难题时，除了等待政策，是否还能多些作为？

（2013年1月27日《人民日报》第九版“乡村观察”，记者钱伟）

别忘了那些内河渔民

内河渔民捕捞资源量急剧减少，生产生活面临困难。不能因为他们群体小，我们就听不到他们的声音；不能因为事难办，我们就不作为

我们几乎是含着眼泪读完这篇还散发着淮河水汽的报道。正在全国城乡忙碌着过年的时候，我们的记者从淮河给编辑部发回了这篇饱含深情的调查性报道。

淮河水上生活艰难的这些渔民，破旧的电视机，一天十来斤鱼的生活来源，孩子身上绑着的泡沫葫芦和系上的绳索……没地，没房，没学上，没保障，他们仍在默默地坚守，在坚守着祖辈们传下来的千年未变的生活方式；他们在默默地企望，企望着和岸上的农村居民一样有一个红红火火的好日子。

我仿佛回到了在长江边生活的童年。那个时候，一网下去，一网鱼虾。长江上的渔民每天都有好收获，特别是长着胡子的鲶鱼，翘着嘴巴的武昌鱼，都能卖到好价钱。那个时候，船上和岸上都一样，没有电视，生活清贫；那个时候，为了怕孩子掉进水里，渔民也给他们身上系上绳子。

现在呢？岸上和水上不一样了。

岸上，种粮有补贴，卖粮有保护价，有社会保障，有养老保险。水上，这些统统没有。渔民的生活来源、生产资料与岸上居民相比，已经不可同日而语。好在在镇上的渔业队上了户口，兴许在镇里某些福利方面有期待。

最头痛、又不能回避的现实是，随着淮河水量的减少，沿淮面源污染的增加，野生的淡水鱼正急剧减少。渔民生产面临着同祖辈们不一样的严重困难。

过去祖辈们常讲，“走千走万，不如淮河两岸”，因为这里曾经是鱼之乡，米之乡。即便是20世纪70年代，淮河都是鱼虾的天堂。水利部淮河水利委员会老主任赵武京回忆说，那个时候，跳进淮河游泳，都会激起鱼儿跃出水面。

毕竟，时代不同了。在同农业部渔业局领导交流渔民生产生活的情况时，大家都谈到了内陆淡水渔业渔民捕捞资源量的急剧减少给渔民生活带来的实际困难。据农业部统计，2012年全国水产品总产量达到5906万吨，同比增长5.4%；渔民纯收入达到11256元，同比增长12.43%。在我国渔业经济发展一片大好的形势下，内河渔民的转型转岗已经迫在眉睫。

怎么转呢？让他们改捕捞为养殖，是一种办法。让他们上岸种田种地，是一种办法。让他们进城务工经商，也是一种办法……不管哪种办法，现在都面临着一些实际困难，但不管遇到怎样的困难，我们都要千方百计帮他们解决。不能因为他们群体小，我们就听不到他们的声音；不能因为事难办，我们就不作为。

王家坝，是一个光荣的地方。这里，是“千里淮河第一闸”所在地；这里，百姓为淮河的安澜做出了太多的牺牲；这里，孕育了“舍小家、为大家”的“王家坝精神”。但我们不能总是欠着百姓的，让他们总是舍小家顾大家。是该为以王家坝渔民为代表的内陆渔民做些实事的时候了。

（2013年1月27日《人民日报》第九版“话说乡村”，作者高云才）

可惜从此无徽州

曾经无人不识君

稍有历史知识、文化知识的人，几乎都会知道徽州。一个“徽”字，有着极为丰富的历史文化含量。

徽州，早在秦汉时期设郡，北宋时期正式建徽州府治，已有长达两千三百多年的历史。地理位置、自然环境、民风民俗，这一切使徽州在发展过程中逐步形成了丰富的文化内涵。因而，徽州，不再仅仅是一个单纯的地理概念，而是已经成为世人瞩目的区域性文化的一个经典之作。

写建筑史，不能不提到徽派建筑。粉墙青瓦，木刻砖雕，明清遗韵，至今令观光客、令研究者流连忘返。

说起商业，少不了徽商的风光。“无徽不成镇”，这个说法是当年历史上徽商崛起的最好印证。

说起京剧，谁人不晓徽剧？二百年前“徽班进京”，拉开了京剧历史的序幕。

文房四宝中，徽州的徽墨、歙砚，大名鼎鼎，历久不衰。

朱熹、戴震、胡适、黄宾虹、陶行知等一批著名历史人物，为他们的故乡赢得了荣光。

安徽省的名称，更是少不了这个“徽”字。

徽州，是历史，是文化，是现实与传统连接的不可缺少的一环。

可惜，这个地名如今消失了。

请来黄山，丢掉徽州

著名风景胜地黄山，80年代进入开发高峰。最初于1983年设立的黄山市（俗称小黄山市），管辖范围主要限于黄山风景区周围，其市府所在地太平县城，与黄山紧邻，推窗即见黄山景色，距九华山风景区也只有四十公里。此时的黄山市，与徽州行署所在地屯溪遥相呼应。原徽州行署所在地屯溪，是徽州文化的中心城市和依托城市，屯溪老街、歙县牌坊、黟县民居，构成了一个完美的人文景观区域。可以说，此时的黄山市与徽州，形成自然景观与人文景观双翼并存的良好形态。

但是，1987年，黄山市扩大至大部分徽州地区，市中心搬至屯溪，徽州地名取消，易名为黄山市（俗称大黄山市）。

徽州易名黄山，一个直接的弊病立即表现出来。

屯溪实际上与黄山有相当远的距离。据有关材料，这里距黄山南门七十五公里，距北门一百三十一公里，距西门一百四十公里，距东门九十六公里。徽州地区改为大黄山市之后，原徽州地区各县为了发展旅游，纷纷打出“黄山”的牌子。屯溪火车站改为黄山站，屯溪机场改为黄山机场，岩寺离黄山六十多公里，也叫黄山南大门，歙县离黄山八十多公里，对外也称黄山脚下，甚至远离黄山一二百公里的地方，饭店、旅行社、旅馆都挂上了“黄山”的桂冠。

真正不方便的是游客。兴冲冲下了车下了飞机，以为到了黄山，谁知却迟迟难见黄山真面目，结果不得不再长途跋涉。实际上，从旅游角度看，所谓黄山市，不过是一个黄山南部地区部分游客的中转站。

尤其令人遗憾的是，“徽州”作为地名从此再无踪影。历史悠久的徽州，被一座山一口吃掉。“皖南处处皆黄山”，这是一些有识之士的自嘲和无奈。

地名是历史文化

历史不能割断，文化不能串味，一个历史悠久的地名更换，应该慎之又慎。

历史文化，不是几个空洞的口号，也不仅仅是教科书上几个简单的概念定义，更不是可有可无的点缀。它存在于人们生活的每个领域和角落。作为地名这样一种特殊的语言形象，它更有其相应的稳定性、丰富性。特别是类似徽州这种类型的地名，有着丰富的历史文化内涵。尊重历史，尊重文化，首先就在于珍爱历史的赐予，而非忽视它们，甚至无所谓地抛弃。

重视自然风景区的价值，开发旅游资源，并不意味着消解传统文化，淡化历史形象。一个疑问是：失却深厚的历史背景和文化内涵，旅游又如何真正发展起来？

在民政部召开的一次关于“地名”问题的专题座谈会上，专家们曾指出：“名山大川在全国乃至世界人民心目中，已形成特定形象，不宜扩大其名称的指称范围，以避免造成名称的泛指、泛用，避免造成特定空间形象和地理区域范围上的名称混乱，现行政区名称无任何弊端，无任何不妥之处，且沿用已久，如‘泰安’之名，不仅是由‘泰山’派生出来，而且取名高雅，含义健康，不必改名为泰山市。”

专家们的意见无疑是尊重历史文化，符合地名规律的。

几年前，湖北省的沙市和荆州合并时，舍历史悠久的荆州地名而不用，改为“荆沙市”，是一个明显的失误。经过舆论和各界人士的努力，湖北省政府于1996年12月发出通知，将“荆沙市”更名为荆州市。亡羊补牢，犹未晚也。尊重历史文化的赐予，堪称明智之举。

随着经济的发展，随着农村逐步向城市的过渡，地名的更换必然会越来越频繁。在这一过程中，如何尊重历史和文化，如何遵循地名规律，值得重视，值得研究。

但愿名山大川吃掉历史文化的事情不再发生！

（1994年4月17日《人民日报》“大地副刊”，作者李辉）

我的三位已逝的同事之三：李老太

即使今日，《人民日报》“跑农口”的记者，相信仍会时常提起李老太。

我到《人民日报》工作的第一站，就是“跑农口”。那时候，黄彩忠、何加正这些德高望重的前辈还在第一线。务虚会上，碰到报道意见发生分歧时，常听他们念叨：李老太是怎么说的；李老太如何如何……

我问一个老同志：“李老太是谁？”

对方很惊讶：“啊？不知道李老太？李主任、李克林呀！”

一说李克林，我不陌生：在大学新闻系念书时，写作课上曾学过她写的通讯《今日大寨》。

记得教这门课的是田恒江老师。讲到这篇通讯的写作背景时，田老师说，作者是《人民日报》的资深记者，写这篇报道时已年届七旬，这是篇用心血铸就的力作。他嘱咐我们一定要烂熟于心。

这篇通讯的部分段落，至今我仍能背诵出来：

金秋时节，我来到大寨，第一个印象是，这里山村静悄悄。虎头山默默无语，大柳树长丝低垂，几头牛在山坡慢悠悠地吃草，小雀在枝头鸣叫。…………

当时一些人心目中的社会主义是什么样？一大二公，平均，集中。生产资料集中，自留地集中，牛集中，猪集中，人也集中。鸡不能集中，就是资本主义尾巴，割掉！

到报社时间久了，对李克林的情况有了大致了解：她是《人民日报》创刊元老之一，地地道道的“老革命”，延安时期就开始从事新闻工作。中华人民共和国成立后曾长期任《人民日报》农村部主任。

为什么叫她李老太，而不是叫老李或李老？没人能解释清楚（到现在我也没搞明白）。不过，叫李老太，话语里透着亲切和随意，似乎是在称呼邻家大妈。

我到报社时，李老太已经退休多年。随着改革深化，《人民日报》的内设机构随之进行了调整，农村部已不复存在，与工交部、财贸部合并成立了经济部。所以，真正和李老太碰头打脸的机会并不多。

第一次和李老太面对面，大约是1995年春天，经济部农村组召开一个有关农村问题的研讨会，邀请了许多国内一流的专家，地点在5号楼大会议室。经济部副主任何加正让我到西门口迎一下李老太。

那是个星期天，西门口行人稀少。我站下不久，走过来一个老太太，穿着一件那个季节北方老年妇女常穿的灰罩衫，拎一只黑色的人造革提包，步子很慢很慢。

看着这个打扮有些土气的老太太，我没有把她和李老太联系在一起，以为是个过路的或是上访的。因为听同事们讲，李老太参加革命早，行政级别很高，属于“高干”序列。

“你是不是经济部接人的？小何他们开研讨会在几楼？”老太太径直走向我，和蔼地问。

不用说，她就是李老太了。

我陪老太太朝大院走去。老人问了我叫什么、哪里人、哪个学校毕业的等一些基本情况后，说：“名字和人现在对上了。你写过一篇太行山区农民修路的文章，我有印象。”

我这才注意到，老人的那双脚很有特点，比一般人的要小，有点像缠过而又放大的“解放脚”。

此后不久，我写了篇反映农民种棉碰到众多“沟坎”的文章——《听俺唠唠种棉经》。文章刊出的当天，一位操着浓重河南口音的老太太给我打了个电话，说这篇稿子离农民比较近，好读。但她同时指出，文章还可以写得更全面一点。农业增产，一靠政策，二靠科技。文章反映的农民种棉不增收这个情况，除了文中提到的“政策障碍”，恐怕还有“科技制约”这个因素。她说：文章只有全面、客观，才能使读者信服。

她告诉我，她收集了不少农民依靠科技致富的文章，可以推荐给我。第二天，我便收到了一个大大的牛皮纸信封，里面共有37篇文章，还有一封短笺，署名“李克林”。

此后，我时常得到老人的指点。

2000年春节，何加正带江夏和我到李老太位于报社南区的家中拜年。当时老人已不能下地走动了，她倚在轮椅上忧虑地对我们说：“听家里的保姆讲，现在农民的负担重得很，有些基层干部很不像话。这样下去，老百姓怎么会拥护我们呢？这些问题，你们跑农村的应该好好反映一下呀。”

这些话，多年之后，仍在我耳畔回响……

写到这里，我想起了从朋友那里听来的两则李老太的逸闻。

一则是：10多年前，河南一家报纸在介绍中州名人时，说老人从中学开始就追求马克思主义真理，在日寇进逼、民族存亡的紧急关头，这位来自河南邓县的富家小姐，毅然背叛剥削家庭，奔向延安。老人看了这篇文章后给编辑写信说：这样写，她很不安。因为到延安以前，她对马克思主义理解并不深。奔向延安，有一定的偶然成分。日寇铁蹄逼近古城开封，她和同学们面前只有两条路可选择：一条是到重庆，投奔国民政府；一条是到延安，投奔共产党。大家意见不统一。最后有人提出到山神庙掷铜板，若是正面，就到重庆；若是反面，就到延安。结果掷出的是反面。

最近，看到一本介绍老记者的丛书中，讲到李老太时，有这么一段话：

就在1937年的暑假里，“七七事变” 爆发，抗日战争全面展开，河南的社会空气一变而风云激荡。这时，李克林得知红军长征到了陕北。革命的中心在延安，她要到延安去……

上述两种说法，哪一种更接近事实？我没有考证，不敢妄下结论。不过，个人更赞同前一种说法。一来，给我讲述这则故事的人，就是当年处理那篇稿件的编辑；二来，从老人的为人看，前一种，也更像李老太的做派。

另一则是：老人的女婿——作家王小波英年早逝。媒体对王小波的作品予以高度评价。南方一家媒体撰文说王小波是当代的鲁迅，如果不早逝，极有可能获诺贝尔文学奖。老人看了这些文章后，写了一篇文章说：看了这些赞誉文章，她心里很不安。作为丈母娘，对小波的文章还是比较关注的。小波的文章确实有自己的特点，但和鲁迅相比，还有很大的差距。中国文坛比小波优秀的人才也还有很多……对小波赞誉过头，不但亲属心里不安，小波在九泉之下也是不会安宁的。

多么清醒的老人！当时她已经80多岁了。

李老太2003年8月仙逝。听到这个消息时，我正在塔克拉玛干沙漠腹地采访。吃过晚饭，我对陪同采访的一位当地干部说："陪我到沙梁上走一走吧，我的一个亲人去世了！"

那夜，空中挂着一弯新月，四周阒寂无声。我在沙梁上坐了许久许久……

那夜的沙梁，那夜的新月，以及那夜带给我的人生感悟、新闻感悟，会在记忆中伴随我一生。

（本文首发于"劳罕"公号，作者王慧敏）

今日大寨

金秋时节，我来到大寨。第一个印象是，这里山村静悄悄。虎头山默默无语，大柳树长丝低垂，几条牛在山坡慢悠悠地吃草，小雀在枝头鸣叫……往昔那“红火”的景象，那无尽的人流，都已悄然逝去。那曾经踏上四面八方的参观者的千千万万个脚印的大寨之路，如今已长满荒草，只留下窄窄的山道。夜晚，我住在大寨国际旅行社，偌大一层楼只我一人，静得令人发怵。清晨，我站在虎头山边，遥望蓝天白云，不禁思绪万千：大寨！你为什么这样寂寞?!

然而，当我深入这个山村内部，却发现另一种景象：到处生机勃勃，热气腾腾；与过去那种表面“红火”、内里僵冷的景况，恰成鲜明的对比。过去我来大寨，不能随便和社员谈话，社员们也是板着面孔什么也不说；这次我可以自由自在地走东家串西家，和干部群众任意交谈，和大嫂大娘炕头谈心。我串了七八家窑洞，一种“自由”“解放”的喜悦扑面而来。大寨人几乎是异口同声地说，现在真好！贾忙妮说：“现在可真自由，想甚时去地就甚时去！”自由，解放，这本是三十多年前常见的字眼，今天，竟在大寨妇女们口中重新出现，颇耐人寻味。

这个长期在“左”的禁锢中的山村，一旦获得解放，立即显出新的活力。几个大娘谈起过去“早晨五点半，地里两顿饭，有时还加班干”那艰难的岁月，感叹不已！她们说，现在是粮没少打，活也没少干；男的大都去干工副业搞运输去了，干地里活主要靠妇女，一天也干出过去两天的活。一个农民看我好像不大理解，在旁说：“过去是伙的，现在是我的，这不是明摆的理儿?”是的，就是这个简单明白的道理，我们却是二十多年没弄懂，硬是把人家捆在一起，“摽着穷”。

大寨是1983年初开始实行包干到户的。当时一些老干部想不通，年轻人多数想试试看，昔阳县委做了大量思想工作转好这个弯。没想到这一年粮食产量第一次突破了百万斤大关。群众反映：“这年真怪，种甚收甚！”这里有人的热情，天的帮助，也不能忽视“大寨田”的作用。要不狼窝掌的高粱怎么长得那么壮实？应该客观地分析这些历史的因素。

大寨所显示的勃勃生机，不仅是由于实行了家庭联产承包责任制，还因为过去被当作“资本主义的路”而紧紧“堵”着的各项生产门路疏通了。大寨当前经营的项目，除粮食种植外，有采煤、运输、烧砖、石子、林果、畜牧、酱醋加工等，近十项生产。后山煤矿绞车隆隆，虎头山下车轮滚滚，大寨人从狭小的“大寨田”里，走向了广阔的天地。

大寨的后山蕴藏着优质的煤层，过去这里就有“要想富，开黑库”之说。50年代初，老英雄贾进才曾带头在这里挖过小煤窑。可是后来批判“要想富得快，庄稼搅买卖”，煤窑被当作“资本主义”批来批去，从此黑色金库长期沉睡地下没人敢再提，老贾也因此背了几十年黑锅。如今煤窑重新打开，乌金滚滚，每年产煤约一万七千吨，可收入二十多万元，净交集体七万五千元。几十个新矿工，每人每月收入近二百元。

煤炭的开采，促进了运输业的发展。去年大寨出现一股争买汽车“热”。到今年初，社员个人买大汽车八辆，带头小四轮七辆。大寨有史以来第一次出现了一批“运输专业户”。过去被当作“资本主义尾巴”割掉的家庭副业和小手工业蓬勃兴起，铁木工匠各显其能。耿艮柱的家庭养鸡场，一年育雏过万只，还为食品商业部门提供了上万斤鲜蛋和大批肉鸡，为周围村提供了一批良种鸡。这个昔阳闻名的“养鸡专业户”，去年人均收入两千元。

大寨果园已有一百二十多亩，一千五百多株开始产果。金黄的“丁露香”，艳红的“甜红玉”，累累满枝，今年预计可收十五万多斤。还有几万株幼苗，共可收入四万来元。“山上绿色银行，山下黑色金库”，这是大寨集体经济的两大支柱。地下还有矾石、黏土等矿藏呢。今日大寨的七沟八梁一面坡上，不再只是金皇后和高粱，而是多彩多姿。丰富的自然资源同勤劳勇敢的大寨人以新的方式结合起来，形成了新生产力。农、工、商、林、果、牧全面发展，产业结构、种植结构，以至食品结构，都发生了变化。小米小麦多了，去年人均小麦二百五十多斤，大寨人的食品不再是“老玉米当家”，而是天天有白面了。

短短两三年，大寨开始呈现出集体壮大、个人富裕的新局面。与十一届三中全会前的1978年相比，去年总收入达五十四万多元，增长近一倍；人均纯收入六百零一元，增长两倍多。他们最近提出新的目标：“奋斗五年，人均两千。”这是有条件、有根据的，当然也是艰巨的。集体经济壮大了，一方面开辟新的生产门路，一方面为家庭经济服务，促使承包后的农户走共同富裕之路。这可不是“归大堆”、又吃“大锅饭”，而是合作经济优越性的新体现。这几年集体经济为农户作了几件好事：一是各户承包土地，由集体提供良种、农药、化肥等，亩均约五十元，他们叫“以工补农”；二是各项费用，如干部补贴、民办教师、优抚代耕、管理费等由集体统一承担，不再向农户摊派，因此大寨农民不感到负担重的问题；三是集体统一购买一批“昆仑”电视机，以低价分发各户。另外对缺少劳力的困难户用各种办法给以扶助。现在家家有余粮，全村最困难的户也吃饱穿暖，还有电视看，比“农业学大寨”时强得多。

大寨当前遇到了一个大难题，就是房子问题。如今生活富裕了，家中摆设多了，每家都希望有个独门小院，养鸡喂猪，栽花种树，美化生活环境；可现在那列车似的排排窑洞却很少发展余地。我串过几家门，有些家里广式沙发、大彩电，新式家具一应俱全，可门外却是乱糟糟。正像他们自己说的：“窑内电视电扇，窑外乱成一片。”加以这些年孩子长大，青年结婚，人口发展，矛盾更加突出。大寨现已由前几年的八十多户发展到一百二十五户。住在下边或上边的还可盖间小房房，中间一层的就毫无办法。据说，当年修建这样的“大寨楼”时，有个老社员就提过意见，说这不适合农民生活，却挨了当时大寨负责人的一顿批，以后就再没人敢说话了。如今造成了这么大的麻烦。

“大寨楼”的建设反映了当时大寨领导人的思想。有人说这是为了给人参观，成排成行，威武壮观。其实不尽如此。当时一些人心目中的社会主义是什么样？平均，集中。生产资料集中，自留地集中，牛集中，猪集中，人也集中。鸡不能集中，就是资本主义尾巴，割掉！人们改善生活的种种要求都属于“资”，好像无产阶级只能是苦行僧式的苦一辈子。一个时期，大寨青年不得戴手表，不得穿皮鞋，不得下饭馆，甚至姑娘穿件花衣服也被看作带着“资”味，也要批。“堵住资本主义的路，才能迈开社会主义的步”，七斗八斗，灭资兴无，这种把社会主义当作资本主义批判的所谓“大寨经验”，一段时间里竟能吹遍全国，吹得大地白茫茫一片……多么惨痛的教训！

这次到大寨，当我紧握着贾进才老英雄的树根一样的双手，坐在坑头叙谈往事的时候，我带着歉意说到当时的报纸宣传。宋立英连忙说：“也不怨你们，那时候不那样说行吗？当时什么经验都来大寨找，什么风都挂上大寨牌子往外吹，其实大寨老百姓知道个甚？”这是对当时历史的简明又实在的概括。当大寨这个山区建设的典型被某些野心家涂上政治色彩、当作工具利用的时候，大寨是被玷污、被扭曲了！我觉得真正的大寨精神是凝结在老英雄这树根一样的双手上的。愿大寨的年青一代，能正确认识老一代走过的历史道路，继承发扬这种精神！

历史又翻过新的一页。喜看今日大寨，一派欣欣向荣。当大寨人懂得“大锅饭”不是“社会主义”，当他们挣脱“左”的绳索找到了真正的社会主义康庄大道之后，立即显出了强大的生命力。他们的欢乐，反映了广大农民的欢乐；他们受过的苦难，正是我国众多农村苦难的缩影。经过历史的曲折和阵痛之后的大寨人，从来没有现在这样充满活力，充满信心！

（1985年10月5日《人民日报》，记者李克林）

安徽省考察境内沿江地区作出决策

抓住机遇　开发皖江　呼应浦东

决定将芜湖马鞍山列为沿江开放地区重点

本报芜湖7月15日电　“开发皖江，呼应浦东”——这是安徽省委、省府正在采取的一大动作。

安徽境内长江长406公里。安徽人把这段“黄金水道”叫作皖江。7月5日至14日，省委书记卢荣景和省委常委，会同省顾委、省人大、省政府、省政协领导人及省直有关部委办厅局负责人和专家、学者，对沿江安庆、铜陵、芜湖、马鞍山4市及池州地区，作了进一步考察，并在长江岸畔的芜湖市召开省委常委会议。卢荣景以迫切的心情，语重心长地要求全省进一步动员起来，抓住机遇，开发皖江，强化自身，呼应浦东，当好配角，迎接辐射。

安徽目前划入皖江经济区域的有沿江4市及巢湖、宣城、池州3地区，面积为3.7万平方公里，人口1400余万，分别占全省的27%和28%，而工业总产值和财政收入却占全省的40%上下，外贸收购总额则占全省一半以上。这一紧靠长江三角洲的经济区域，不仅水利、矿产、农产、旅游资源十分丰富，而且交通发达，气候宜人，支柱产业较多，技术力量雄厚，早已列为全省7大经济区之首。

经过11年的改革开放以及近6年的基础建设和初步开发，这一经济区域投资环境已有很大改善：沿江4市程控直拨电话全部开通；芜湖、安庆海关已经建立；芜湖集装箱运输业务早已开张，年货运量达百万吨的芜湖朱家桥外贸码头已初步建成，整个区域已形成铁路、公路、水运、空运立体交通网络；芜湖、马鞍山两市还准备了可供台商、外商办厂开业的小区；4

市3地区都备有迎接台商、外商投资开发的大批项目。

安徽省委、省府在上海浦东开发浪潮的鼓舞下，决心强化自身，加快皖江开发，壮大经济实力，积极呼应浦东、服务浦东。省委常委决定，全省对外开放的重点放在皖江两岸，两岸的重点首先放在我国四大米市之一的历史名城——芜湖和毗邻的著名钢城——马鞍山，热烈欢迎侨胞及一切外商和兄弟省市前来经商办厂，互利互惠，共同繁荣。

对于浦东开发的呼应，首先是搞好“两建”的服务：一是有大量的优质钢材、水泥等建筑材料可供选购，二是有10万多名装备精良的建设大军可供选用。同时利用黄山、九华山、天柱山等旅游胜地提供服务。

为形成合力，把“开发皖江，呼应浦东”的大事办实办好，安徽省委、省府决定：由省委副书记、省长傅锡寿挂帅，在抓好全省农业、能源、交通等基础事业的前提下，统一规划，协调各方，统筹兼顾，组织落实，抓出成效。

（1990年7月18日《人民日报》头版头条，记者张振国）

县委书记的榜样——焦裕禄

一九六二年冬天，正是豫东兰考县遭受内涝、风沙、盐碱三害最严重的时刻。这一年，春天风沙打毁了二十万亩麦子，秋天淹坏了三十多万亩庄稼，盐碱地上有十万亩禾苗碱死，全县的粮食产量下降到了历年的最低水平。

就是在这样的关口，党派焦裕禄来到了兰考。

展现在焦裕禄面前的兰考大地，是一幅多么苦难的景象呵！横贯全境的两条黄河故道，是一眼看不到边的黄沙；片片内涝的洼窝里，结着青色的冰凌；白茫茫的盐碱地上，枯草在寒风中抖动。

困难，重重的困难，像一副沉重的担子，压在这位新到任的县委书记的双肩。但是，焦裕禄是带着《毛泽东选集》来的，是怀着改变兰考灾区面貌的坚定决心来的。在这个贫农出身的共产党员看来，这里有三十六万勤劳的人民，有烈士们流鲜血解放出来的九十多万亩土地。只要加强党的领导，一时有天大的艰难，也一定要杀出条路来。

第二天，当大家知道焦裕禄是新来的县委书记时，他已经下乡了。

他到灾情最重的公社和大队去了。他到贫下中农的草屋里，到饲养棚里，到田边地头，去了解情况，观察灾情去了。他从这个大队到那个大队，他一路走，一路和同行的干部谈论。见到沙丘，他说："栽上树，岂不是成了一片好绿林！"见到涝洼窝，他说："这里可以栽苇、种蒲、养鱼。"见到碱地，他说："治住它，把一片白变成一片青！"转了一圈回到县委，他向大家说："兰考是个大有作为的地方，问题是要干，要革命。兰考是灾区，穷，困难多，但灾区有个好处，它能锻炼人的革命意志，培养人的革命品格。革命者要在困难面前逞英雄。”

焦裕禄的话，说得大家心里热乎乎的。大家议论说，新来的县委书记看问题高人一着棋，他能从困难中看到希望，能从不利条件中看到有利因素。

“关键在于县委领导核心的思想改变”

连年受灾的兰考，整个县上的工作，几乎被发统销粮、贷款、救济棉衣、烧煤所淹没了。有人说县委机关实际上变成了一个供给部。那时候，很多群众等待救济，一部分干部被灾害压住了头，对改变兰考面貌缺少信心，少数人甚至不愿意留在灾区工作。他们害怕困难，更害怕犯错误。……

焦裕禄想：“群众在灾难中两眼望着县委，县委挺不起腰杆，群众就不能充分发动起来。‘干部不领，水牛掉井’，要想改变兰考的面貌，必须首先改变县委的精神状态。”

夜，已经很深了，焦裕禄躺在床上翻来覆去睡不着。他披上棉衣，找县委副书记张钦礼谈心去了。

在这么晚的时候，张钦礼听见叩门声，吃了一惊。他迎进焦裕禄，连声问：“老焦，出了啥事？”

焦裕禄说：“我想找你谈谈。你在兰考十多年了，情况比我熟，你说，改变兰考面貌的主要问题在哪里？”

张钦礼沉思了一下，回答说：“在于人的思想的改变。”

“对。”焦裕禄说：“但是，应该在思想前面加两个字：领导。眼前关键在于县委领导核心的思想改变。没有抗灾的干部，就没有抗灾的群众。”

两个人谈得很久，很深，一直说到后半夜。他们的共同结论是，除“三害”首先要除思想上的病害；特别是要对县委的干部进行抗灾的思想教育。不首先从思想上把人们武装起来，要想完成除“三害”斗争，将是不可能的。

严冬，一个风雪交加的夜晚，焦裕禄召集在家的县委委员开会。人们到齐后，他并没有宣布议事日程，只说了一句：“走，跟我出去一趟。”就领着大家到火车站去了。

当时，兰考车站上，北风怒号，大雪纷飞。车站的屋檐下，挂着尺把长的冰柱。国家运送兰考灾民前往丰收地区的专车，正从这里飞驰而过。也还有一些灾民，穿着国家救济的棉衣，蜷曲在货车上，拥挤在候车室里……。

焦裕禄指着他们，沉重地说："同志们，你们看，他们绝大多数人，都是我们的阶级兄弟。是灾荒逼迫他们背井离乡的，不能责怪他们，我们有责任。党把这个县三十六万群众交给我们，我们不能领导他们战胜灾荒，应该感到羞耻和痛心。……"

他没有再讲下去，所有的县委委员都沉默着低下了头，这时有人才理解，为什么焦裕禄深更半夜领着大家来看风雪严寒中的车站。

从车站回到县委，已经是半夜时分了，会议这时候才正式开始。

焦裕禄听了大家的发言之后，最后说："我们经常口口声声说要为人民服务，我希望大家能牢记着今晚的情景，这样我们就会带着阶级感情，去领导群众改变兰考的面貌。"

紧接着，焦裕禄组织大家学习《为人民服务》《纪念白求恩》《愚公移山》等文章，鼓舞大家的革命干劲，勉励大家像张思德、白求恩那样工作。

以后，焦裕禄又专门召开了一次常委会，回忆兰考的革命斗争史。在残酷的武装斗争年代，兰考县的干部和人民，同敌人英勇搏斗，前仆后继。有一个区，曾经在一个月内有九个区长为革命牺牲。烈士马福重被敌人破腹后，肠子被拉出来挂在树上。……焦裕禄说："兰考这块地方，是同志们用鲜血换来的。先烈们并没有因为兰考人穷灾大，就把它让给敌人，难道我们就不能在这里战胜灾害?"

一连串的阶级教育和思想斗争，使县委领导核心，在严重的自然灾害面前站起来了。他们打掉了在自然灾害面前束手无策、无所作为的懦夫思想，从上到下坚定地树立了自力更生消灭"三害"的决心。不久，在焦裕禄倡议和领导下，一个改造兰考大自然的蓝图被制订出来。这个蓝图规定在三五年内，要取得治沙、治水、治碱的基本胜利，改变兰考的面貌。这个蓝图经过县委讨论通过后，报告了中共开封地委，焦裕禄在报告上，又着重加了几句：

"我们对兰考的一草一木都有深厚的感情。面对着当前严重的自然灾害，我们有革命的胆略，坚决领导全县人民，苦战三五年，改变兰考的面貌。不达目的，我们死不瞑目。"

这几句话，深切地反映了当时县委的决心，也是兰考全党在上级党组织面前，一次庄严的宣誓。直到现在，它仍然深深地刻在县委所有同志的心上，成为鞭策他们前进的力量。

“吃别人嚼过的馍没味道”

焦裕禄深深地了解，理想和规划并不等于现实，这涝、沙、碱三害，自古以来害了兰考人民多少年呵！今天，要制伏“三害”，要把它们从兰考土地上像送瘟神一样驱走，必须进行大量艰苦细致的工作，付出高昂的代价。

他想，按照毛主席的教导，不管做什么工作，必须首先了解情况，进行调查研究。“没有调查就没有发言权”。要想战胜灾害，单靠一时的热情，单靠主观愿望，事情断然是办不好的。即使硬干，也要犯毛主席早已批评过的“闭塞眼睛捉麻雀”“瞎子摸鱼”的错误。要想战胜灾害，必须照毛主席的指示办事，详尽地掌握灾害的底细，了解灾害的来龙去脉，然后作出正确的判断和部署。

他下决心要把兰考县一千八百平方公里土地上的自然情况摸透，亲自去掂一掂兰考的“三害”究竟有多大分量。

根据这一想法，县委先后抽调了一百二十个干部、老农和技术员，组成一支三结合的“三害”调查队。在全县展开了大规模的追洪水、查风口、探流沙的调查研究工作。焦裕禄和县委其他领导干部，都参加了这场战斗。那时候，焦裕禄正患着慢性的肝病，许多同志担心他在大风大雨中奔波，会加剧病情的发展，劝他不要参加，但他毫不犹豫地拒绝了同志们的劝告，他说：“吃别人嚼过的馍没味道。”他不愿意坐在办公室里依靠别人的汇报来进行工作，说完就背着干粮，拿起雨伞和大家一起出发了。

每当风沙最大的时候，也就是他带头下去查风口、探流沙的时候，雨最大的时候，也就是他带头下去冒雨涉水，观看洪水流势和变化的时候。他认为这是掌握风沙、水害规律最有利的时机。为了弄清一个大风口，一条主干河道的来龙去脉，他经常不辞劳苦地跟着调查队，追寻风沙和洪水的去向，从黄河故道开始，越过县界、省界，一直追到沙落尘埃，水入河道，方肯罢休。在这场艰苦的斗争中，县委书记焦裕禄简直变成一个满身泥水的农村“脱坯人”了。他和调查队的同志们经常在截腰深的水里吃干粮，有时夜晚蹲在泥水处歇息……。

有一次，焦裕禄从杞县阳堌公社回县的路上，遇到了白帐子猛雨。大雨下了七天七夜，全县变成了一片汪洋。焦裕禄想：“嗬，洪水呀，等还等不到哩，你自己送上门来了。”他回到县里后，连停也没有停，就带着办公室的三个同志出发了。眼前只有水，哪里有路？他们靠着各人手里的一根棍，探着，走着。这时，焦裕禄突然感到一阵阵肝痛，时时弯下身子用左手按着肝部。三个青年恳求着说：“你回去休息吧。把任务交给我们，我们保证按照你的要求完成任务。”焦裕禄没有同意，继续一路走，一路工作着。

他站在洪水激流中，同志们为他撑开伞，他画了一张又一张水的流向图。等他们赶到金营大队，支部书记李广志看见焦裕禄就吃惊地问：“一片汪洋大水，您是咋来的？”焦裕禄抡着手里的棍子说：“就坐这条船来的。”李广志让他休息一下，他却拿出自己画的图来，一边指点着，一边滔滔不绝地告诉李广志，根据这里的地形和水的流势，应该从哪里到哪里开一条河，再从哪里到哪里挖一条支沟……这样，就可以把这几个大队的积水，统统排出去了。李广志听了非常感动，他没有想到焦裕禄同志的领导工作，竟这样的深入细致！到吃饭的时候了，他要给焦裕禄派饭，焦裕禄说：“雨天，群众缺烧的，不吃啦！”说着就又向风雨中走去。

送走了风沙滚滚的春天，又送走了雨水集中的夏季，调查队在风里、雨里、沙窝里、激流里度过了一个月又一个月，方圆跋涉了五千余里，终于使县委抓到了兰考“三害”的第一手资料。全县有大小风口八十四个，经调查队一个个查清，编了号、绘了图；全县有大小沙丘一千六百个，也一个个经过丈量，编了号，绘了图全县的千河万流，淤塞的河渠，阻水的路基、涵闸……也调查得清清楚楚，绘成了详细的排涝泄洪图。

这种大规模的调查研究，使县委基本上掌握了水、沙、碱发生、发展的规律。几个月的辛苦奔波，换来了一整套又具体又详细的资料，把全县抗灾斗争的战斗部署，放在一个更科学更扎实的基础之上。大家都觉得方向明，信心足，无形中增添了不少的力量。

“榜样的力量是无穷的”

夜已经很深了，阵阵的肝痛和县委工作沉重的担子，使焦裕禄久久不能入睡。他的心在想着兰考县的三十六万人和二千五百七十四个生产队。抗灾斗争的发展是不平衡的，基层干部和群众的思想觉悟也有高有低，怎样才能把毛泽东思想红旗高高举起？怎样才能充分调动起群众的革命积极性？怎样才能更快地在全县范围内开展起轰轰烈烈的抗灾斗争？……

焦裕禄在苦苦思索着。

他披衣起床，重又翻开《毛泽东选集》。在多年的工作中，焦裕禄已养成了学习毛主席著作的习惯，他从毛主席的著作中汲取了无穷的智慧和力量。县委开会，他常常在会前朗读毛主席著作中的有关章节。无论在办公室，或下乡工作，他总要提着一个布兜儿，装上《毛泽东选集》带在身边。每次遇到工作中的困难，他都认真地向毛主席的著作请教，严格地按照毛主席的指示去办。他曾对县委的同志们介绍自己学习毛主席著作的方法，叫做“白天到群众中调查访问，回来读毛主席著作，晚上‘过电影’，早上记笔记”。他所说的“过电影”，主要是指联系实际来思考问题。他说：“无论学习或工作，不会‘过电影’那是不行的。”

现在，全县抗灾斗争的情景，正像一幕幕的电影活动在他的脑海里，他带着一连串的问题，去阅读毛主席《关于领导方法的若干问题》那篇文章。目光停在那几行金光闪耀的字上：

“我们共产党人无论进行何项工作，有两个方法是必须采用的，一是一般和个别相结合，二是领导和群众相结合。”

“从群众中集中起来又到群众中坚持下去，以形成正确的领导意见，这是基本的领导方法。”

毛主席的话给了他很大的力量，眼前一下子豁亮起来。他决定发动县委领导同志再到贫下中农中间去。他自己更是经常住在老贫农的草庵子里，蹲在牛棚里，跟群众一起吃饭，一起劳动。他带着高昂的革命激情和对群众的无限信任，在广大贫下中农间询问着、倾听着、观察着，他听到许多贫下中农要求“翻身”、要求革命的呼声。看到许多队自力更生、奋发图强对“三害”斗争的革命精神。他在群众中学到了不少治沙、治水、治碱的办法，总结了不少可贵的经验。群众的智慧，使他受到极大的鼓舞，也更加坚定了他战胜灾害的信心。

韩村是一个只有二十七户人家的生产队。一九六二年秋天遭受了毁灭性的涝灾，每人只分了十二两红高粱穗。在这样严重的困难面前，生产队的贫下中农提出，不向国家伸手，不要救济粮、救济款，自己割草卖草养活自己。他们说：摇钱树，人人有，全靠自己一双手。不能支援国家，心里就够难受了，决不能再拉国家的后腿。就在这年冬天，他们割了二十七万斤草，养活了全体社员，养活了八头牲口，还修理了农具，买了七辆架子车。

秦寨大队的贫下中农社员，在盐碱地上刮掉一层皮，从下面深翻出好土，盖在上面。他们大干深翻地的时候，正是最困难的一九六三年夏季。他们说："不能干一天干半天，不能翻一锨翻半锨，用蚕吃桑叶的办法，一口口啃，也要把这碱地啃翻个个儿。"

赵垛楼的贫下中农在七季基本绝收以后，冒着倾盆大雨，挖河渠，挖排水沟，同暴雨内涝搏斗。一九六三年秋天，这里一连九天暴雨，他们却夺得了好收成，卖了八万斤余粮。

双杨树的贫下中农在农作物基本绝收的情况下，雷打不散，社员们兑鸡蛋卖猪，买牲口买种子，坚持走集体经济自力更生的道路，社员们说："穷，咱穷到一块儿；富，咱也富到一块儿。"

韩村，秦寨，赵垛楼，双杨树，广大贫下中农自力更生的革命精神，使焦裕禄十分激动。他认为这就是在毛泽东思想哺育下的贫下中农革命精神的好榜样。他在县委会议上，多少次讲述了这些先进典型的重大意义，并亲自总结了它们的经验。他说："榜样的力量是无穷的，我们应该把群众中这些可贵的东西，集中起来，再坚持下去，号召全县社队向他们学习。"

一九六三年九月，县委在兰考冷冻厂召开了全县大小队干部的盛大集会，这是扭转兰考局势的大会，是兰考人民自力更生、奋发图强的一次誓师大会。会上，焦裕禄为韩村、秦寨、赵垛楼、双杨树的贫下中农鸣锣开道，请他们到主席台上，拉他们到万人之前，大张旗鼓地表扬他们的革命精神。他把群众中这些革命的东西，集中起来，总结为四句话："韩村的精神，秦寨的决心，赵垛楼的干劲，双杨树的道路。"他说：这就是兰考的新道路！是毛泽东思想指引的道路！他大声疾呼，号召全县人民学习这四个样板，发扬他们的革命精神，在全县范围内锁住风沙，制伏洪水，向“三害”展开英勇的斗争！

这次大会在兰考抗灾斗争的道路上，是一个伟大的转折。它激发了群众的革命豪情，鼓舞了群众的革命斗志，有力地推动了全县抗灾斗争的发展。它使韩村等四个榜样的名字传遍了兰考；它让毛泽东思想的伟大红旗，在兰考三十六万群众的心目中，高高地升起！

从此，兰考人民的生活中多了两个东西，这就是县委和县人委发出的“奋发图强的嘉奖令”和“革命硬骨头队”的命名书。

“当群众最困难的时候，共产党员要出现在群众面前”

就在兰考人民对涝、沙、碱三害全面出击的时候，一场比过去更加严重的灾害又向兰考袭来。一九六三年秋季，兰考县一连下了十三天雨，雨量达二百五十毫米。大片大片的庄稼汪在洼窝里，渍死了。全县有十一万亩秋粮绝收，二十二万亩受灾。

焦裕禄和县委的同志们全力投入了生产救灾。

那是个冬天的黄昏。北风越刮越紧，雪越下越大。焦裕禄听见风雪声，倚在门边望着风雪发呆。过了会儿，他又走回来，对办公室的同志们严肃地说：“在这大风大雪里，贫下中农住得咋样？牲口咋样？”接着他要求县委办公室立即通知各公社做好几件雪天工作。他说，“我说，你们记记。第一，所有农村干部必须深入到户，访贫问苦，安置无屋居住的人，发现断炊户，立即解决。第二，所有从事农村工作的同志，必须深入牛屋检查，照顾老弱病畜，保证不许冻坏一头牲口。第三，安排好室内副业生产。第四，对于参加运输的人畜，凡是被风雪隔在途中的，在哪个大队的范围，由哪个大队热情招待，保证吃得饱，住得暖。第五，教育全党，在大雪封门的时候，到群众中去，和他们同甘共苦。最后一条，把检查执行的情况迅速报告县委”。办公室的同志记下他的话，立即用电话向各公社发出了通知。

这天，外面的大风雪刮了一夜。焦裕禄的房子里，电灯也亮了一夜。

第二天，窗户纸刚刚透亮，他就挨门把全院的同志们叫起来开会。焦裕禄说：“同志们，你们看，这场雪越下越大，这会给群众带来很多困难，在这大雪拥门的时候，我们不能坐在办公室里烤火，应该到群众中间去。共产党员应该在群众最困难的时候，出现在群众的面前，在群众最需要帮助的时候，去关心群众，帮助群众。”

简短的几句话，像刀刻的一样刻在每一个同志的心上。有人眼睛湿润了，有人有多少话想说也说不出来了。他们的心飞向冰天雪地的茅屋去了。大家立即带着救济粮款，分头出发了。

风雪铺天盖地而来。北风响着尖厉的哨音，积雪有半尺厚。焦裕禄迎着大风雪，什么也没有披，火车头帽子的耳巴在风雪中忽闪着。那时，他的肝痛常常发作，有时痛得厉害，他就用一支钢笔硬顶着肝部。现在他全然没想到这些，带着几个年轻小伙子，踏着积雪，一边走，一边高唱《南泥湾》。他问青年人看过《万水千山》这个电影没有？他说：“你们看，眼前多么像《万水千山》里的一个镜头呵！”

这一天，焦裕禄没烤群众一把火，没喝群众一口水。风雪中，他在九个村子，访问了几十户生活困难的老贫农。在梁孙庄，他走进一个低矮的柴门。这里住的是一双无依无靠的老人。老大爷有病躺在床上，老大娘是个瞎子。焦裕禄一进屋，就坐在老人的床头，问寒问饥。老大爷问他是谁？他说：“我是您的儿子。”老人问他大雪天来干啥？他说：“毛主席叫我来看望您老人家。”老大娘感动得不知说什么才好，用颤抖的双手上上下下摸着焦裕禄。老大爷眼里噙着泪说：“解放前，大雪封门，地主来逼租，撵得我串人家的房檐，住人家的牛屋。”焦裕禄安慰老人说：“如今印把子抓在咱手里，兰考受灾受穷的面貌一定能够改过来。”

就是在这次雪天送粮当中，焦裕禄也看到和听到了许多贫下中农极其感人的故事。谁能够想到，在毁灭性的涝灾面前，竟有那么一些生产队，两次三番退回国家送给他们的救济粮、救济款。他们说：把救济粮、救济款送给比我们更困难的兄弟队吧，我们自己能想办法养活自己！

焦裕禄心里多么激动呵！他看到毛泽东思想像甘露一样滋润了兰考人民的心，党号召的自力更生、奋发图强的精神，在困难面前逞英雄的硬骨头精神，已经变成千千万万群众敢于同天抗、同灾斗的物质力量了。

有了这种精神，在兰考人民面前还有什么天大的灾害不能战胜！

“县委书记要善于当‘班长’”

焦裕禄常说，县委书记要善于当“班长”，要把县委这个“班”带好，必须使这“一班人”思想齐、动作齐。而要统一思想、统一行动，就必须用毛泽东思想挂帅。

他是这样想的，也是这样做的。

县人委有一位从丰收地区调来的领导干部，提出了一个装潢县委和县人委领导干部办公室的计划。连桌子、椅子、茶具，都要换一套新的。为了好看，还要把城里一个污水坑填平，上面盖一排房子。县委多数同志激烈地反对这个计划。也有人问：“钱从哪里来？能不能花？”这位领导干部管财政，他说：“花钱我负责。”

但是，焦裕禄提了一个问题：

“坐在破椅子上不能革命吗？”他接着说明了自己的意见：

“灾区面貌没有改变，还大量吃着国家的统销粮，群众生活很困难。富丽堂皇的事，不但不能做，就是连想也很危险。”

后来，焦裕禄找这位领导干部谈了几次话，帮助他认识错误。焦裕禄对他说：兰考是灾区，比不得丰收区。即使是丰收区，你提的那种计划，也是不应该做的。焦裕禄劝这位领导干部到贫下中农家里去住一住，到贫下中农中间去看一看。去看看他们想的是什么，做的是什么。焦裕禄作为县委的班长，他从来不把自己的意见，强加于人。他对同志们要求非常严格，但他要求得入情入理，叫你自己从内心里生出改正错误的力量。不久以后，这位领导干部认识了错误，自己收回了那个“建设计划”。

有一位公社书记在工作中犯了错误。当时，县委开会，多数委员主张处分这位同志。但焦裕禄经过再三考虑，提出暂时不要给他处分。焦裕禄说，这位同志是我们的阶级弟兄，他犯了错误，给他处分固然是必要的；但是，处分是为了达到治病救人的目的。当前改变兰考面貌，是一个艰巨的斗争，不如派他到最艰苦的地方去，考验他，锻炼他，给他以改正错误的机会，让他为党的事业出力，这样不是更好吗？

县委同意了焦裕禄的建议，决定派这个同志到灾害严重的赵垛楼去蹲点。这位同志临走时，焦裕禄把他请来，严格地提出批评，亲切地提出希望，最后焦裕禄说："你想想，当一个不坚强的战士，当一个忘了群众利益的共产党员，多危险，多可耻呵！先烈们为解放兰考这块地方，能付出鲜血、生命；难道我们就不能建设好这个地方？难道我们能在自然灾害面前当怕死鬼？当逃兵？"

焦裕禄的话，一字字、一句句都紧紧扣住这位同志的心。这话的分量比一个最重的处分决定还要沉重，但这话也使这位同志充满了战斗的激情。阶级的情谊，革命的情谊，党的温暖，在这位犯错误的同志的心中激荡着，他满眼流着泪，说："焦裕禄同志，你放心……。"

这位同志到赵垛楼以后，立刻同群众一道投入了治沙治水的斗争。他发现群众的生活困难，提出要卖掉自己的自行车，帮助群众，县委制止了他，并且指出，当前最迫切的问题，是从思想上武装赵垛楼的社员群众，领导他们起来，自力更生进行顽强的抗灾斗争，一辆自行车是不能解决什么问题的。以后，焦裕禄也到赵垛楼去了。他关怀赵垛楼的两千来个社员群众，他也关怀这位犯错误的阶级弟兄。

就在这年冬天，赵垛楼为害农田多年的二十四个沙丘，被社员群众用沙底下的黄胶泥封盖住了。社员们还挖通了河渠，治住了内涝。这个一连七季吃统销粮的大队，一季翻身，卖余粮了。

也就在赵垛楼大队"翻身"的这年冬天，那位犯错误的同志，思想上也翻了个个儿。他在抗灾斗争中，身先士卒，表现得很英勇。他没有辜负党和焦裕禄对他的期望。

焦裕禄，出生在山东淄博一个贫农家里，他的父亲在解放前就被国民党反动派逼迫上吊自杀了。他从小逃过荒，给地主放过牛，扛过活，还被日本鬼子抓到东北挖过煤。他带着家仇、阶级恨参加了革命队伍，在部队、农村和工厂里做过基层工作。自从参加革命一直到当县委书记以后，他始终保持着劳动人民的本色。他常常开襟解怀，卷着裤管，朴朴实实地在群众中间工作、劳动。贫农身上有多少泥，他身上有多少泥。他穿的袜子，补了又补，他爱人要给他买双新的，他说："跟贫下中农比一比，咱穿的就不错了。"夏天，他连凉席也不买，只花四毛钱买一条蒲席铺。

有一次，他发现孩子很晚才回家去。一问，原来是看戏去了。他问孩子："哪里来的票？"孩子说："收票叔叔向我要票，我说没有。叔叔问我是谁？我说焦书记是我爸爸。叔叔没有收票就叫我进去了。"焦裕禄听了非常生气，当即把一家人叫来“训”了一顿，命令孩子立即把票钱如数送给戏院。接着，又建议县委起草了一个通知，不准任何干部特殊化，不准任何干部和他们的子弟“看白戏”。……

“焦裕禄是我们县委的好班长，好榜样”

“在焦裕禄领导下工作，方向明，信心大，敢于大作大为，心情舒畅，就是累死也心甘。”

焦裕禄的战友这样说，反对过他的人这样说，犯过错误的人也这样说。

他心里装着全体人民，唯独没有他自己

县委一位副书记在乡下患感冒，焦裕禄几次打电话，要他回来休息；组织部一位同志有慢性病，焦裕禄不给他分配工作，要他安心疗养；财委一位同志患病，焦裕禄多次催他到医院检查……焦裕禄的心里，装着全体党员和全体人民，唯独没有他自己。

一九六四年春天，正当党领导着兰考人民同涝、沙、碱斗争胜利前进的时候，焦裕禄的肝病也越来越重了。很多人都发现，无论开会、作报告，他经常把右脚踩在椅子上，用右膝顶住肝部。他棉袄上的第二和第三个扣子是不扣的，左手经常揣在怀里。人们留心观察，原来他越来越多地用左手按着时时作痛的肝部，或者用一根硬东西顶在右边的椅靠上。日子久了，他办公坐的藤椅上，右边被顶出了一个大窟窿。他对自己的病，是从来不在意的。同志们问起来，他才说他对肝痛采取了一种压迫止疼法。县委的同志们劝他疗养，他笑着说：“病是个欺软怕硬的东西，你压住他，他就不欺侮你了。”焦裕禄暗中忍受了多大痛苦，连他的亲人也不清楚。他真是全心全意投到改变兰考面貌的斗争中去了。

焦裕禄到地委开会，地委负责同志劝他住院治疗，他说：“春天要安排一年的工作，离不开！”没有住。地委给他请来一位有名的中医诊断，开了药方，因为药费很贵，他不肯买。他说：“灾区群众生活很困难，花这么多钱买药，我能吃得下吗?”县委的同志背着他去买来三剂，强他服了，但他执意不再服第四剂。

那天，县委办公室的干部张思义和他一同骑自行车到三义寨公社去。走到半路，焦裕禄的肝痛发作，痛得骑不动，两个人只好推着自行车慢慢走。刚到公社，大家看他气色不好，就猜出是他又发病了。公社的同志说：“休息一下吧。”他说：“谈你们的情况吧，我不是来休息的。”

公社的同志一边汇报情况，一边看着焦裕禄强按着肚子在作笔记。显然，他的肝痛得使手指发抖，钢笔几次从手指间掉了下来。汇报的同志看到这情形，忍住泪，连话都说不出来了，而他，故意做出神情自若的样子，说：

“说，往下说吧。”

一九六四年的三月，兰考人民的除“三害”斗争达到了高潮，焦裕禄的肝病也到了严重关头。躺在病床上，他的心潮汹涌澎湃，奔向那正在被改造着的大地。他满腔激情地坐到桌前，想动手写一篇文章，题目是：《兰考人民多奇志，敢教日月换新天》。他铺开稿纸，拟好了四个小题目：一、设想不等于现实。二、一个落后地区的改变，首先是领导思想的改变。领导思想不改变，外地的经验学不进，本地的经验总结不起来。三、榜样的力量是无穷的。四、精神原子弹——精神变物质。

充满了革命乐观主义的焦裕禄，从兰考人民在抗灾斗争中表现出来的英雄气概，从兰考人民一步一个脚印的实干精神中，已经预见到新兰考美好的未来。但是，文章只开了个头，病魔就逼他放下了手中的笔，县委决定送他到医院治病去了。

临行那一天，由于肝痛得厉害，他是弯着腰走向车站的。他是多么舍不得离开兰考呵！一年多来，全县一百四十九个大队，他已经跑遍了一百二十多个。他把整个身心，都交给了兰考的群众，兰考的斗争。正像一位指挥员在战斗最紧张的时刻，离开炮火纷飞的前沿阵地一样，他从心底感到痛苦、内疚和不安。他不时深情地回顾着兰考城内的一切，他多么希望能很快地治好肝病，带着旺盛的精力回来和群众一块战斗呵！他几次向送行的同志们说，不久他就会回来的。在火车开动前的几分钟，他还郑重地布置了最后一项工作，要县委的同志好好准备材料，当他回来时，向他详细汇报抗灾斗争的战果。

“活着我没有治好沙丘，死了也要看着你们把沙丘治好！”

开封医院把焦裕禄转到郑州医院，郑州医院又把他转到北京的医院。

在这位钢铁般的无产阶级战士面前，医生们为他和肝痛斗争的顽强性格感到惊异。他们带着崇敬的心情站在病床前诊察，最后很多人含着眼泪离开。

那是个多么阴冷的日子呵！医生们开出了最后诊断书，上面写道："肝癌后期，皮下扩散。"这是不治之症。送他去治病的赵文选同志，决不相信这个诊断，人像傻了似的，一连声问道："什么，什么？"医生说："你赶紧送他回去，焦裕禄同志最多还有二十天时间。"

赵文选呆了一下，突然放声痛哭起来。他央告着说：

"医生，我求求你，我恳求你，请你把他治好，俺兰考是个灾区，俺全县人离不开他，离不开他呀！"

在场的人都含着泪。医生说：

"焦裕禄同志的工作情况，在他进院时，党组织已经告诉我们。癌症现在还是一个难题，不过，请你转告兰考县的群众，我们医务工作者，一定用焦裕禄同志同困难和灾害斗争的那种革命精神，来尽快攻占这个高峰。"

这样，焦裕禄又被转到郑州河南医学院附属医院。

焦裕禄病危的消息传到兰考后，县上不少同志曾去郑州看望他。县上有人来看他，他总是不谈自己的病，先问县里的工作情况，他问张庄的沙丘封住了没有？问赵垛楼的庄稼淹了没有？问秦寨盐碱地上的麦子长得怎样？问老韩陵地里的泡桐树栽了多少？……

有一次，他特地嘱咐一个县委办公室的干部说：

"你回去对县委的同志说，叫他们把我没写完的文章写完；还有，把秦寨盐碱地上的麦穗拿一把来，让我看看！"

五月初，焦裕禄的病情进一步恶化了。在这种情况下，他的亲密战友、县委副书记张钦礼匆匆赶到郑州探望他。当焦裕禄用他那干瘦的手握着张钦礼，两只失神的眼睛充满深情地望着他时，张钦礼的泪珠禁不住一颗颗滚了下来。

焦裕禄问道："听说豫东下了大雨，雨多大？淹了没有？"

"没有。"

"这样大的雨，咋会不淹？你不要不告诉我。"

"是没有淹！排涝工程起作用了。"张钦礼一面回答，一面强忍着悲痛给他讲了一些兰考人民抗灾斗争胜利的情况，安慰他安心养病，说兰考面貌的改变也许会比原来的估计更快一些。

这时候，张钦礼看到焦裕禄在全力克制自己剧烈的肝痛，一粒粒黄豆大的冷汗珠时时从他额头上浸出来。他勉强擦了擦汗，半晌，问张钦礼：

“我的病咋样？为什么医生不肯告诉我呢？”

张钦礼迟迟没有回答。

焦裕禄一连追问了几次，张钦礼最后不得不告诉他说：“这是组织上的决定。”

听了这句话，焦裕禄点了点头，镇定地说道：“呵，那我明白了……。”

隔了一会儿，焦裕禄从怀里掏出一张自己的照片，颤颤地交给张钦礼，然后说道：“钦礼同志，现在有句话我不能不向你说了，回去对同志们说，我不行了，你们要领导兰考人民坚决地斗争下去。党相信我们，派我们去领导，我们是有信心的。我们是灾区，我死了，不要多花钱。我死后只有一个要求，要求组织上把我运回兰考，埋在沙堆上，活着我没有治好沙丘，死了也要看着你们把沙丘治好！”

张钦礼再也无法忍住自己的悲痛，他望着焦裕禄，鼻子一酸，几乎哭出声来。他带着泪告别了自己最亲密的阶级战友。……

谁也没有料到，这就是焦裕禄同兰考县人民，同兰考县党组织的最后一别。

一九六四年五月十四日，焦裕禄同志不幸逝世了。那一年，他才四十二岁。

在他生命的最后时刻，中共河南省委和开封地委有两位负责同志守在他的床前。他对这两位上级党组织的代表断断续续地说出了最后一句话：“我……没有……完成……党交给我的……任务。”

他死后，人们在他病榻的枕下，发现了两本书：一本是《毛泽东选集》，一本是《论共产党员的修养》。

他没有死，他还活着

事隔一年以后，一九六五年的春天，兰考县几十个贫农代表和干部，专程来到焦裕禄的坟前。贫农们一看见焦裕禄的坟墓，就仿佛看见了他们的县委书记，看见了他们永远也不会忘记的那个人。

一年前，他还在兰考，同贫下中农一起，日夜奔波在抗灾斗争的前线。

人们怎么会忘记，在那大雪封门的日子，他带着党的温暖走进了贫农的柴门；在那洪水暴发的日子，他拄着棍子带病到各个村庄察看水情。是他高举着毛泽东思想的红灯，照亮了兰考人民自力更生的道路；是他带领兰考人民扭转了兰考的局势，激发了人们的革命精神；是他喊出了“锁住风沙，制伏洪水”的号召；是他发现了贫下中农中革命的“硬骨头”精神，使之在全县发扬光大。……这一切，多么熟悉，多么亲切呵！谁能够想到，像他这样一个充满着革命活力的人，竟会在兰考人民最需要他的时候，离开了兰考的大地。

人们一个个含着泪站在他的坟前，一位老贫农泣不成声地说出了三十六万兰考人的心声：

“我们的好书记，你是活活地为俺兰考人民，硬把你给累死的呀。困难的时候你为俺贫农操心，跟着俺们受罪，现在，俺们好过了，全兰考翻身了，你却一个人在这里。……”

这是兰考人民对自己亲人、自己的阶级战友的痛悼，也是兰考人民对一个为他们的利益献出生命的共产党员的最高嘉奖。

焦裕禄去世后的这一年，兰考县的全体党员，全体人民，用眼泪和汗水灌溉了兰考大地。三年前焦裕禄倡导制订的改造兰考大自然的蓝图，经过三年艰苦努力，已经变成了现实。兰考，这个豫东历史上缺粮的县份，一九六五年粮食已经初步自给了。全县二千五百七十四个生产队，除三百来个队是棉花、油料产区外，其余的都陆续自给，许多队还有了自己的储备粮。一九六五年，兰考县连续旱了六十八天，从一九六四年冬天到一九六五年春天，刮了七十二次大风，却没有发生风沙打死庄稼的灾害，十九万亩沙区的千百条林带开始把风沙锁住了。这一年秋天，连续下了三百八十四毫米暴雨，全县也没有一个大队受灾。

焦裕禄生前没有写完的那篇文章，由三十六万兰考人民在兰考大地上集体完成了。这是一篇人颜欢笑的文章，是一篇闪烁着毛泽东思想光辉的文章。在这篇文章里，兰考人民笑那起伏的沙丘“贴了膏药，扎了针”（注），笑那滔滔洪水乖乖地归了河道，笑那人老几辈连茅草都不长的老碱窝开始出现了碧绿的庄稼，笑那多少世纪以来一直压在人们头上的大自然的暴君，在伟大的毛泽东时代，不能再任意摆布人们的命运了。

焦裕禄虽然去世了，但他在兰考土地上播下的自力更生的革命种子，正在发芽成长，他带给兰考人民的毛泽东思想的红灯，愈来愈发出耀眼的光芒。他一心为革命，一心为群众的高贵品德，已成为全县干部和群众学习的榜样。这一切宝贵的精神财富，今天已化为强大的物质力量，推动着兰考人民在自力更生、奋发图强的大道上继续奋勇前进。兰考灾区面貌的改变，还只是兰考人民征服大自然的开始，在这场伟大的向大自然进军的斗争中，他们不仅要彻底摘掉灾区的帽子，而且决心不断革命，把大部分农田逐步改造成为旱涝保收的稳产高产田，逐步实现“上纲要”（达到农业发展纲要规定的产量要求），“过长江”，建设社会主义新兰考。

焦裕禄同志，你没有辜负党的希望，你出色地完成了党交给你的任务，兰考人民将永远忘不了你。你不愧为毛泽东思想哺育成长起来的好党员，不愧为党的好干部，不愧为人民的好儿子！你是千千万万在严重自然灾害面前，巍然屹立的共产党员和贫下中农革命英雄形象的代表。你没有死，你将永远活在千万人的心里！

（注） 这是焦裕禄生前总结兰考人民治沙经验说过的两句话。“贴了膏药”是指用翻淤压沙的办法把沙丘封住；“扎了针”是指在沙丘上种上树，把沙丘固定住。

（1996年2月7日《人民日报》头版头条，新华社记者穆青、冯健、周原）

雨中情

大雨倾盆，江河暴涨，农田涝渍，灾情严重。

正在安徽视察的李鹏总理，心情焦虑。

14日早晨，李鹏总理一行，驱车前往灾情严重的皖东地区。车到全椒县襄河闸口，他冒着倾盆大雨走到抗洪抢险群众之中。

总理急问：居民和财产都安全转移了没有?!

在场群众回答：转移了!

总理问：人员有伤亡吗?!

干部回答：到现在为止，人没有伤亡，财产有损失。

总理又问：企业设备、生产安全情况如何?!

滁县地区专员张友道说：大都架到高处了。

李鹏总理满意地挥手称道：同志们辛苦了!

省委书记卢荣景在暴雨声中高声说：李鹏总理代表党中央、国务院来看望大家啦!

此时，扛锹荷锄的民工含着感激的泪花热烈拍手。掌声伴着雨声经久不息。记者看到：总理自撑的雨伞水流如注，脚蹬的深筒胶鞋灌进了泥水……

时近中午，李鹏同志又急切地要去看看储粮仓库。总理一行赶到滁州市琅琊乡粮站。

总理凝视着一排排露天仓库，急切地询问：这里储存多少粮食?

站长皮新民说：有550万公斤！专员张友道说：全区有1.4万个露天仓库，有10亿公斤粮食在里边!

总理又仔细询问建一个库要多少钱，雨大了会不会漏雨、霉变，现在仓库粮食温度多高？并当场让人登上仓顶用电子测温仪进行了测试，温度为28摄氏度。此时他高兴地说道：这个很好，是土洋结合。粮食一定要保管好，老百姓收的粮食不容易啊！在场的干部群众点头连声称是。

返程路上，电闪雷鸣，大雨如注。总理一行看到：许多群众，抗洪的仍在前线拼搏，抢收、抢种的仍在田间奋战，热情很高，干劲极大。他们归来彻夜难眠。言谈中共同感到：中国人民走社会主义道路的决心是天大的困难都压不倒的！

（1991年6月18日《人民日报》，记者张振国）

贵州省六盘水市钟山区海嘎村“第一书记”杨波：

“我想在海嘎一直干下去”

一晃，杨波来海嘎驻村近7年了……

六盘水市钟山区大湾镇海嘎村声名在外，平均海拔超过2400米，是贵州省海拔最高的一个村子。与高寒环境同样出名的还有贫困，“坡脚喊来坡上听，走路走得脚抽筋；吃的都是洋芋饭，穿的全是布巾巾”。海嘎360多户人家，7年前人均年收入还不足1600元。

2010年春节过后，初上海嘎的杨波，面临的不只是恶劣的生存环境，还有散了的人心。“要我参加新农合，除非你们垫钱”“才400元，拿1000元来还差不多”“要跑到村委会去领？除非你们送上门来”……

“刚来就碰了一鼻子灰，上门动员村民参加新农合、修厕所、抗旱领水，听到最多的是‘除非’两个字。”杨波一肚子委屈。

一连串的打击并没有打消杨波的念头，“海嘎一天不脱贫，我就一天不下山。”孰料，这一驻，就是4届，7年韶华。

“原想着干部驻村也就镀镀金，没想到他抡起了真板斧”

饮水问题一直是海嘎村民心中的痛。“海拔高、降水少，一年里有半年枯水期，不要说生产、灌溉，人喝水也得从几公里外的水井一桶一桶往回拖。”杨波说。

杨波有次和村民罗义开玩笑说，“缺水也是个商机，你们咋不从外面拉水到村里来卖？”谁知，罗义狠狠瞪了他一眼，“谁家有那个闲钱？”

这个白眼，让杨波不敢敷衍。“一个月跑了不下6次水利局，终于请来了专家落实提水项目。”项目投资820万元，每天可提水1000方，不仅全年满足人畜饮水，还解决了部分景区用水问题。

这一回，罗义对他竖了大拇指：“原想着机关干部来驻村也就走个形式、镀镀金，没想到他抡起了真板斧。”

修完提水工程，罗义又提了心愿：“杨书记，你要能修通村民一组到村里的路，就是给我们做了件大好事。”于是，杨波找到了“娘家”——钟山区民宗局，申请到2万元启动资金；他又和包组干部到村民家中挨家挨户做工作，凑了1.8万元，村民自发投工投劳，一条700米的硬化路很快修成。

“搞计生、低保这些工作他带头去，谁家有点大事小事他也跟着凑。”罗义说，杨波刚来就成了村里“脸皮最厚”的人，“慢慢地，这个‘厚脸皮’的称呼不知道什么时候就变成‘杨兄弟’‘小杨哥’了”。

“从‘等靠要’到‘自己干’，是杨波带给海嘎的最大财富”

“一年的活路做半年，剩下半年政府管。”全村低保户一度占了1/4，海嘎的百姓却不以为然，还编了句口诀来自嘲。

“不仅自然条件恶劣，村民更是穷得麻木，就连村干部也安于现状、没有干劲。”钟山区组织部干部敖倩说。

“海嘎要发展，除了突破交通地理条件限制，更为关键的是要搬掉压在村民头脑中的大山。”杨波说。

找准了症结，杨波就拉上村干部一起走家串户，开院坝会、搞夜访，跟群众讲惠农政策、讲文明新风、讲外面的世界。“起初捶破门也没个响应，后来提水工程修好，在大喇叭里喊一声大伙便自动搬着凳子出门了。”

2012年，第二批同步小康驻村工作启动，尽管这次任期只有一年，杨波争取到200万元为村里建起9个种养殖基地，引进苦荞、土豆等作物，成立“海嘎四季青种植农民合作社”，并注册绿色食品商标。

2013年，第三批驻村工作开始前，杨波决定再留下来接着干。韭菜坪搞旅游开发，他厚着脸皮泡在项目指挥部，硬是为村民争取到了边沟开挖、土石方清运的活，还为村里300人争取到就近务工的机会，当年村民务工总收入超过400万元。

“过去遍地茅草房，如今家家住洋房。群众从‘等靠要’到‘自己干’

积极争取项目搞种养殖、农家乐，这是杨波带给海嘎的最大财富。”村主任刘永明表示，“村里人均年纯收入2015年达到7280元，去年底彻底摘掉了贫困村的帽子。”

“村里还有20户村民没脱贫，我不能把他们扔在半道上”

面对家人，杨波是个“不称职”的儿子、丈夫和父亲。

翻开他的日记本，有这么一段话：“又是两个月没回家了。到家时，没有想象中孩子冲出门来‘爸爸、爸爸’的热情迎接，而是童真般地疑问：‘爸爸，你是不是不要我和妈妈了？’”提及此事，杨波用手捂住脸庞，泪水从粗糙的指间滑落……

2014年，杨波父亲突然辞世。他一路哭着回家。那时，正值驻村工作再行换届。“母亲年纪大了，我不愿再经历同样的痛……”杨波回忆道。

“父亲给你留了话，‘让小波好好干，你们要支持他’。”母亲的话解开了杨波的心结，他决定再接着干下去。

到今年3月，杨波的第四个驻村任期便满了，组织部门已找过他谈话了解意愿。“只要组织需要，我想在海嘎一直干下去，村里还有20户村民没脱贫，我不能把他们扔在半道上。”

（2017年1月12日《人民日报》“最美基层干部”，记者郝迎灿）

瞎指挥搅黄了退耕还林

———来自贵州龙里县谷脚镇的报告

谷脚镇的农民以忧郁的眼光看着记者。

今春，贵州龙里县谷脚镇因被列入长江流域退耕还林试点荣耀过一番，山民们轰轰烈烈地在陡坡耕地上栽了2000多亩树苗。如今呢？记者于8月12日爬上了谷脚镇山头，只见连片的马尾松苗已经枯死，成活率几乎为零。其他种苗如火炬松、椿树、香樟等，成活率在30%以下。一片绿色的希望就要飘走了！

形象工程害死人

谷脚镇山峦叠嶂，近一半耕地“挂在”土层瘠薄的陡坡上，一场雨就会刮走一层土，山民们多年来热切地盼望着退耕还林。

记者从枯叶点点的山上下来，走进岩后村农民左邦奎的家。“你家松树栽活没有？”左答：“不晓得。栽上后就没去看，季节过了才种，咋会栽得活？”贵州造林季节在冬春，最迟不过3月上旬。谷脚镇种的这片树却是4月初才动手栽的。

大坡村支书吴光甫道出了实情：3月9日，上面来人宣传退耕还林，说我们这儿是试点。还说下半年朱总理要来贵州视察，谷脚镇离省城近，又在国道边上，总理如果到黔南，谷脚是必经之路。为让总理高兴，得赶快拉树苗来，在公路两旁栽上，搞个“形象工程”。我说：“行！你们得面子，我们得实惠。”因为对每亩退耕地，国家每年补助农民150公斤粮、20元管护费和50元一次性种苗费。这位支书当晚通知，第二天开群众大会，第三天村民上山挖树坑，只等县林业局运树苗来。

4月初，一车车树苗从县里拉来，几天工夫，几十万株树苗便立在2000亩山坡上。接下来就是各级领导络绎不绝前来参观视察。谷脚镇干部说：前前后后来了20多批。由于县林业局退耕还林前期工作经费一时未到，镇里东拉西扯垫出4万元，其中3万元花在招待费上了。那阵子，县上的部门领导下来，镇里招待。州以上部门领导下来，回县城还得由县政府招待。

下来的检查者乱吃，村里的工作乱套。树苗一车车拉来，转眼间被村民哄抢一空。接着，各家干各家的，你家施肥我家不施，你家挖深坑我家挖浅坑。土地未规划和丈量，潜伏下村民之间扯皮的隐患。分管副镇长说：“这样搞，明明是哄鬼的。那几天我没上山，借故干别的事，免得今后群众朝我骂娘。”可是，副镇长是不是把责任也躲开了？记者走访了几十户村民，都说上面没有谁来教过他们。“种粮是我们的本分，种树不见得个个都懂。”没有科学规划和作业设计、没有丈量土地和技术指导，2000亩树苗盲目又热闹地栽下去了，没过多少日子就一片片死去。

种下了树的村民们很气恼，村民组长杜金荣对记者说：“明明知道种树季节过了还要硬搞，上面来人检查，镇里还得说有多少多少成活率。树苗死了，被坑害的是老百姓！这里风气不好啊，退耕还林，村哄镇，镇哄县，一直哄到国务院。”

复杂问题为何不预作筹划

退耕还林本是好决策，很快激发起谷脚镇村民的热情。遗憾的是，热情和汗水换来的却是苦涩的失败之果。

龙里县林业局的领导说：“当时在谷脚搞试点，有赌一把的心理，行不行先摸摸，投石问路。”但这一“赌”，10万元种苗费便打了“水漂”。

记者在321国道上环顾谷脚镇四周，“退耕”的陡坡上，玉米又重新种到了山顶。

退耕还林面对千家万户，工作复杂艰巨，政策性很强。比如国家向退耕户每亩一次性补助50元种苗费，就不简单。谷脚镇的大多数村民并不知道自己实现退耕后还可能领到这笔钱。各级管理部门的说法也不一致。县林业局局长明确地说：龙里县应拨到种苗费128万元，这笔钱应由林业部门统筹购苗，向农户无偿供苗。可是分管副县长说：这笔钱应由林业局拿计划，报县政府批准，财政统一安排，成活率达标验收后结算…… 他的意思是这笔钱该由县财政来管。但是分管副镇长说：这笔钱最好由镇政府掌握，如发给村民，有些人会拿去喝酒买肉吃。谷脚镇老街村民组组长胡源平却对记者说："这笔钱直接发给农民自己选购苗木，自家土里该种啥自己最清楚。"

记者算了一笔账，谷脚镇4月初栽的两种松苗，平均一株8分钱，每亩约220株，共计不到20元，按50元的种苗补助标准，还结余30余元，这笔钱累计起来不是一笔小数，为什么不能事先慎重考虑，认真计划，作出决断呢？

瞎指挥何年何时了

瞎指挥、乱指挥，对于谷脚镇的村民已经不是头一遭了。

记者路过谷脚镇寸沟坡，陡坡上遍种玉米、瓜菜。爬上山，不经农民指点，真难发现农作物中套种了星星点点恹巴巴的枇杷、板栗、梨子等树苗。经果林中是不能套种庄稼的，果然，两尺来高的枇杷苗没有一棵是活的！这是去年县水电局实施的"水保林"项目，也是为了退耕还林。这项资金由中央财政专项投入，只限于无偿提供苗木和化肥。前年和去年共投了175万元，光苗木费就花了70万元。

村民杜金荣说："去年栽树时热闹啊，镇里通知我扛来20多面彩旗插在坡上，连一年级的小学生都上山浇水。树一栽，再也没人来管过。"可是县水电局一位负责人至今仍认为寸沟坡的枇杷苗成活率有30%。谷脚镇村民们说："不信带你来看看嘛。"

大坡村支书吴光甫说，由于水土流失，村里年年都要被洪水冲掉10多亩良田。谷脚镇村民们一年辛苦下来人均收入才1000多元。4月里栽的小树苗连片枯死，今年国家补助的粮食能否兑现？村民心里不踏实啊。西部开发，国家拿出那么多钱退耕还林，要是蛮干瞎干，再多的钱也填不满无底洞呀！

雨夜里，记者打着这篇稿，眼泪也洒落在键盘上。

（2000年8月29日《人民日报》"各地传真"版，记者胡跃平）